リベンジ

五 十 嵐 貴 久

リベンジ

目次

第1章　興信所

1

煙草を消せ、と後部座席の柏原《かしわばら》が顔の前で手を振った。

「十九世紀のロンドンか？　何も見えないぞ」

青木《あおき》孝子《たかこ》はふた口吸っただけのセブンスターを無言で缶コーヒーに突っ込んだ。缶の飲み口からひと筋の細い煙が流れ、すぐに消えた。

まだですかね、と運転席の堀口《ほりぐち》が腕時計に目をやった。新宿百人町、新大久保駅から三分ほど離れたコインパーキングにワゴン車を停めて、三時間が経っている。

朝五時過ぎ、十月の新宿はまだ暗かった。

「日の出は何時だ？」

窓を数センチ開けた柏原の問いに、五時四十分ですと堀口が答えた。柏原は五十二歳、堀口は二十五歳だが、老け顔の柏原は堀口の祖父に見える。

本当なら寝てるはずだった、と柏原が愚痴を言った。

「お前が女を見失うから、徹夜仕事に駆り出された。労働基準法違反だ。俺はあと数年で年金をもらう身だぞ？　孫と犬に囲まれて余生を過ごす計画が駄目になったら、責任を取ってくれるのか？」

柏原に孫はいない。それどころか、妻も子もいなかった。

二十代の終わり、数年間結婚していたのは孝子も知っていた。三年保《も》たなかったはずだ。警視庁刑事部に勤務していた柏原の不規則な生活に妻が耐えられなかった、と聞いていたが、本当かどうかはわからない。もっとつまらない理由だったのではないか。

離婚して十年ほど経った頃、ある事件で少年が死んだ。その二カ月後、柏原は警視庁を退職し、友人のつてで業界でも大手の興信所に入社した。

独立して、浮気調査専門の興信所、カシワバラプライベートディテクティブカンパニー、略称ＫＰＤＣを御茶ノ水駅近くの貸しビルで始めたのは七年前だ。

十月だってのに蒸すな、と柏原がベージュのスイングトップの袖をまくった。

「この国はどうなっちまったんだ？　春夏秋冬花鳥風月が売りだったんじゃないのか？　俺がガキだった頃、十月は秋だった。秋真っ盛りだ。気がつきゃ、季節ってものがなくなった。

雨季と乾季しかないのか？　ここはアフリカか？」

孝子はモッズコートのポケットからセブンスターのパッケージを取り出した。お前は人の話を聞かない、と呆《あき》れたように柏原がチューインガムを放った。

「口が寂しけりゃ、それでも嚙《か》んでろ。これ以上煙草を吸われたら、俺は肺ガンで死ぬ。お前は殺人罪で逮捕だ。堀口も死ねば、死刑になってもおかしくない」

自分だって吸うじゃないですか、と堀口が笑った。KPDCで煙草を吸わないのは堀口だけだ。

俺はTPOを心得ている、とスマホを操作していた柏原が胸を張った。

「車の中だぞ？　それでなくても、空気が悪くなってる。こんなところで煙草を吸う奴の気がしれない」

孝子はセブンスターをポケットに戻し、一緒にチューインガムも押し込んだ。二十枚ほどのガムがポケットの底にある。毎回のやり取りで、それだけの枚数が溜まっていた。

陽《ひ》が出てきました、と堀口が整った顔を外に向けた。東の空が白み始めていた。

そろそろだなと柏原がつぶやき、孝子はダッシュボードの上の一眼レフを手にした。小型のビデオカメラを膝に載せたまま、堀口が窓の外を見つめている。

三十分ほどが過ぎ、六時十分、右手のラブホテルから中年男と二十代半ばの女性が出てきた。手をしっかり繋《つな》いでいるのが孝子にも見えた。

ビデオカメラを構えた堀口が撮影を始めた。その後ろから、孝子は何度か一眼レフのシャッターを切った。

二人が新大久保駅に向かって歩きだした。金曜日の夫か、と柏原が欠伸《あくび》をした。

「青木、行け。気づかれるなよ……お前、暑くないのか？」

ドアのロックを外した孝子に、柏原が声をかけた。

「この国の十月は夏だぞ。それなのに、真っ黒なモッズコートなんか着やがって……置いていけばいいじゃないか」

返事をしないまま車を降り、孝子は尾行を始めた。土曜日の朝だ。生命保険会社勤めの日《ひ》笠俊郎《かさとしろう》は妻の待つ自宅に帰る。電車を使うのは想定済みだった。

日笠の妻、政子《まさこ》がＫＰＤＣにメールを入れ、夫の浮気調査を依頼したのはひと月ほど前だ。孝子と堀口で組み、俊郎の会社を見張った。女とラブホテルに入ったのを確認したのは、先々週の金曜日だ。

二人を撮影し、現像に出したフィルムが戻ってきたが、写真はすべて真っ黒だった。堀口がレンズカバーを外し忘れていたためだ。

相手の女性についても調べてほしいというのが政子の依頼で、その時は堀口が尾行したが、山手線の車内でスマホを落とし、捜している間に見失った。

頭の回転は速いが、堀口には天然なところがあり、時々とんでもない失敗をする。改めて十日ほど監視を続けていると、昨日の夜七時、俊郎が新宿の居酒屋で女と会い、二時間後にラブホテルに入った。

指示通り連絡を入れると、すぐ柏原がやって来た。念のため、と考えたのだろう。

手を握り合ったまま改札を抜けた二人が山手線のホームに上がると、一番線に外回りの山手線が入ってきた。

俊郎を見つめた女が肩を落として乗り込み、孝子もそれに続いた。ドアが閉まり、電車が動き出した。

2

午後三時、孝子は御茶ノ水駅の御茶ノ水橋口から、明大通りに出た。新日駿河第二ビルと看板がかかっている古い四階建のビルに入り、三階まで階段で上がった。

築百年と柏原が自嘲するほど老朽化が進み、壁が雨の染みで汚れている。エレベーターもついていないし、どこもかしこも黴臭《かびくさ》かった。

各フロアは二つに分かれ、KPDCは階段の左側、右側は家庭教師紹介所が入っている。重いスチールのドアを押し開くと、悲鳴のような音が響いた。

事務所用の貸しビルで、広さは五十平米ほどだ。三分の二をオフィスに使い、他に小さなトランクルーム、ガス台とユニットバスがついていた。

窓際に柏原のデスクがあり、その横に二つのデスクが向かい合わせに置かれ、ひとつは孝子、もうひとつは堀口が使っている。

オフィスの真ん中のソファで、堀口が口を開けたまま寝ていた。くわえ煙草の柏原がデスクに肘をついたままマッチで火をつけ、孝子に目を向けた。

「どうだった？」

彼女は田端に住んでいました、と立ったまま孝子は報告を始めた。

「駅から一キロほど離れたアパートです」住所はここに、とメモをデスクに載せた。「郵便受けに、飯岡登志子《いいおかとしこ》と名前がありました。土曜日なので休日だろうと思ったんですが、三十分ほどで着替えて外に出てきました。田端駅から京浜東北線に乗り、赤羽駅で下車、西新井駅行きのバスで仙元橋停留所まで行き、徒歩三分のヤマギシ製パンの工場に入りました。彼女は派遣社員です」

「よくわかったな」

昼食のために飯岡が工場の外に出てきたのは十一時五十五分、と孝子は言った。

「近くのソバ屋に入りましたが、一緒にいた仲間との会話を聞いて、派遣社員だとわかりました。四歳下なんだ、とアルバイト社員の短大生に言ってましたから、二十四歳前後でしょう」

どうやって日笠俊郎と知り合ったんだ、と柏原が首を傾《かし》げた。

「奴は四十五歳だぞ？　保険会社の社員で、勤務先は品川の本社だ。勧誘でもしたのか？」

調べていません、と孝子は首を振った。

「依頼にその項目はありませんでした。知り合ったきっかけを調べろとは、奥さんも言ってません」

柏原がデスクのメモ用紙を丸めて投げた。額に当たり、堀口が右目だけを開いた。

お前は気楽でいいな、と柏原が煙を吐いた。皮肉ではなく、本心からそう思っているのだろう。

「青木に話を聞いて、報告書をまとめろ。月曜の昼、依頼人が来る。写真の現像はどうなってる？」

駅前のＤＰＥ店に出してあります、と眠そうな声で堀口が言った。

「夕方には上がります。月曜の昼、取ってくればいいでしょう？　青木さん、浮気野郎の話を……」

孝子の視線に気づいた柏原が、そうだったな、と時計を見た。すいませんと頭を下げた孝子に、悪かったと柏原が低い声で言った。

「堀口には俺から話しておく。面会は間に合うのか？」

孝子はドアノブに手を掛けた。お疲れさまです、と大きく伸びをした堀口がソファから立ち上がった。

3

新宿駅で京王線に乗り換え、府中駅で降りた。大國魂神社《おおくにたま》方向へ歩を進めると、境原《さかいばら》総合病院の建物が見えてきた。

内科、外科、産婦人科、小児科、眼科、形成外科、その他主な科だけでも十以上、内科は総合診療科以下十一科、外科は心臓血管外科以下五科に分かれている。多摩地区では五本の指に入る大病院だ。

一階の受付で名前を言うと、面会カードを渡された。モッズコートの胸ポケットにそれを差し、五階の入院病棟に向かった。

エレベーターを降りると、正面のナースステーションで面会票への記入を指示された。

五カ月前から、週に一度来ている。看護師の数人とは顔なじみになっていたが、規則で面会票に名前、住所、連絡先を記さなければならなかった。

記入を終えて面会票を渡すのと、医師の酒井《さかい》が五階へ上がってきたのはほぼ同時だった。後退した額から、四十代後半だろうと見当をつけていたが、年齢を聞いたことはない。

どうも、とだけ言った酒井が廊下を歩き、八人の名前が貼ってあるドアの前に出た。

病室の一番奥、窓際のベッドで男が眠っている。すぐ横に、眼帯をつけた女が座っていた。

「尚美《なおみ》」

孝子の声に、梅本《うめもと》尚美が顔を上げた。頰に笑みが浮かんでいる。

酒井に促されて近づくと、尚美がベッドのリクライニングを少しだけ上げた。どうして生きているのかわからないほど、痩せこけた男がそこにいた。

体中の肉が削げ落ちている。骨と皮というが、男は骨だけだった。肌は泥のようで、生気はまったくない。

久しぶり、と尚美が孝子の手を握った。

「来てくれて嬉《うれ》しい。ありがとう」

「うん」

ただしさんも喜んでる、と尚美が孝子の手を引いて丸椅子に座らせた。

菅原《すがわら》さんの容体はと尋ねると、先週吐いたの、と尚美が囁《ささや》いた。

「先生に診てもらったら、念のため入院させて様子を見ましょうって……ただしさんもその方がいいって言うし、あたしも安心できるからお願いしたの。でも、そんな大事《おおごと》じゃなかった。疲れが溜まっていたせいだって先生が説明してくれたし、週明けには退院できるの」

ただしさん、とベッドに屈み込んだ尚美が声をかけたが、返事はなかった。

眠ってる、と嬉しそうに尚美が男の骨だけの手を取った。乾き切った皮膚から、埃《ほこり》のような滓《かす》が舞った。

「さっきまで起きてたのよ。ずっと孝子のことを話してた。最近、あんまり昔の友達と会ってないから……みんな忙しいのはわかってるし、ただしさんも仕方ないって。でも、看護師さんや入院している患者さんが話を聞きに来るの。警視庁捜査一課の刑事さんと話すなんてドラマみたいだ、そんなことを言う人もいる。でも、やっぱりただしさんは警察官と話したいのよ。同じ仕事をしていないと、伝わらないことってあるでしょ?」

そうね、と孝子はうなずいた。せっかく孝子が来たのに、タイミングが悪いんだから、と毛布の上から尚美が男の体を軽く叩《たた》いた。

その頬に微笑が浮かんでいる。子供を見守る母親のような笑みだった。

起こさなくていい、と孝子は小声で言った。

「わたしはまた来るし、菅原さんとはその時に話す。尚美はどうなの？　少し痩せた？」

今年の夏は暑かったでしょう、と尚美が顔をしかめた。

「年々酷《ひど》くなってると思わない？　夏バテで二キロぐらい落ちたかな……でも、そんなこと言ってられない。どうしてかわかる？」

首を振った孝子に、おめでたなの、と尚美が腹部に手を当てた。

「少し前から、おかしいなって思ってた。ほら、あたしは夏に強いでしょ？　夏バテなんて、今までなかった。どこか悪いのかもって、心配になったぐらい。でも、先生に診てもらって、おめでたってわかった。ただしさんもすごく喜んで、今は二人で名前を考えてる。まだ男の子か女の子か、それもわかってないんだけどね」

そろそろ五時です、と酒井が声をかけた。

「梅本さん、面会時間が終わります。規則ですので」

わかってます、と尚美がうなずいた。

「でも、もう少しいいでしょう？　孝子も来てくれたし、ただしさんも話したいと言ってました。それに、今日退院するとわかっていても、やっぱり心配ですし……」

規則は規則です、と酒井が周りに目をやった。

「警察官なら、規則の重要性は理解されているでしょう。守っていただかないと病院としても困ります。もうすぐ夕食の時間ですし……」

すみません、と尚美が立ち上がった。

「そうですよね、あたしのわがままでした。今日は帰ります」

ただしさん、と尚美が男の頬を優しく撫《な》でた。

「明日、また来る。ただしさんの好きなアップルパイを焼くから、楽しみにしてて。一緒に食べようね。まだ退院は先だし……」

酒井が空咳《からせき》をすると、笑みを浮かべた尚美が病室のドアに向かった。名残惜しいのか最後に振り返ったが、行きましょうと酒井に促されると、ため息をついて廊下に出た。

4

五階の長い廊下を歩き、別館に渡った。二重ドアが開き、そこにいた男性の看護師が尚美の肩に手を置き、戻りましょうと声をかけている。

天井から吊《つ》るされたプレートに、精神科病棟という文字があった。

「本人は自宅に帰ったと思っています」行きましょう、と酒井が踵《きびす》を返した。「様子がおかしいのは、以前から私も気づいていました。本人も自覚があったようです。当院の心療内科に通っていたのはご存じですね？」

うなずいた孝子に、ちょうど半年前ですと酒井が言った。

「入院していた菅原さんが心停止状態に陥りました。十年以上意識が戻らないまま、ほぼ寝たきりでしたから、いつ何があってもおかしくない、我々はそう考えていました」

「はい」

うちに入院して十二年、と酒井が指を折って数えた。

「いや、十三年かな？　二年前、例の件があって、梅本さんが菅原さんを引き取ることになりました。入院の保証人だった従兄弟《いとこ》の方も含め、親類の了解を得ていますので、法的な問題はありません。正直なところ、親類の皆さんはほっとされたでしょう。菅原さんが意識を取り戻す可能性はゼロですし、奥さんもお子さんもいません。嫌な言い方ですが、押し付けあっていたんです……菅原さんは事件捜査中に意識喪失状態に陥ってますね？」

そうです、と孝子はうなずいた。厳密には捜査中と言えないが、菅原が生ける屍《しかばね》になったのは事件のためだった。

今年の夏で菅原さんは六十歳になりました、と酒井がエレベーターのボタンを押した。

「警察官は公務員ですから、それで定年退職です。同時に、年金受給者になりました。退職金も満額出ていますし、警察には組合があるそうですね」

　労働組合ではなく、ある種の互助会ですと孝子は言った。

「警察職員生活協同組合と警察共済組合があります。警察共済からも年金が下ります。企業年金と変わりません」

　そう聞きました、と酒井がエレベーターに乗った。

「当初、私も梅本さんも入院費のことを心配していたんですが、その必要はなかったんです」

　公務員は違いますね、と少し皮肉めいた調子で酒井が言った。孝子はエレベーター上の液晶パネルに目をやった。

「しかし、体調は悪化する一方でした。一時は車椅子を使って院内の庭を散歩したり、そんなこともできましたが、それも難しくなり、いわゆる植物状態になってしまったわけです。半年前、心停止状態から蘇生《そせい》した時は本当に驚きました。やはり警察官はタフですね」

　エレベーターが二階で停まり、先に降りた酒井が廊下を進んだ。

「それまでの一年半、梅本さんは献身的に菅原さんの世話をされていました。毎日、朝十時から夕方五時まで面会、着替え、洗体、褥瘡《じょくそう》防止の体位交換、理髪、爪切り、洗濯からベッド周りの掃除、新妻のように甲斐甲斐しく尽くしていたんです。梅本さんはいつも菅原さんと話をしていました。梅本さんが一方的に話すだけですが、彼女の中では会話が成立していたんでしょう」

　廊下の最奥部に、精神科専用と表示のあるエレベーターがあった。乗ってください、と酒井がボタンを押すと、すぐにドアが開いた。

「煩雑で申し訳ありませんが、外部の方はこちらからしか精神科病棟に入れないので……菅原さんが心停止したのは深夜二時過ぎでしたが、異常を知らせたのが梅本さんだったのは、前に話しましたよね？」

「はい」

　彼女が帰宅するふりをして、関係者入り口から病室に戻っていたのがわかったのはその時です、と酒井が言った。

「梅本さんがナースコールを押し、我々が駆けつけた。五分遅れていれば、息を吹き返すことはなかったでしょう。愛の力……そう言うと聞こえはいいんですが、私はあの時梅本さんの心が壊れたと思っています」

　エレベーターのドアが開くと、精神科入院病棟のゲートがあった。ＩＣタグ付きの医局員証を酒井がかざすと、電子音が鳴り、ゲートが上がった。

　酒井の後ろにつき、孝子は短い廊下を歩いた。角を曲がったところで、酒井が足を止《と》めた。

　大きな白い木の扉の中央に三十センチ四方の窓がある。そこから中を覗《のぞ》くと、真っ白な部屋の中央に尚美が座っていた。

　笑みを浮かべた尚美が身振り手振りを交え、楽しそうに話している。孝子の背中を氷のように冷たい汗が伝った。

　菅原さんと話しているんです、と酒井が囁いた。

「梅本さんの頭の中にいる菅原さんと……ここは二人の家で、居間で、寝室でもあります。すべては妄想で、まばたきひとつで景色が変わるんでしょう。その必要さえないのかもしれません。部屋だけではなく、海でも山でも外国でも、どこにでも変わります」

「はい」

「医師や看護師と会話もできますし、社会的な常識も備わっていますが、菅原さんと引き離すと暴れて手がつけられなくなります。異常な執着心と言っていいでしょう。今までに医師一名が腕を骨折、看護師一名が階段から突き落とされ、車椅子生活が続いています」

「聞いています」

　薬剤の投与により症状の改善を試みましたが、効果はありませんでした、と酒井がため息をついた。

「精神科医師の指導の下、一時的に試験治療をしています。菅原さんが胃潰瘍で入院していると説明し、介護を任せたんです。菅原さんのそばにいる時は落ち着いていますし、ベテラン看護師よりケアは上手く、丁寧です。三カ月の予定でしたが、効果が認められたため、半年に延ばしました。梅本さんの現状認識力が向上すれば問題はなくなる……そう考えていましたが、来月で試験治療を打ち切ることにしました」

「なぜです？」

改善しないとわかったので、と酒井が言った。

「梅本さんの妄想は非常にリアルで、精緻に作られています。何をしても、彼女の世界は壊れません。否定すれば、暴れるだけです。神聖で冒してはならない領域が彼女の中にあり、手は出せない……それが我々の結論です」

「尚美はどうなるんですか？」

このままです、と酒井が木の扉に目を向けた。

「おわかりだと思いますが、菅原さんは生きているのが不思議なぐらいで、余命二カ月ほどでしょう。おめでたと梅本さんは話していましたが、それも想像の産物です。しかし、菅原さんが亡くなられても、梅本さんはそれを認めないと思います。どこへ隠したのかと我々医師、看護師を問い詰め、暴力を行使する可能性もあります」

「はい」

「我々だけではなく、患者、その家族を見境なく襲うかもしれませんし、そうなったら止められません。この病室で頭の中の菅原さんと暮らすのが、梅本さんにとって一番幸せだと思います」

「そうですか」

今は会話もできます、と酒井が一歩下がった。

「病室であなたと話していましたが、彼女が作ったストーリーに沿っている限り、問題はありません。時系列がおかしくなっているのは気づきましたか？」

「菅原さんの退院時期について、言ってることが変わっていました」

うなずいた酒井が、今後は面会も難しくなるでしょうと言った。

「あなたの存在そのものが彼女の妄想の邪魔になり得るからです。梅本さんは絶対にそれを許しません。あなたを記憶から抹消するか、最悪の場合は殺害することも考えられます。彼女がいるのは澄み切った世界で、あなたも、私も、その他誰であれ、不純物なんです。パソコンのデリートキーを押すように、あっさりと私たちを消すでしょう……何か質問はありますか？」

いいえ、と孝子は首を振った。戻りましょう、と酒井が首を左に大きく曲げると、乾いた音が廊下に響いた。

5

府中駅に戻り、京王線に乗った。吊り革を摑《つか》んだまま、孝子は考えた。あの日、目の前にいたのは何だったのか。

約二年半が経っていたが、顔を忘れたことはない。脳裏に焼き付き、毎晩悪夢が続いている。

悪魔、鬼、怪物、化け物。どれでもない。あの時、あの女の顔にあったのは純粋な憎悪だった。

それは鏡でもあった。あの瞬間、孝子の心は夾雑物《きょうざつぶつ》の一切ない憎悪で満ちていた。

人間の心の奥には、誰にも見せてはならない何かが潜んでいる。悪意、憎悪、嫉妬、敵意、殺意。腐敗臭のする負の感情。誰もがそれを持っている。

だが、ほとんどの人間はそれを表に出さない。穢《けが》れ過ぎている、と無意識のうちにわかっているからだ。

心の奥深くに眠っているそれを目覚めさせてはならない。表に出せば、向き合わざるを得なくなる。

醜怪で醜悪な汚物が心に潜んでいるとわかれば、誰であれ人としての心を失うだろう。

自分の心が腐った臭いを発していると知る必要はない。潜在意識がその存在を封印し、直視を避け、そんなものはないと思い込んでいる。

わたしもそうだった、と揺れる車内で孝子は思った。人間に汚い心があるのは認めても、それが本質ではないと信じていた。

リカに恋人の奥山《おくやま》を殺され、復讐《ふくしゅう》を誓った。個人的な恨みであり、怒りだったが、そこに正義という札を貼っていた。

あれは魔除《まよ》けの札だった。リカに呑《の》み込まれないための護符《ごふ》。

それを剝がしたのは恐怖心だった。リカが親友の尚美の眼を抉《えぐ》っているのを見た瞬間、何かが壊れた。

親友の尚美を失うという恐怖。自分自身がリカに殺されるという恐怖。あらゆる怯えが孝子を襲った。

魔除けの札が剝がれてしまえば、頼れるのは銃しかない。本能が腕を動かし、リカを撃ち殺した。

混乱していたにもかかわらず、冷静な自分がいた。心神喪失状態と査問委員会で医師が証言したが、そうだったのかもしれない。

何してんだよ、と横で声がした。中年の男が呆れた目で見ていた。

「電車で煙草を吸う気か？」

自分の手にセブンスターのパッケージがあり、一本の煙草が口から飛び出していた。無言で孝子はパッケージをポケットに戻した。

あの時、わたしの心は壊れていた。でも、判断力は正常だった。

蛇を殺すには頭を潰すしかない。わかっていて、何度も引き金を引いた。

断続的な記憶しかないのは、心神喪失に陥っていたからだ。すべてをはっきり覚えていたら、それがわたしを違う何かに変える。

だから、記憶に蓋《ふた》をした。わかっているのは、リカに十二発の弾丸を撃ち込んだことだけだ。

リカを殺し、尚美を救出した二週間後、査問委員会が始まった。青木孝子巡査部長による拳銃使用の正当性について、と刑事部長が報告書を読み上げる声が脳裏を過《よぎ》った。

過去にリカが数名、それ以上の人間を殺していたこと、被害者の一人が現職刑事だった奥山で、梅本尚美にも重傷を負わせていることを考慮すると、現場に突入し、同僚の尚美を救うために拳銃を使用したのはやむを得ない、と刑事部長が意見を言った。

刑事部の誰もが孝子を擁護した。捜査一課長の長谷川《はせがわ》も査問委員会に出席し、孝子を弁護していた。

六発だけなら、それが通ったかもしれない。だが、孝子は弾を再装塡し、更に六発を撃っていた。

警務部の監察官が殺意の有無を問うと、長谷川が口を閉じた。孝子自身も、殺意があったと証言した。

奥山の切断された頭部を見た時から、あるいは血まみれの尚美の顔を見た時から、感情の一部が壊れていたし、前者だったのを孝子は知っていた。現場に踏み込む前から、リカを殺すと決めていた。

十二発の弾丸が殺意を証明している。警察官にとって最も重い懲戒免職処分となったのはやむを得なかった。

長谷川をはじめ、刑事部のバックアップがなければ、過剰防衛の罪に問われたかもしれない。懲戒免職で済んだのは、不祥事を隠蔽《いんぺい》する警察の体質のためもあった。

査問委員会が終わった半月後、孝子は警察を辞めた。懲戒免職処分の重さに気づいたのは、辞めてしばらく経った時だった。

警察官は公務員で、懲戒免職処分を受けた者は再就職が難しくなる。犯罪に加担していない限り、公務員が懲戒免職になることはないと誰もが知っている。トラブルメーカーを雇う会社はない。

二カ月ほど経った頃、長谷川に呼び出され、銀座の喫茶店で会った。仕事はどうしている、といきなり長谷川が聞いたのは、懲戒免職の意味を知っていたからだろう。

『十年ほど前、警視庁を辞めた警部がいる』

長谷川が背広のポケットから封筒を取り出した。表書きに〝紹介状〟とあった。

『柏原といって、自分の二期先輩だ。ノンキャリア、三十九歳で警部職を任命された。どれだけ優秀か、説明しなくてもわかるな？　捜査能力は群を抜いていたし、一課のエース的な存在だった。あの人が残っていたら、自分より早く一課長になっていただろう。いや、それはないか……悪い癖で、キャリア連中を下に見るところがあった。現場に出たことがないお偉いさんに何がわかるとか、余計なことを言って嫌われていたからな』

『今は何を？』

お茶の水で興信所を開いてる、と長谷川がコーヒーに口をつけた。

『昔流に言えば、私立探偵だ。警視庁を辞めた理由は自分もわからない。ある日突然、姿を消した。当時、刑事部にいた連中とは連絡を取っていない。興信所をやっているとわかったのも偶然で、本人と話したわけじゃないんだ。だが、紹介状があれば会ってくれるだろう』

『興信所に勤めろと？』

　仕事をしていないのは知ってる、と長谷川が口元を曲げた。

『噂は伝わってくるものだ。新卒で本庁勤務、十年捜査畑にいた女刑事が懲戒免職処分を受けて、まともな職に就けるはずもない』

『皮肉ですか？』

　下らんことを言うな、と長谷川がため息をついた。

『大学は立教だったな？　三十五歳、運転免許以外特に資格なし。犯人を射殺した刑事を誰が雇う？　スーパーでレジでも打つか？　そんな柄じゃないだろう』

『そうは思いません』

　どれだけ洗っても虎の縞《しま》は落ちない、と長谷川が言った。

『お前は刑事で、他の仕事は退屈しのぎにもならん。だが、刑事には戻れない。興信所も面白くはないだろうが、向いているはずだ。一度会ってこい』

　伝票を摑んだ長谷川が店を出ていった。その後ろ姿に小さく頭を下げたのを覚えている。

あれは長谷川の厚意だった。

　リカが何人を殺したのか、正確にはわかっていないが、犠牲者は少なくとも十人以上、噂通り青美《せいび》看護専門学校火災事件がリカの犯行だとすれば、百二十人以上を焼死させたことになる。過去に類を見ない大量殺人犯だ。

しかも奥山を殺し、尚美の右目を奪い、菅原刑事を廃人にしている。元刑事の原田《はらだ》を殺したのもリカだった。

警視庁にとって、リカは警官殺しの犯人だ。警察には独特な身内意識がある。身内を殺されて、黙っている者はいない。

孝子の懲戒免職に反対する者は多く、長谷川はその急先鋒だった。査問委員会でも孝子をかばう発言を繰り返し、警務部長から注意を受けていたほどだ。

厚意を無にするほど、孝子は頑《かたく》なな性格ではない。その後柏原と会い、KPDCで働くことになった。

電車が笹塚駅で停まり、孝子はホームに降りた。あれから二年経つが、拭い切れない汚れが手に染み付いている。死ぬまで消えないだろう。

駅から歩いて三分ほどのコインパーキングに停めていた中古のレンジローバーヴォーグ4WDのトランクを開け、下着を詰めたビニール袋を取った。

そのまま近くのネットカフェに入り、シャワーだけを浴び、下着を替えてからレンジローバーに戻った。窓にスモークを貼っているので、外から車内は見えない。

後部座席のドアを開け、誰もいないのを確認してからロックをかけ、横になった。レンジローバーが孝子の部屋だ。

　警察を辞めた時、ほとんどの私物を売り払った。嫌な思い出しかないマンションは大学時代の友人に安く譲った。

　その条件として、住民票をそのままにしている。税金などはすべて銀行で自動引き落としの手続きをしてあるから、特に問題はなかった。

　煙草の臭いしかしないレンジローバーで食事をし、睡眠を取る。都内のコインパーキングを転々とし、ネットカフェでシャワーを使う。スマホがあれば、仕事に支障はない。

　目を閉じたが、勝手に頭が上がり、目でドアロックをチェックした。

　中古車センターでレンジローバーを買った後、車体に手を入れている。窓を強化ガラスに替え、ドアに鉄板を仕込んだ。改造した箇所は数え切れない。

　それでも不安だった。この二年、熟睡したことはない。

　いつまで続くのか、と孝子は固く目をつぶった。

6

　ＫＰＤＣは究極のフレックスタイムだ。何時に出社してもいいし、出社しなくても構わない。

依頼はすべてKPDCのホームページに記載されているアドレスにメールで入り、柏原が依頼人と電話で話して会う日程を決める。ほとんどの場合、場所はお茶の水の事務所だった。

興信所は平成十八年に成立した探偵業法に基づき、都道府県公安委員会に営業届出書を提出する義務がある。ただし、届出さえ出せば基本的に誰でも開業できるので、参入が容易な業界だ。

柏原に会う前日、孝子はKPDCのホームページを見ていた。素人が作ったとしか思えない稚拙なデザインで、これで依頼があるのだろうかと首を捻《ひね》ったが、入社してから仕事が途切れたことはなかった。

ホームページには『元警視庁刑事部捜査一課警部・柏原信哉《しんや》所長』とある。名前の前に元警視庁警部と記しているのは信用度を高めるためで、実際に柏原は警部だった。ここまで無茶な嘘は書かないと誰でも思うだろう。

依頼が絶えないのはそのためもあったが、柏原が持つコネの方が大きかった。

警察を辞めたのは四十歳の時で、十二年が経っている。当時の同僚たちも同じだけ歳を重ね、長谷川がそうであるように、重要なポジションに就いている者も多い。

日本の警察は何でも屋の側面があり、木に登ったまま降りてこられなくなった猫を何とかしてほしい、という通報も入るほどだ。それは極端な例だが、隣人トラブル、ＤＶ、その他相談の種は尽きない。柏原は昔のコネを使って、夫、あるいは妻の浮気調査を請け負っていた。

夫婦ゲンカの仲裁に入った警察官に、相手が浮気していると訴え、調べてほしいと頼み込む者は珍しくない。

民事不介入の原則があるため、断るしかないが、現在の警察は市民サービスの顔を持っている。クレームが入れば、勤務評定にも響きかねない。

その手の相談をＫＰＤＣに振れば、警察官も余計な仕事をしなくて済むし、浮気を疑っている夫または妻、そして調査をするＫＰＤＣにとっても利益になる。

三方丸く収まる、と大岡越前のように柏原が胸を張るのも、わからなくはなかった。

月曜の午後十二時半、事務所に顔を出すと、デスクで柏原が首を捻っていた。

「どうしたんですか？」

日笠政子がもうすぐ来る、と柏原が文字を打っていたスマホを伏せた。

「調査結果を報告して、請求書を渡す。だが、どうもあの女は読めない。いくらにすればいいと思う？」

わかりませんと答えると、クールビューティは気楽だな、と柏原がため息をついた。

「お前には経営者の苦労がわかっていない。寅《とら》さんの隣のタコ社長がいつも言ってるが、首でも括《くく》りたいよ」

十分ほど遅れて堀口が現れ、ＤＰＥ店から受け取ったばかりの写真を柏原のデスクに載せてから、自分の席に座った。

二十分後、ノックの音がした。堀口が開けると、日笠政子が立っていた。年相応の顔立ちで、肩まである黒髪が真面目な性格を物語っている。

四十歳、専業主婦。表情が固いが、調査の結果を伝える前は誰でもそうだ。

お座りください、と立ち上がった柏原が来客用のソファを指し、奥側の席に腰を下ろした。孝子は隣だ。

向かいに座った政子に、何か飲みますかと柏原が尋ねた。いいえ、と政子が首を振ったが、堀口が日本茶をいれ、三人の前に茶碗を置いた。

「調査結果をお伝えします」雑談抜きで柏原が本題に入った。「結論から申し上げますと、ご主人、日笠俊郎さんには交際している女性がいます」

イニシャルはＴ・Ｉ、二十四歳、と柏原が数葉の写真をテーブルに並べた。俊郎と飯岡登志子が手を繋いでいるが、登志子の目には黒い線が入っていた。

「北区田端に住んでいる女性で、勤務先は埼玉県川口市の食品会社、派遣社員です」

田端、とつぶやいた政子が一枚の写真を手に取った。登志子の顔がアップになっているが、やはり目は隠してあった。

「食品会社……夫とどうやって知り合ったんです？　夫は保険会社に勤めています。でも、総務部ですから保険の勧誘はしません」

青木調査員によりますと、と柏原が孝子に目をやった。

「女性は埼玉県の高校を卒業後、スーパーマーケット・ビッグチャンスに入社しましたが、一年ほど前に退社、理由は不明です。その後派遣会社に登録、現在の食品会社で働いていますが、ボーナスなど各種手当がありません。生活費を捻出するため、夜は銀座の小さなバーでホステスをしています」

日曜日を使い、孝子は飯岡登志子の身辺調査をしていた。経歴その他を柏原にメールで送ったのは昨日の夜中だ。

唇を固く結んだ政子に、ご主人が勤めているダイニチ生命ご用達のバーです、と柏原が言った。

「どこの会社でも、引き継がれている店があります。先輩から後輩、そんな感じでしょうか。ご主人はそのバーで女性と知り合い、関係を持つようになったと思われます。半年ほど前から様子がおかしかったと奥様はおっしゃってましたが、その通りです。女性がバーで働き始めたのは今年の四月でした」

信じられません、と政子が乾いた声で言った。不快そうな表情が浮かんでいた。

「結婚して十三年になります。女性関係はきれいな人で、そういうお店に行くこともあったと思いますけど、本当に浮気していたなんて……」

浮気調査を依頼する者は二つに分かれる。相手の浮気を確信している者と、自分の疑いが間違いであってほしいと望む者だ。依頼の際に立ち会っていたので、政子が後者なのは孝子もわかっていた。

四週間かけて調べました、と柏原が報告書のファイルをテーブルに置いた。

「二週間に一度の頻度で会っているようです。こちらは請求書ですが、振り込みを確認次第、正式な報告書をご自宅にお送りします」

飯岡登志子の名前、勤務先、その他の情報を曖昧にぼかし、写真に目線を入れているのは、柏原の経験に基づくＫＰＤＣのやり方だった。

この段階で報告書を渡すと、そのまま夫、あるいは浮気相手の勤務先に向かい、そこで揉《も》めることがある。遅くとも今夜中に口論が始まるのは、百パーセント確実だ。

怒りで頭が一杯になり、振り込みを忘れてしまう者は一定数いる。デリケートな問題だから、催促もできない。過去に何度か調査費用を取りはぐれたことがある、と柏原は話していた。

調査費用の振り込みと交換で報告書を郵送すると事前に説明し、依頼人の了解を得ている。政子に限らず、誰に対しても同じだった。

帰りに銀行へ寄ります、と政子が立ち上がった。肩が小刻みに震えていた。

「お手間をかけました。後はわたしと主人の問題です。これで失礼します」

あの、と声をかけた孝子に、何でしょう、と政子が顔を向けた。奥様のお気持ちはよくわかります、と孝子は言った。

「ご主人に非があるのは、言うまでもありません。ですが、冷静に話し合ってください。ご主人の同僚に話を聞きましたが、その女性との関係を切りたいとおっしゃっていたそうです」

頭を下げた政子がそのまま出て行った。同僚と話してはいないだろう、と柏原が煙草をくわえた。

「何であんなことを言った?」

わかりません、と孝子は首を振った。ただ、政子が立ち上がった時、暗い影が頭の上を通り過ぎていった気がした。

「依頼人の様子が気になって……嫌な感じがしたんです」

修羅場にはなるさ、と柏原が煙草に火をつけた。

「そりゃしょうがない。浮気した夫が悪いんだ。だが、今のところ女房は証拠を持っていない」

ここにある、と柏原がファイルに手を載せた。

「家に届くのは早くても明日の午後だ。浮気したのねって今夜責め立てても、夫はしらばっくれる。男は馬鹿だから、その場をしのげれば何とかなると思ってるんだ。興信所なんてインチキに決まってる、考え過ぎだ、何だって言い逃れができる」

「そうですね」

報告書が届くまで女房は黙ってるしかない、と柏原が天井に向けて煙を吹いた。

「一日、二日間を置けば、女房も冷静になる……ここで報告書を渡さないのは、そのためもあるんだ。心配するな」

たいしたことにはならんよ、と柏原がこめかみを指で叩いた。孝子もうなずくしかなかった。

ＫＰＤＣで働くようになって二年近い。その間に五十人以上の浮気調査をしている。

依頼人に結果を伝えると、反応はさまざまだった。怒鳴り出す者、泣き出す者、顔色を失う者。あらゆる表情を見てきた。

その後、夫婦間で話し合いがあったはずだが、どうなったかは知らない。離婚した夫婦もいただろうし、元の鞘《さや》に収まった夫婦もいたかもしれない。いずれにしても、ＫＰＤＣとの間にトラブルは起きていなかった。

コーヒーでも飲みに行くか、と柏原が立ち上がった。結果はどうあれ、後味の悪さは興信所に付き物だ。コーヒーの苦みでそれをごまかすのは、いつものことだった。

ぼくもいいですか、と堀口が立ち上がった。経費で落とそう、と柏原が灰皿で煙草をもみ消した。

7

大崎二丁目、サクラマンションのエレベーターのボタンを笹谷《ささや》深雪《みゆき》は押した。左手にゴミ袋がある。一階に全戸共有のゴミ捨て場があり、そこへ行くつもりだった。

火曜は可燃ゴミの日で、カラスがゴミ袋を破り、生ゴミが散乱するため、ゴミ捨て場のネットに入れなければならない。

エレベーターを降り、三メートルほど左に行ったところにあるゴミ捨て場に向かうと、白いワンピースを着た女が立っていた。右手に大根を持っていた。

「日笠さん」

深雪は声をかけた。隣の三〇二号室の日笠政子とは、普段から親しくしている。

おはよう、と振り返った政子が笑みを浮かべた。ワンピースの前面に赤い模様があった。

「いい天気ね。憲《けん》ちゃんは学校？」

深雪の一人息子、憲一は小学校六年生だ。行きたくないって、と深雪はいつもの愚痴を言った。

「担任の熊谷《くまがい》先生が嫌いなのよ。憲一は調子に乗るところがあるでしょ？　すぐ余計なことを言っちゃうの。熊谷先生は若いし真面目だから、どうしてもね。でも……」

話を聞いていないのがわかり、深雪は政子に目をやった。同時に、異臭が鼻を突いた。

生ゴミではない。もっと不快な臭いだ。

「日笠さん、どうし」

深雪の腰がすとんと落ちた。政子の笑みが濃くなっている。笑い声が哄笑《こうしょう》に変わり、空に向かって大声で笑い出した。

政子のワンピースについている赤い模様は柄ではなく血の飛沫《ひまつ》で、右手に摑んでいるのは人間の右腕だった。深雪は悲鳴を上げた。

政子が笑い続けている。その声がどんどん大きくなっていた。

8

参りました、と来客用のソファに座った井島元春《いじまもとはる》が吐き捨てた。警視庁刑事部捜査一課の刑事だ。三十八歳、階級は警部補。

知らんよ、と柏原が言った。

「あの女房が夫を殺すなんて、これっぽっちも考えてなかった。うちにケツを拭けと言われても困る」

そんなことは言ってません、と井島が視線を横にずらした。柏原の隣で、孝子は顔を伏せた。

一昨日の午後一時、日笠政子に調査結果を伝えた。午後三時、入金の確認が取れたので、準備していた報告書のファイルを堀口がポストに投函した。

その日の深夜、マンションの自室で政子は夫の俊郎を包丁で殺し、朝までかけて死体を解体し、ゴミ袋に詰めてマンションのゴミ捨て場に捨てた。

ゴミ袋に入り切らなかった俊郎の右腕を持ったまま立っていた政子に、同じマンションの住人が声をかけ、着ていたワンピースが血だらけになっていたのに気づき、悲鳴を上げた。

その後、他の住人が警察に通報し、政子が逮捕されたのは昨日の午前八時十分だった。

　大崎東警察署で政子の取り調べが始まったが、黙秘が続いている。警察が自宅を調べていたところにKPDCの報告書が届き、動機が判明した。事情を確認するため、井島がお茶の水の事務所へ来たのは十分ほど前だった。

　こっちの仕事は浮気調査だ、とくわえ煙草のまま柏原が足を組んだ。

「その辺のインチキな興信所とは違う。事実をそのまま伝えたし、報告書も作った。こんなこと言ったら身も蓋もないが、浮気なんていずれはバレるんだ。早いか遅いかの違いだけで、いつかは女房が夫を殺しただろう。うちは依頼に基づいて調査し、結果を伝えただけだ。その後の責任は取れない。どうしろって言うんだ？」

　とにかく全部話してください、と井島が言った。

「依頼の経緯、調査の過程、日笠政子にどう伝えたのか、その時の様子、何もかもです。日笠俊郎を殺害したのは妻の政子で、検死によって殺害時刻も判明しています。リビングで俊郎を刺し殺した後、風呂場でバラバラにしたこと、二つの大きなゴミ袋に体のパーツを詰め込み、ゴミ捨て場に捨てたこと、柏原さんのおかげで動機もわかりました」

　皮肉は止《よ》せと顔をしかめた柏原に、問題は日笠政子です、と井島がテーブルを叩いた。

「昨日、逮捕されてからひと言も話してません。食事はもちろん、睡眠も取っていないんです。取調室で尿を漏らしましたが、心が壊れてるんでしょう」

心神喪失だな、と柏原が新しい煙草に火をつけた。

「殺害時の記憶もないだろう。逮捕したはいいが、それじゃ起訴は難しいな」

他人事《ひとごと》ですか、と井島が苦笑した。

「興信所の所長さんはそれでいいでしょうが、我々は困ります。夫を殺し、死体をバラバラにしたのは政子で、起訴が厳しいのはこっちもわかってますよ。裁判をやっても、有罪になるとは思えません。それでも、事実関係を明らかにする責任が警察にはあります。警視庁OBなら、それぐらいわかってるでしょう」

協力するさ、と柏原が言った。

「何でも話すし、資料も渡す。国家権力には勝てんよ。担当していたのは青木だ。詳しいことは彼女に聞け」

いいのか、と井島が視線を向けた。わたしと堀口くんで調べていました、と孝子は言った。

「所長が現場に来たのは三回だけで、わたしが事情を一番わかっているのは確かです」

外でやってくれ、と柏原が煙草を灰皿に押し付けた。

「三十分後に別の依頼人が来る。十分で済む話じゃないだろ？　青木、刑事さんと話したら、今日は帰っていい。いつもの店に行ったらどうだ？　井島、長谷川によろしく伝えてくれ」

「いつもの店?」

囁いた井島に、向かいのビルの一階に喫茶店があります、と孝子は席を立った。また来ます、と柏原を睨《にら》んだ井島がドアを開けた。

9

通りを挟んだ正面のビルには、一階から五階までテナントとして飲食店が入っている。最近はあまり見ない純喫茶〝ぶらんか〟のドアを押し開けると、カウベルの音が鳴った。

空いていた窓際の席に座ると、久しぶりだな、と井島が向かいの席に腰を下ろした。

「あれから二年ほどが経つ。一課の連中は君と梅本、奥山のことを忘れていない。あの時、君が取った行動は正しかった」

コーヒーでいいですかと言って、孝子は顔なじみのマスターにオーダーを伝えた。

日笠政子の件だが、と井島がテーブルに置かれたグラスの水を一気に飲んだ。

「君や柏原さんに責任がないのはわかってる。さっきはきついことを言ったが、あれは建前だ。柏原さんの態度に腹が立ったのも本当だがね」

「いつもあんな感じです」

知ってるさ、と井島が水のお代わりを頼んだ。

「一年だけ、本庁で一緒だった。頭もいいし、悪い人じゃないが、ちょっとこう、だった」

井島が鼻の上に拳を重ねた。天狗《てんぐ》になっていた、と言いたいようだ。

「下からは慕われてたし、頼りになる先輩だったが、煙たく思っていた上もいた。性格だから仕方ないが……とにかく、詳しい事情を知りたい。マスコミが騒いでるのは知ってるな？」

今朝のワイドショーでも大きく取り上げてましたね、と孝子は言った。そりゃそうだろう、と井島が口をすぼめた。

「四十歳の平凡な主婦が夫を包丁で刺し殺し、死体をバラバラにして住んでいるマンションのゴミ捨て場に捨てたんだ。新聞だって一面だし、ネットも祭り状態だよ。日笠政子の精神状態が普通じゃなかったのは確かで、浮気していた夫を殺したのはわからなくもないが、死体を解体して、自分が住んでるマンションのゴミ捨て場に捨てたのは常軌を逸してる。なぜ、そんなことをした？　君は本人と会ったんだろ？　どんな様子だった？」

落ち着いているように見えました、と孝子は言った。

「調査の結果を伝えたのは柏原所長です。夫が浮気していると聞いて、信じられないと驚いていました。夫の挙動がおかしいと気づき、調査を依頼しましたが、何かの間違いであってほしいと心のどこかで願っていたんでしょう。裏切られたとわかり、殺したんです。動機は嫉妬、または独占欲だと思います」

「バラバラにしたのは？」

殺人犯が困るのは死体の処理です、と孝子はモッズコートのポケットからセブンスターを取り出してテーブルに置いた。

「井島さんに説明するのは釈迦《しゃか》に説法ですが、犯人が女性だと、死体を動かすのが難しくなります。でも、部位ごとに解体すれば、持ち運びは容易です。わたしはコールドケース捜査班にいたので、過去の事件の記録には詳しいつもりですが、バラバラ殺人の犯人は女性の方が多かった記憶があります」

確かにそうだ、と井島がうなずいた。孝子はセブンスターをくわえ、百円ライターで火をつけた。

「殺害時、日笠政子の精神状態は正常だったと考えていいのか？」

わかりません、と孝子は首を振った。

「殺人者の心理がわかるのは人殺しだけです。正常だったのか、そうではなかったのか、判断材料はありません。今、彼女が心神喪失状態にあるのは確かだと思いますが、一時的なものなのか、今後も続くのか、精神科医でも判断できないのでは？　正常な状態に戻ったとしても、殺害時の記憶は曖昧なはずですし、供述も取れないでしょう」

トレイにコーヒーを載せたマスターがテーブルにカップを置いて下がった。確認だが、と井島がカップにミルクを注いだ。

「結果を報告した時、政子に妙な様子はなかったか？」

ありました、と孝子は答えた。

「会話そのものは普通でした。事務所を出て、すぐ調査費を振り込んでいますが、冷静だった証拠です。でも、彼女の声に何かが潜んでいました。ガラスを爪で引《ひ》っ搔《か》くような……陳腐な表現ですが、それぐらい嫌な感じがしたんです」

声に何かが潜んでいた、と井島がコーヒーを啜《すす》った。

「そんな抽象的なことを言われても困る。もっと――」

殺意です、と孝子は煙を吐いた。

「具体的に言えば、そうなります。所長がどう思ったかわかりませんが、わたしは彼女の声から殺意を感じていました。日笠政子は浮気を知った瞬間、夫に殺意を抱いたんでしょう」

「なぜ止めなかった？」

止めようがありません、と孝子は言った。

「直感だけでどうしろと？　ご主人を殺さないでくださいとは言えません。それに、殺意を抱くのと実際に殺害するのは違います。本当に殺すとまでは、わたしも思ってませんでした」

「だから何も言わなかった？」

「冷静にご主人と話し合ってください、と伝えました。ですが、夫婦間のトラブルです。興信所の調査員にそれ以上余計なことを言う権利はありません」

君の調査が政子の殺意の引き金を引いた、と井島が下唇を突き出した。

「責任は感じないのか？」

「事実をオブラートにくるんでも、浮気は浮気です。妻なら簡単には許せません。どう伝えたとしても、受け止め方には個人差があります。下手に隠したりせず、調査結果を報告するのは、どの依頼人に対しても同じです。そのために夫婦仲が険悪になったケースもあったと思いますが、殺害に至ったことはありません。誰にも止めることができない事件だった……そうとしか言えません」

青木、と井島が自分の額に手のひらを押し当てた。

「君は例の事件で恋人の奥山と親友の梅本を失った。その辛《つら》さはわかるつもりだ。俺と奥山のことは知ってるな？　あいつは高校の後輩で、大学は違ったがずっと連絡を取り合っていた。奥山は俺の後を追って警察官になったんだ」

「聞いています」

卒配先が俺のいた新目黒署になったのはたまたまだが、と井島が眉間に皺《しわ》を寄せた。

「同じ署にいれば絆ができる。親友という言葉を軽々しく使うのは好きじゃないが、そういう仲だった。ある意味では、君より俺の方があいつのことを知っていた。奥山が殺されてショックを受けたのは君だけじゃない」

奥山が井島のことをよく話していたのは覚えていた。二人は同じ高校の野球部で、先輩と一年後輩だった。

捜査一課の後輩を引き連れて飲みに行くのが井島の日課で、外見もそうだが典型的な昭和の男だ。世話好きで、後輩の面倒見もいい。指輪をしていないが、四十歳近くなった今も独り身のようだ。

同じ高校で直の後輩だった奥山とは特に親しく、孝子との交際も井島が取り持った。お前たちは合う、という井島の言葉に背中を押されたのは確かだ。

懲戒免職は警察官にとって最も厳しい罰だ、と井島が言った。

「自棄《やけ》になるのもわからなくはない。だが、昔の君は違った。そんな言い方はしなかったはずだ」

「そうでしょうか」

切り口上だな、と井島が舌打ちした。

「力になりたいと俺は思っていたし、一課の連中も同じだ。連絡を取ろうとした者は大勢いた。俺もその一人だが、君はそれを拒んだ」

「そんなつもりはありません」

無視したと言い換えてもいい、と井島がため息をついた。

「何度電話をかけても、メールを送っても、返事はなかった。退職して数カ月経った頃、君は住んでいたマンションを友人に譲り、携帯の番号、メールアドレス、すべてを変えた。俺たちは警察官だから、調べようと思えば何とでもなったが、あえてしなかった。同情されたくない、と考えていたのはわかってる」

「違います」

何ができるわけでもないしな、と井島が自嘲気味に笑った。

「結局、君との連絡はつかないままだった。柏原さんの興信所で働いてることも、昨日、長谷川一課長から聞いたばかりだ……あの事件のことは忘れた方がいい、そんな利いたふうなことは言えないが、引きずっていいことは何もない。まだやり直せるんだぞ」

「何もなかったことにはできません」

奥山の切断された頭部を見た瞬間が頭に浮かんだ。あの時受けたショックを話しても、井島にわかるはずがない。どれほど親しい友人でも、恋人とは違う。

理解できるのは尚美だけだが、別の世界にいる。どうにもならない孤独と向き合い、恐怖から目を逸《そ》らせないまま、二年が経っていた。

メールの着信音が鳴り、井島がスマホに目をやった。

「日笠政子のマンションに戻らなきゃならない。さっき渡した名刺に俺の携帯番号がある。何かあったら連絡してくれ……鑑識の金矢《かなや》係長は覚えているか？」

警視庁刑事部鑑識課は第一現場鑑識と第二現場鑑識の二つに分かれている。金矢秀隆《ひでたか》は第二現場鑑識第五係長だ。

ふた回り近く歳が離れているし、コールドケース捜査班にいた孝子とは仕事上の付き合いだけで、警視庁にいた頃も、話したことはほとんどなかった。

査問委員会終了後、自宅待機を命じられていた間に金矢から何度か電話があったのを思い出したが、親しかったわけではない。うっすらと顔が浮かんでくるぐらいだ。

君の連絡先を知りたがっていた、と井島が残っていたコーヒーを飲み干した。

「あの頃一課にいた刑事で、君と奥山、そして梅本のことを話す者はいない。俺たちにとっても辛い記憶だ。誰であれ、わざわざ掘り起こそうとは思わない」

「わかります」

君と連絡を取ろうとした者は何人もいた、と井島が言った。

「だが、俺も含めて諦めるしかなかった。過去を消して生きると決めたんだろう、と思っていた。事情を知っている俺たちと話しても、嫌な記憶が蘇《よみがえ》るだけだ。それなら、かかわらない方がいい」

「そうかもしれません」

今も君の連絡先を聞いてくるのは金矢係長だけだ、と井島が口元を歪《ゆが》めた。

「二カ月、三カ月に一度とか、そんな感じだ。俺に聞くのは、奥山と親しかったからだろう。先々週、会議の後で呼び止められて、また聞かれた。その時は君が柏原さんの興信所にいると知らなかったから、わからないと答えるしかなかった」

「はい」

君の名刺に興信所の番号があったと井島が胸ポケットを指で叩いた。

「教えてもいいか?」

うなずくしかなかった。教えるも何も、孝子が柏原の興信所に勤めている、と一課の全員が知ったはずだ。すぐにでも金矢に伝わるだろう。

「わたしに何の話があると?」

本人に聞けよ、と井島が紙ナプキンに数字を書いた。

「鑑識五係の直通番号だ。俺は金矢さんと話しているが、直接聞いた方がいい。伝聞は間違った印象を与える。刑事の鉄則を忘れたか？」

「あの事件のことですか？」

他に何がある、と井島が千円札をテーブルに置いた。

「俺は君の携帯番号を柏原さんに聞いたが、長谷川一課長、他の刑事や金矢係長にも言わないから安心しろ。話す気がないなら、興信所に電話がかかってきても無視すればいい。だが、俺の電話には出ろよ」

頼んだぞ、と手を振った井島が店を出ていった。カウベルの音が鳴った。

どうしたの、とカウンター越しにマスターが尋ねた。

「青木ちゃん……顔色が悪いよ？」

大丈夫です、と孝子は手のひらで顔を拭った。なぜ金矢は自分と連絡を取りたがっているのか。

しばらく考えて、スマホを取り出した。紙ナプキンに記されていた十桁の数字をタップすると、鑑識五係です、と男の声がした。

第2章　自殺

1

佐藤勝幸《さとうかつゆき》は欠伸をかみ殺した。会議が始まって三時間が経っている。煮詰まったため息が、大会議室に漂っていた。

入社して三年、営業部で働き、他に二つの部署を挟んで、五年前から報道局のディレクターを務めた。そこからバラエティ制作部に異動したのは一年ほど前だ。

テレビ局はどこでもそうだが、ドラマ、バラエティ、情報、スポーツその他の部署より報道局の方が格上だ。社会の公器という側面もあるし、報道あってのマスコミという意識が誰の中にもある。

『今回はやり過ぎたな』

報道部長の声が脳裏を過った。

『自殺したタレントの家へ行くのはいい。だが、遺族にマイクを突き付けて、今のお気持ちをお聞かせください、はないだろう。二十世紀で終わったやり方だ』

きれいごとだ、と佐藤は腹の中で思っていた。その証拠に、同時間帯のニュース番組の中で視聴率はトップだった。

下衆な視聴者にも知る権利がある。頭が悪い分、好奇心がある。それに合わせただけだ。

一年前、バラエティ制作部に来て驚いたのは、打ち合わせや会議が異様に長いことだった。五時間、半日ということもある。

それだけ作り込んでいるというプライドがあるのだろうが、プロデューサーからADに至るまで、どうかしているとしか思えなかった。

効率も悪いし、経費もかかる。そして、できあがるのは下らないお笑い番組だ。

何にこだわっているのか。テレビを真面目に見る視聴者がいると思っているのか。

報道局に戻してほしい、と二度希望を出したが、返事さえなかった。ディレクターという肩書きこそあるが、何をするわけでもない。仕事を取り上げ、干すつもりなのだろう。

一時間後、結論が出ないまま会議が終わった。それもいつものことだった。

パソコンを閉じる者、資料を整理する者、雑談を始める者たちの間を縫い、佐藤は大会議室の奥で足を組んでいたプロデューサーの高岡《たかおか》に近づいた。

同期入社だが、すぐバラエティ制作部に配属された高岡はいくつかのヒット番組のＡＤとなり、二十代最後の年にディレクターに昇格した。

翌年、深夜帯で始めたトーク番組が人気を呼び、今ではテレビジャパンプライムタイムの柱となっている。

その後はディレクターとプロデューサーを兼務し、半年前から始まった『コント師の夜』がスマッシュヒットとなり、次の改編でゴールデンタイムに昇格することが決まっていた。

テレビジャパンを代表するバラエティプロデューサーの一人だ。今日の会議も『コント師の夜』リニューアルのためだった。

どうよ、と佐藤は空いていた隣の席に腰を下ろした。どうって、と高岡が苦笑を浮かべた。

「そう簡単には進まないよ。こっちにはこっちの考えがあるけど、演者には演者のプライドがある。何でもかんでも押し付ければ済む話じゃない。ゴールデンタイムに上がるからって、手放しじゃ喜べない。新コーナーの立ち上げには時間がかかるんだ」

同期三十人の中で一番地味な奴だった、と佐藤は高岡の顔を見た。童顔で、とっちゃん坊やと呼ばれていたが、気づけば誰よりも先を走っていた。

（目に見えない努力か）

新入社員研修の過程で、高岡にテレビマンの才能はないと佐藤は見切っていた。判断が遅く、熟考を重ねてからようやく意見を言う。テレビマンに必要なスピード感に欠けた男だ。

ただ、番組作りに強い熱意を持ち、どこまでも粘る性格までは見抜けなかった。ADとして編集所のイマジカに三週間泊まり込んだと噂を聞いたのは、入社三年目の夏だった。

使い走りのADがそんなことをするはずもない。天才ディレクターというイメージを作るため、自分で噂を撒《ま》いたのだろう、と佐藤は思っていた。

「ちょっと助けてくれないか?」

佐藤は長机に企画書を載せた。表紙に『ホラー千夜一夜（仮）』とおどろおどろしい文字が並んでいる。

「ホラー?　苦手だな」

血が駄目なんだ、と苦笑した高岡が頁《ページ》をめくった。そうじゃない、と佐藤は首を振った。

「半分リアルで、半分バラエティ……そんなイメージだ。年末特番用の企画を出せと部長が怒鳴ってただろ?」

バラエティ制作部のキング、笠井《かさい》部長のしかめ面を思い出し、佐藤はため息をついた。

「俺もこっちに来て一年経つ。三十五歳でお飾りのディレクターじゃ、さすがにまずいと思ってさ。いつまでもお前の預かりだと、申し訳ないってこともあるし」

異動が多かったから仕方ないよ、と高岡が言った。

「一年で慣れるはずがない。ぼくもＡＤを六年やった。たまたま深夜の番組が当たったけど、運が良かっただけだ。焦ることないさ、佐藤が優秀なのはみんな知ってる。ただ、報道とバラエティは作り方が違うからね……お飾りなんて思ってないし、もう少し様子を見ても――」

名前だけ貸してくれればいいんだ、と佐藤は話を遮った。

「俺は笠井部長に嫌われてるから、企画書なんか読みもしないよ。局長とは話した。面白いって言ってくれたよ。だけど、現場は笠井に任せてるから、了解を取れって言われてさ」

石田《いしだ》局長は玉突き人事で半年前に営業から来たばかりだ、と高岡が声を低くした。

「入社以来営業一筋の人だから、制作現場のことはわからない。それは本人も認めてる。あまり当てにしない方がいい」

新しい鉱脈になる、と佐藤は高岡を無視して説明を始めた。

「アメリカでリアリティーショーが流行《はや》ってるだろ？　波に乗らない手はない」

「これって、現実に起きた事件なのか？」

企画書を目で追っていた高岡が顔を上げた。雨宮リカ事件、と頁に赤い字が躍っていた。

「出会い系サイトで知り合った男に執拗《しつよう》なストーキングを繰り返し、挙句の果てに拉致誘拐……両腕、両足を切断？　待ってくれ、テレビだぞ？　こんなの、放送できるわけないだろ」

「そこはCGで処理する」

「思い出した、二、三年前、高尾の山で手足のない死体が発見された事件があったな。あれのことか?」

さすが天才プロデューサー、と佐藤は軽く手を叩いた。

「俺は報道にいたから、事件の裏を知ってる。警察にはコネもある。深掘りすれば、もっと面白い話が出てくるだろう。犯人はわかってるんだ。雨宮リカ、当時二十八歳のナースだ。もっとも、男性の拉致誘拐から十年以上経ってる。今は四十歳ぐらいかな?　二年半前、警視庁の刑事が殺されたが、その犯人もリカだった。捜査が始まり、リカを射殺したと警視庁は公表したが、どうやら何らかのミスがあって、死体が確認できなかったらしい。妙な話だろ?」

どこまで本当なんだ、と高岡が顔をしかめた。

「これは当時の新聞記事だな?　両腕、両足が切り落とされていたと書いてある。そんなことをしたら死ぬだろう。殺すために拉致誘拐したのか?」

そうじゃない、と佐藤は足を組んだ。

「ナースと言っただろ?　事故で腕や足を失う者はいくらだっている。糖尿病で壊疽《えそ》を起こした場合、足を切断するのは知ってるな?　医師なら適切な処置ができる。両腕、両足がなくたって、人間は死なない。止血、感染症対策、要するに手術だと思えばいい。リカは拉致した男を手術したんだ」

「ナースにそんなことができるのか？」

研修医より優秀な看護師はいくらでもいる、と佐藤は言った。

「リカにはそれだけの技術があった。医師より知識は豊富だったたって証言もある。難しくはなかっただろう」

「何のためにそんなことを？」

わかるわけない、と佐藤は笑った。

「いろんな噂がある。俺も取材して、俺なりの考えがある。だが、正解なんてない。何のために男の四肢を切断したのか、理解してるのはリカ本人だけだ」

猟奇的だし、面白いのはわかる、と高岡がうなずいた。

「ストーカーは素材としてありだし、話題にもなるだろう。ただ、この企画書だとストレート過ぎないか？　リアリティーホラーショーって佐藤は書いてるけど、グロ過ぎるよ。笠井さんじゃなくたって通さない。テレビは子供からお年寄りまで見るんだ。クレームが殺到するぞ」

最初だからインパクト重視にした、と佐藤はくわえた煙草に火をつけた。

「最初？」

　クレームは来るさ、と佐藤は煙を吐いた。

「だが、数字は取れる。テレビの神様は視聴率だ。違うか？　視聴率さえ良ければ、こっちの勝ちだ。お前は知らないだろうが、報道にいると奇妙な話が伝わってくる。リカ事件は異常性が突出しているが、他に素材はいくらでもある。うまくいけばレギュラー番組になるだろう」

「わからなくもないけど……結局、この番組で何をしたいんだ？　事件の再現とか霊能力者を呼んで被害者の声を聞かせるとか、いろいろ書いてある。でも、似たような番組は他局でもやってるし、うちの局にも海外の悲惨な事件を扱う番組がある。オリジナリティがないいんじゃないか？」

　犯人を捜す、と佐藤は企画書の最後の頁をめくった。

「番組で取り上げるのは未解決事件だけだ。犯人が逮捕されていない事件、何の情報もない事件もあるだろう」

「わかるよ」

　警察が犯人を特定、逮捕できないのは情報不足のためだ、と佐藤は言った。

「だから、視聴者に情報提供を呼びかける。中盤まではバラエティ仕様だが、後半からは社会派だ。リカが逮捕されたら、大騒ぎになるぞ。他の未解決事件も同じだ。目撃情報が出れば、警察も本腰を入れて再捜査を始める。テレビが犯人を逮捕する、それが番組の狙いだ。新しいだろ？」

一度預かる、と高岡が企画書を閉じた。

「佐藤がプロデュースするのはまだ早い、と笠井さんは言うだろう。まだ慣れてないのは自分でもわかってるはずだ」

だから名前を貸してくれ、と佐藤は灰皿に煙草を押し付けた。

「ヒットメーカー高岡ゼネラルプロデューサーの下で、報道とバラエティのハイブリッドの俺が番組を作る。それならキングも了解するだろう。とにかく間に入って、あの人に企画を出してくれ」

「話してみるけど、期待するなよ。笠井さんは難しい人だし――」

頼んだぞ、と高岡の肩を叩いて、佐藤は席を立った。待ってくれと声がしたが、振り向かなかった。

2

目が開いた。スマホのアラームが鳴ったのは、その一分後だった。

午前六時、孝子はレンジローバーの後部座席で上半身を起こした。いつものことだが、全身が強ばっていた。

モッズコートとパンツスーツのジャケットは脱いでいるが、綿シャツとパンツはそのままだ。汗が体にまとわりついている。

スモークを貼ったガラス越しに外を見た。誰もいないのを確かめてから車を降り、モッズコートに袖を通して走り始めた。日課のジョギングだ。

頭も体も反応が鈍い寝起きが一番危ない。三十分で四キロ走ると、体が目覚めたのがわかった。

車に戻り、トランクからバッグを取り出して、そのまま白金台駅近くのネットカフェに入った。シャワーを浴びて汗を流し、着替えを済ませた。

個室に移動して鍵を掛け、いつも持ち歩いているチェーンで補強した。ただ、上は開いている。長居はできない。

パソコンの検索画面に〈雨宮リカ〉〈青美看護専門学校〉〈火災〉と打ち込むと、数多くのサイトやブログが並んだ。

約二十年前、江東区の青美看護専門学校で火災が発生し、戴帽式のため講堂に集まっていた百二十四人の生徒、教師が焼死するという事件が起きた。

火災が発生した講堂は、空間として密閉された状態にあった。そのため一気に火勢が激しくなり、消防車が到着した時点で、屋根から炎が噴き上がっていたという。

戴帽式で使うために生徒が持っていたロウソクの炎がカーテンに燃え移り、高熱のため講堂の奥に保管されていた灯油缶が破損し、炎が広がった。事件当時、東京消防庁は記者会見を開き、火災の原因を説明していた。

孝子はバッグから一冊の本を取り出した。『祈り・鎮魂の叫び』とタイトルがある。著者は渡会日菜子《わたらいひなこ》、青美看護専門学校火災で唯一生き残った女性だ。

事件から十数年、「閉じ込め症候群」と呼ばれる四肢麻痺の状態が続き、五年前に死亡している。扼殺《やくさつ》による窒息死で、殺害したのは担当医だった。

警察を辞めてからも、孝子は雨宮リカの調査を続けていた。菅原警部補が遺した資料を基に、尚美が関係者に聞き込みを続けて作成したメモを見つけ、暗記するほど読み込んだ。いつ、どこで、何があったのか、すべて頭に入っている。

尚美のメモは偏執的と言っていいほどで、数多くの関係者に会い、話を聞いていた。青美看護専門学校火災で消火にあたった消防士もその中に含まれている。地獄だったと表現する者、言葉にできないと泣き出す者もいたという。

言い換えれば思い込みで、そんな話を孝子にするはずもなかった。

警察を辞めてから孝子は事件を再検証し、尚美の推測通りのことが起きたと考えるようになっていた。根拠は雨宮武士、麗美の親戚による証言だ。幼い頃の姉妹を知っている彼ら、彼女らが語る結花の印象は後のリカと同じだった。

梨花と結花は二卵性双生児で、顔立ちはそれほど似ていなかった。子供の頃から知っている者なら、その違いが容易にわかっただろう。

結花は遠縁の升元家に引き取られ、養女になった。義父が暴漢に殺され、義母と義理の兄、そして弟はガス漏れによって死亡している。

高校でもリカの周囲で不審死が続いたが、いずれも事故として処理された。そして、高校卒業後に入学した青美看護専門学校で火災が発生し、百二十四人が死んだ。

公式には、その一人が升元結花となっているが、孝子は静かに首を振った。升元結花、つまりリカが火災に巻き込まれて死ぬはずがない。

青美看護専門学校の火災は、失火ではなく放火だ。火をつけたのはリカで、炎が上がる前に現場から立ち去った。

その傍証になるのが渡会日菜子の『祈り』だが、著者、そして執筆に協力していた医師は死亡している。今となっては確認できないし、曖昧な部分もあった。

『祈り』に記されている内容は事実だ。ただ、菅原も、尚美も、そして孝子も確証を摑んでいない。理由のひとつは、リカが雨宮梨花、結花、升元結花、雨宮リカと名前を巧妙に使い分けていることだった。

講堂火災で死亡したのは升元結花で、その後リカは雨宮リカとして中野の花山《はなやま》病院に勤めた。そこでも看護師、院長が不審死している。

そして副院長とその婚約者は勤務していた医師に殺害され、犯人の医師は自殺を遂げたが、それもリカの偽装だ。被害者はすべてリカが殺したと考えていい。

そして本間《ほんま》隆雄《たかお》事件が起き、リカは姿を消した。約十年、二人は一緒に暮らしていたはずだが、詳細は今もわからない。

二年半前、高尾の敬馬山で本間の死体が発見され、再捜査が始まった。その結果、奥山刑事が殺され、尚美は右目と人としての心を失った。

尚美を救うため、孝子はリカに十二発の弾丸を撃ち込み、懲戒免職処分を受けた。それでリカ事件は終わったはずだが、リカは孝子の中で今も生きている。

常識では、理屈では、十二発の弾丸を撃ち込まれて死なない者などいない。それでも、本当にリカは死んだのか、という疑いが頭から離れなかった。

リカは奇妙なほど論理的で、社会性もある。真夜中、車が走っていない道でも、信号が青にならなければ横断歩道を渡らないだろう。赤信号は横断禁止、という社会のルールがあるからだ。

何がきっかけでリカの異常性が発動するのか、それはわからない。確実なのは、自分にとって危険な存在がターゲットになることだ。

（あの時、わたしはリカを撃った）

孝子は自分の手を見つめた。正当防衛、過剰防衛、捉え方はさまざまだ。

長谷川のように孝子を擁護する者は、同僚の尚美を護《まも》るためにやむを得ず撃ったと主張したが、それは正当防衛に当たる。

ただ、孝子は自分の殺意を知っていた。恋人の奥山を奪われ、親友の尚美を失いかけた怒りか、復讐心か、それとも恐怖のためか、自分でもわからないが、殺すつもりで撃った。

殺意があれば、正当防衛でも過剰防衛でもない。それは殺人だ。

そして、リカは自分に危害を加えた者を許さない。どんな手段を使ってでも殺す。

マンションを友人に譲り、中古のレンジローバーで暮らし、居場所を転々と変えているのはリカへの怯《おび》えのためだった。

リカなら必ず孝子を見つけ出し、襲撃の機会を窺《うかが》う。危険を避けるには、逃げ続けるしかない。

警察を辞めた直後は日本から離れることも考えたが、意味はないと気づいた。リカはどこまでも孝子を追い、息の根を止めるまで諦めない。

車を改造し、襲撃に備えた。エレベーターやエスカレーターがあっても、階段しか使わない。電車に乗っている時も常に周囲を窺い、不審だと直感したら躊躇《ちゅうちょ》なく降りる。

二年間、そんな日々を過ごしてきた。体に怯えが染み付いている。リカが死んだと信じられずにいた。

考え過ぎだと何度も思った。あの時、九発の弾丸がリカの顔面に命中した。生きているとすれば、ホラー映画のモンスターかゾンビだ。リカは人間で、頭部に九発の銃弾を受けて死なないはずがない。

時計に目をやると、一時間が経っていた。孝子はパソコンをログアウトして個室を出た。視線が左右に動くのを、自分でも止められなかった。

3

週末の金曜日、孝子はＫＰＤＣに顔を出した。

興信所調査員としての仕事は大きく二つに分かれる。柏原の言葉を借りれば、外回りとデスクワークだ。

外回りとは調査業務を指す。対象を尾行、監視し、浮気の有無を調べる。同時に、浮気相手の身上調査も行う。

多くの場合、男性の浮気は夜、女性は昼と相場が決まっている。そのため、調査員の生活は不規則にならざるを得ない。

依頼が重なると、昼は主婦を尾行し、夜はサラリーマンの行動を監視することもあった。ほとんどが待機の時間だが、時には明け方まで続く。労働基準法から最も遠い仕事、と柏原は自嘲していた。

もうひとつのデスクワークは、依頼人と会って依頼内容を確認するところから始まる。夫、もしくは妻の行動パターンを把握しないと、効率が悪くなり、仕事にならない。

加えて、調査が終われば報告書の作成が待っている。ＫＰＤＣには書式があり、必要な項目を埋め、写真を添付すればそれで済むが、それなりに時間のかかる作業だ。

〈四時に来てくれ〉

昨日の夜八時、柏原からメールが届いた。文面はその一行だけだった。

顔を合わせると饒舌《じょうぜつ》という以上によく喋《しゃべ》るが、メールの文章はいつも短い。ＫＰＤＣで働くようになって二年ほど経つが、つかみ所のない男、という印象があった。

ドアを開けると、ソファに寝そべっていた柏原が顔だけを上げた。

「コーヒーができてる。俺の分も頼む」

ガス台の横にコーヒーメーカーがある。ガラスの容器から香りのいいコーヒーを二つのマグカップに注ぎ、孝子は柏原の向かいに座った。

「徹夜ですか？」

そんなところだ、と起き上がった柏原がコーヒーを啜った。こだわりのない男だが、コーヒーだけは高級な豆を使い、自分で挽《ひ》く。

「零細興信所の所長は一人何役もこなさなきゃならない。いつまでもこんなことやってる場合じゃないな。潮時かもしれん」

二年前、初めて会った時も、柏原は同じことを言っていた。口癖だとわかったのは、入社してすぐだ。

「五時にこの女が来る」

柏原がテーブルの封筒を指さした。入っていたA4サイズの紙に、原口敦美《はらぐちあつみ》、二十七歳と記されていた。

日里大学文学部卒、奥浜ライト銀行千駄ケ谷支店勤務、と柏原が読み上げた。

「十二月二十四日にご結婚されるそうだ。誕生日なんだとさ。本人はいいよ？　だが、周りは迷惑だろう。年に一度のクリスマスイブだ。友達だって何だって、それぞれ予定がある。友達の結婚より、自分のイブの方が大事だ」

「そうでしょうね」

「とはいえ、本人は夢がかなったと喜んでる。就職した年から、日里大キャンパスのチャペルを毎年予約していたと聞いた。五年目の大願成就ってわけだ。女の執念は怖いな」

二カ月後ですね、と孝子はＡ４の紙をテーブルに置いた。

「何の依頼ですか？」

身辺調査だ、と柏原が答えた。

「お相手は同じ支店の五期先輩で、三十二歳の与信係長、根本良純《ねもとよしずみ》氏。奥浜ライト銀行は地銀だが、愛知県を中心に業績を伸ばし、今や地銀トップスリーの一角だ。三十二歳で係長っていうのは、それなりに優秀なんだろう」

「わかります」

「当然、女性行員から人気があった。交際が始まったのは今年の一月、彼女は最初から結婚を視野に入れていた。激戦を制してチャンピオンになったんだ。婚約したのは四カ月前、なかなかのスピード婚だろ？」

「そうですね」

「彼女が描いた絵図通りになったが、千駄ケ谷支店には過去に根本と付き合っていた女性行員がいる。わかっているのは一人だけで、二年前に寿退社したから問題ないが、他にもいるかもしれない、と急に不安になった。根本は交友関係も広く、大学ではテニスサークルの部長を務めていた」

この男だ、と柏原が封筒を逆さにすると、一枚の写真が出てきた。白いニットセーターを着たスタイルのいい男が写っていた。

「俺に言わせりゃ遊び人だよ。バブル期には石を投げれば当たったもんだが、三十二歳だろ？　大学生の時はバブルも終わってたんじゃないか？　まあ、いつの時代にもこういう男はいるよな……とにかく、依頼人はいろいろ気になって何も手につかなくなった」

「はい」

「過去はともかく、今も何かあるんじゃないか、と疑心暗鬼に陥っている。調べてほしいとのご依頼だが、一種のマリッジブルーだろう。電話口で泣き出して、こっちも困った」

「わかる気もします」

「正直、気乗りがしない。トラブルの臭いがぷんぷんする。だが、商売だからな。料金前払いなら受けると言ったら、手付け金を振り込んできた。三桁だから、受けざるを得ない」

「百万？　二十七歳ですよね？　ずいぶん——」

親が金持ちなんだ、と柏原が言った。

「父親は商事会社の役員、母親は心理カウンセラー、何冊か本も出している。そりゃ金もあるさ。うまくすれば、二倍払ってもおかしくない。来る者は拒まず、去る者は追うのがうちの社訓だ。太客《ふときやく》だぞ？　逃してたまるか」

孝子は何も言わなかった。柏原の営業方針は知っている。

「金は上から下へ流れる。いただけるものはいただこう。トラブルの臭いがすると言ったが、調査内容に満足しないだろうって意味だ。調べたところで、何も出ないんじゃないか？　遊んでた奴の方があっさりしている。昔の女なんか忘れてるさ。こんな男は何でもうまくやる。結婚した後のことは知らんが」

「わたしが担当するんですね？」

堀口は別件で動いてる、と柏原が腕を組んだ。

「俺もフォローするが、よろしく頼む。コーヒーのお代わりは？」

首を振った孝子に、俺は飲む、と柏原が立ち上がった。

「後は本人と会ってからだ……それはいいが、日笠政子の件は聞いたか？」

いいえ、と孝子はくわえたセブンスターに火をつけた。自殺したよ、と背中を向けたまま柏原が言った。

「井島から連絡があった。大崎東警察署の留置場で首を吊ったそうだ」

「留置場で？」

ひと口吸っただけの煙草を孝子は灰皿に押し付けた。

刑事事件で逮捕されると、被疑者の身柄は一度警察署内の留置場に留め置かれる。日笠政子は現行犯逮捕されているので、すぐ検察に送られたはずだ。

検察官が裁判所に勾留請求をした後、裁判官が勾留を決定する。政子の場合、直接の罪状は死体遺棄もしくは死体損壊と考えていい。

だが、実質的には殺人犯だ。勾留決定までの流れは速かっただろう。

所定の手続きを経て、政子は大崎東警察署に戻った。留置場では自死への警戒が厳しい。首を吊るにはロープ、紐《ひも》の類が必要だが、持ち込むことはできない。不審な動きがあればすぐわかる。政子はどうやって首を吊ったのか。

「タオルで紐を作ったんですか？」

執念だよ、と新しいコーヒーをいれた柏原がソファに腰を下ろした。

「どういう意味です？」

取り調べ中に失禁したと井島が話してただろ、と柏原が足を組んだ。

「精神的なダメージがあるのは、大崎東署の連中もわかってた。そりゃそうだろう、夫の死体を切り刻んでゴミ袋に入れて捨てた女だぞ？　逮捕直後から、心神耗弱《しんしんこうじゃく》だと誰だって思ってたさ」

「確かにそうです」

「酷ければ病院行きだが、そこまでではないと判断したんだろう。留置担当官が様子を見ていたが、夜になると、政子は自分の髪をむしっていたそうだ。心神耗弱だと自傷の症状が出る。自分の髪の毛を抜くぐらいなら軽い方だから、放っておいた。あの女は髪が肩まであって、それなりに長かっただろ？」

「そうでしたね」

百本、千本じゃ利かない、と柏原がマグカップに口をつけた。

「一万本、もっとかもしれないが、政子はそれをお下げの要領で編み、細い紐を作った。髪の毛一本の強度なんてたかが知れてるが、一万本を編めば立派な紐だ。留置場のトイレは洋式で、レバーと自分の首に髪の紐をかけ、そのまま思いきり引っ張った」

「そんな……」

「首吊りと言ったが、死因は窒息じゃない。髪の毛が喉に食い込み、頸動脈《けいどうみゃく》が切れたんだ。周囲の壁が血で染まっていた、と井島が話してたよ。執念としか言えないだろ？」

この辺だ、と柏原が自分の喉に手を当てた。

「首の骨まで肉が切れてたらしい。死体を調べたら、頭頂部から後ろの髪の毛がなくなっていたと聞いた……嫌な死に方だ」

孝子は冷えたコーヒーを口に含んだ。苦みと酸味に、吐き気が込み上げてきた。

留置場で自殺を図る者は少なくないが、ほとんどが未遂に終わる。被疑者の精神状態が不安定なのは警察もわかっているから、研修を受けた留置担当官が常に目を光らせている。

消灯は夜九時で、照明を暗くするが、消すことはない。留置担当官、警察官が定時巡回し、被疑者の様子を窺う。その目を盗んで自殺するのは難しい。

よくあるのは舌を噛むケースだが、簡単には死ねない。多くの者が激痛のために悲鳴を漏らす。

気づいた留置担当官が救急車を呼び、応急処置をすれば、九割以上が助かる、と孝子も聞いたことがあった。

留置場で自殺に成功する者は、一パーセントにも満たないだろう。政子の執念が感じられた。

後味が悪い、と柏原がつぶやいた。

「どこから見ても普通の主婦だった。夫に浮気されて、あらそうですかって妻はいない。腹も立つだろう。口論や暴力沙汰になってもおかしくないし、離婚だ何だと泥沼になるのもよくある話だが、殺したいほど憎いのと、実際に殺すのは違う」

「はい」

　衝動的に手が出たとか、我を忘れて殺すとか、と柏原が手を振った。

「よく言うだろ？　頭が真っ白になったってあれだ。そんなつもりはなくても、人を殺してしまうことはある。だが、あの女は違う。夜を待ち、テレビを見ていた夫の背後から喉をかき切った。その後、風呂場で死体を解体し、ゴミ袋に押し込んで捨てている。目撃した主婦によれば、政子の様子におかしなところはなかったそうだ」

「そう聞いてます」

　淡々と夫を殺した、と柏原が天井を仰いだ。

「何が怖いって、それが一番怖い。お前も知ってるだろうが、計画的な殺人なんてめったに起きない。殺意は誰にだってある。俺だって、何人殺そうと思ったかわからん。だが、理性が邪魔をする」

「はい」

「計画を立てているうちに、馬鹿なことをしていると気づく。それが人間ってもんだ。殺しはタブーだとＤＮＡに刷り込みもある。よほどのことがなけりゃ、計画殺人なんてできないが、あの女は違った……そろそろだな」

孝子は腕時計に目をやった。四時五十分。

新しいコーヒーをいれてくれ、と柏原がネクタイを締め直した。

「俺も歳を取った。昔ならひと晩寝ればすぐに忘れたが、この件は体の芯まで残るよ」

無言で孝子はマグカップを洗い、コーヒーメーカーをセットした。数分後、ノックの音がした。

4

一週間後、金曜の午後三時、孝子は有楽町線桜田門駅で降りた。退職してから数回しか来ていない。嫌な記憶しかない場所に戻る理由はなかった。

駅から五百メートルほど北に歩き、バンドルナというカフェに入った。桜田門にはめったにないお洒落《しゃれ》な店だ。

ドアを押し開けると、女性客、カップルに交じって、奥の席に紺色のブルゾンを着た太った男が不機嫌な表情で座っていた。

遅くなってすいません、と孝子は頭を下げた。早く着いてな、と警視庁刑事部鑑識課の金矢係長が言った。

「電話をもらったのに、悪かった。ちょっとごたごたしていて、今日まで時間が取れなかった」

　土佐犬のような顔で金矢が言った。ウエイターにエスプレッソをオーダーして、孝子は席に座った。

　金矢のことを井島に聞いたのは、先週の水曜日だ。井島ははっきり言わなかったが、リカに関することだとわかっていた。

　迷ったが、教えられた番号に電話をかけた。金矢と話し、今日会うと決めていた。

「係長はこの店によく来るんですか？」

　土佐犬に似合う店ではない。冗談のつもりだったが、週に二度は来る、と金矢が言った。

「浮いてるのはわかってる。だが、ここのアイスコーヒーが好きでね」

　意外です、という言葉は飲み込んだ。さすがに失礼だろう。

　イタリアンローストって奴だ、と金矢が大ぶりのグラスに手を掛けた。

「酸味がなく、苦みが強い。目が覚めるよ。コールドケース捜査班と違って、鑑識は事件が起きれば時間に関係なく呼び出される。いつだって寝不足だ。店には嫌われてる。オッサンが何しに来た、そんな目で店員が見てるが、知ったこっちゃない」

　言葉や表情は刺々《とげとげ》しいが、毒気は感じられなかった。

「二年ぶりか？　痩せたな。いや、引き締まったってことか？　鍛えているようだな」

そうでもありません、と孝子は言った。コートぐらい脱いだらどうだ、と金矢が顎をしゃくった。

「人のことは言えんが、俺のブルゾンより浮いてるぞ」

孝子はゆっくり周りに目をやり、モッズコートを脱いで、空いていた隣の席に置いた。

暑くないのか、と金矢が首を捻った。

「まあいい、世間話がしたくて呼んだわけじゃない」

店員がエスプレッソの小さいカップを孝子の前に置いた。反射的に腰が浮いたが、それはいつものことだった。

「あの女のことですね？」

他に何がある、と金矢が苦笑した。

「まず確認だ。二年前の査問委員会には、オブザーバーとして俺も出ていた。こっちは鑑識結果を報告しただけだが、あの時、お前さんはこう言った」

胸ポケットから老眼鏡を取り出した金矢がメモ帳を開いた。

「自分の字が汚くて読めやしない……ええと、リカが梅本巡査部長の目にメスを突き立て、更に首を切ろうとした。咄嗟《とっさ》の判断で発砲、危険を感じて更に五発撃った」

「そうです」

どこを撃ったかは覚えていないが、肩、腹部だと思うとも言っていたな、と金矢がメモに目をやった。

「そりゃそうだろう。日本の警察官が発砲することはめったにない。江東区の警視庁術科センターでの射撃訓練は年に一日、大きな声じゃ言えないが、参加しなくてもいいんだ。お前さんに限らず、慣れてる奴はほとんどいない。狙ったつもりでも、どこに当たるかわかるはずがない」

リカを撃ったのは確かです、と孝子は言った。

「肩を狙いましたが、あの時はわたしも混乱していました。記憶もはっきりしません。正確に言えば、最初の六発は反射的に撃ったのだと思います」

これは査問じゃない、と金矢がメモ帳に視線を落とした。

「ぶっちゃけて話そう。その後、弾丸を再装塡し、リカの顔面に向けて六発撃った……お前さん自身がそう言ってるし、梅本も見ていた」

事件直後はあいつもここがしっかりしていたからな、と金矢がこめかみに指を当てた。

「信頼できる証言だ。その時のことは覚えてるか？」

はい、と孝子は答えた。

「顔に銃口を突き付け、そのまま引き金を引きました。殺意があったと査問委員会で話しましたが。尚美を守るため、自分を守るためもありました。ただ、殺すしかないと思ったのは確かです」

「奥山の仇《かたき》か?」

否定しません、と孝子はエスプレッソをひと口飲んだ。苦みが舌に残った。

「確認したいのはそこだ。リカの顔を撃ったのは間違いないな?」

「はい」

「リカを殺した?」

「はい」

「リカの死を確認したか?」

そんな余裕はありませんでした、と孝子は首を振った。

「尚美の出血が酷く、病院へ連れていくことしか頭になかったんです。眼球を抉り取られていても、手術をすれば失明を免れるかもしれない、医師なら何とかしてくれる、そう思っていました」

角膜に傷がつけばどうにもならんと言った金矢に、今考えればそうですが、と孝子はカップに指を掛けた。

「あの時、何が起きたのか、自分でもよくわかっていないんです。殺意があったのは認めますが、パニックに陥っていたと言うべきだったのかもしれません。自己弁護ではなく、それが事実です」

話を戻そう、と金矢がストローでアイスコーヒーを啜った。

「あの状態じゃ、誰だって訳がわからなくなる。もう一度聞くが、リカの死は確認していないんだな？」

「十二発撃ちました。死んだと考えるしかないでしょう」

なるほどな、と金矢が腕を組んだ。何を聞きたいんです、と孝子は獰猛《どうもう》な顔を見つめた。

「今になって逮捕するつもりですか？」

そんなわけないだろう、と腕を解いた金矢が足元のカバンからタブレットを取り出した。

「ついでに、もうひとつ聞かせてくれ。リカが本当に死んだと思ってるか？」

孝子は唇を嚙んだ。声が出なかった。

5

企画としてはありだと思うんです、と高岡が言った。

顔色の悪い中年男が椅子のアームレストに肘をついている。テレビジャパンバラエティ制作部長、笠井浩一《こういち》。通称キング。

「佐藤は報道にいたので、警察にコネがあります。リカ事件のことは部長も覚えてますよね？　もちろん、お茶の間にあの事件をそのまま流すわけにはいきませんが、ソフトに表現すればいいんじゃないかと……」

どっちが企画書を書いた、と姿勢を変えずに笠井が目だけを動かした。私です、と佐藤は手を挙げた。

「報道から異動して一年、まだ不慣れだと部長が考えているのはわかっています。ですから、同期の高岡に相談しました。企画自体は私が立てましたが、高岡のアドバイスを受けて書き直しています」

一度言っておこうと思ってた、と笠井がアームレストから肘を離した。

「佐藤、お前がバラエティに不慣れだとは思っていない。一年経ったんだ。入社十三年のテレビマンに、慣れも不慣れもないだろう。だが、お前がバラエティをなめてるのは顔に書いてある」

「そんなことは――」

お笑い番組をマジで作ってどうすんだってな、と笠井が佐藤の顔を指さした。

「報道出身のプライドは結構だし、斜に構えるのはお前の勝手だよ。だが、テレビマンとしては失格だ」

そうでしょうか、と佐藤は肩をすくめた。

「私は各部署でそれなりに成果を出しています。報道局では局長表彰も受けてますし……」

高岡、と笠井が顔を向けた。

「同期の誼《よし》みはわかる。だが、お前は外れろ。それどころじゃないだろ？　佐藤、石田局長に直談判したそうだな」

企画書を渡しただけです、と佐藤は目を伏せた。俺もタッチしない、と笠井が企画書をデスクに放った。

「後はお前が石田局長と話せ。トライだけはさせてやれ、素材次第でジャッジすると局長は言ってる。予算は何とかするし、ＡＤもつける。だが、そこまでだ。いいな？」

わかりました、と佐藤はうなずいた。笠井の高圧的な態度は局内でもよく知られている。何もかもが時代遅れの男だ。

言葉遣いも態度も悪い。暴力的と言ってもいいほどで、下も萎縮している。二十世紀の遺物だ。

「部長への報告は必要ですか？」

局長マターだ、と笠井が言った。

「あの人の気がしれんよ……高岡、お前のところからADを出してやれ。ハンコだけはつく」

話は終わりだ、と笠井がアームレストに肘を載せた。高岡が一礼してデスクを離れた。

テレビジャパン六階には、編成部を中心にドラマ制作部とバラエティ制作部がある。局の中枢と言っていい。固定電話、携帯電話の声がうるさかった。

笠井部長の了承は取れた、と高岡が廊下に出た。

「ワガママ笠井だから、気に入らない企画には触らない。かえってやりやすいだろ？　局長のゴーサインが出たんだから、後は好きにやればいい」

いくらなんでもあれはないだろう、と佐藤は振り返った。

「キングだか何だか知らないが、あんなのが上にいるから駄目なんだ。テレビマン失格？　何様のつもりだ？　そのうちパワハラで訴えてやるぞ」

あの人は口が悪いけど、と高岡が首を振った。

「言ってることは間違っていない。今だから言うけど、バラエティをなめてるのは本当だろ？」

そんなわけないと手を振った佐藤に、君は入社した時からそうだった、と高岡が言った。

「給料が高くて、誰でも知ってる会社だから入っただけだ。そういう考え方もあるだろう。笠井部長を古いと言うのはわかるけど、ぼくに言わせれば君も古い」

「どこがだ？」

テレビがメディアの王様になって長い、と高岡がため息をついた。

「でも、もうそれも終わりだ。笠井部長はそれに気づいている。五年もすれば視聴者は半分になるし、残るのはお年寄りだけだ。そういうメディアなんだよ」

「ヒットメーカーにしちゃ弱気な発言だな」

皮肉のつもりで言った佐藤に、ぼくの番組はヒットしていないと高岡が肩をすくめた。

「十年前なら、視聴率ランキングのトップ三十にも入らない。全体が落ちてるから、相対的に数字が良く見えるだけだ。今後はテレビ離れがもっと進む。これからはネットの時代だよ」

「意外とシニカルなんだな。お前ぐらいテレビが好きなプロデューサーはいないと思ってたよ」

「だからわかるんだ。滅びの日は近いってね……今、ぼくが四十五歳なら、既得権益にしがみついて局に残るし、二十五歳だったらテレビ業界に入っていない。ぼくや佐藤の世代が一番ヤバい」

「ヤバい？　そんなことはないだろう。そりゃ、視聴率は下がり気味だが……」

　構造的に終わってるんだ、と高岡が暗い目になった。

「将棋で言えば詰んでいる。傷を浅くするには、さっさと逃げるしかない……来年の春、ぼくはテレビジャパンを辞める。笠井部長にも話してある」

　おいおい、と佐藤は高岡の肩に手を掛けた。

「バカなのか？　給料は高いし、テレビ局員にはステイタスもある。免許事業だし、潰れるわけがない。こんな安定した会社はないんだ。辞めることはないだろう」

　ぼくは臆病だからね、と高岡が薄笑いを浮かべた。

「沈みかけた船からは、真っ先に逃げ出すよ。佐藤の企画に付き合ったのは、どうせ辞めるからだ。タッチしないと笠井部長も言ってただろ？　あの人は勘が鋭い。嫌な臭いがしたんだよ」

　それはぼくも同じだ、と高岡が早口になった。

「かかわりたくなかったけど、辞めるつもりだったから、同期に手を貸そうと思った。ADを預けるから、後は君の責任でやってくれ。いいね？」

　企画書を押し付けた高岡が廊下を歩き去った。偉そうにしやがって、と佐藤は壁を蹴った。

6

あの時はどこもかしこも大混乱だった、と金矢が苦笑を浮かべた。

「お前さんと梅本が許可なしで動いて、リカに接触した。その結果、梅本がリカに拉致された。放っておくわけにはいかない。本庁の刑事が総掛かりで梅本を捜すことになった」

そうです、と孝子は小さくうなずいた。命令系統も何もなかった、と金矢が吐き捨てた。

「お前さんの責任でもある。梅本の携帯にGPSがインストールされているのを知っていたのに、報告しなかったな？」

できなかったんです、と孝子は言った。

「そんな時間はありませんでした。それに、GPSのことを知っていたのはわたしだけではありません。刑事総務課にテスターを頼まれて、わたしと尚美の携帯にGPSをインストールしたのは総務係長です」

責めてるわけじゃない、と金矢が手を挙げてアイスコーヒーのお代わりを頼んだ。

「それだけ混乱してたってことだ。鑑識課まで動員されたんだぞ？　その後、GPSのことを一課長に伝えてから、お前さんは一人でリカが暮らしていた新大久保のアパートに突っ込んだ」

「そうです」

「親友が殺されると思ったら、俺だってそうしたかもしれん。援護を待つ時間がなかったのもわかる。お前さんが動かなかったら、梅本は確実に殺されていた。それは間違いない」

お前さんはリカに十二発の弾丸を撃ち込み、梅本を救った、と金矢がストローの先を向けた。

「梅本は救急車で病院に搬送された。お前さんも肩を刺され、出血が酷かった。七針縫った、と後で聞いた。梅本の顔には他にも傷があり、再建手術が始まった。半日かかったそうだな」

「わたしも二日間入院しました」

お前さんたちは病院へ行ったが、と店員が運んできたアイスコーヒーを金矢が両手で受け取った。

「現場には続きがあった。一課の刑事たち、そして俺はアパートに入り、現場検証を始めた。床にリカが倒れ、壁は血だらけだった。アパートの住人も銃声を聞いていた。お前さんと梅本に銃創はなく、撃ったのは青木孝子以外いない」

「はい」

そうなると、俺たちに判断できる問題じゃなくなる、と金矢が言った。

「リカに脈がないのを確かめたのは俺だ。呼吸もしていなかったし、死んでいると他の刑事に伝えた。現場保存を優先するべきだ、とその場にいた全員が思った。死体を動かしたって意味はないからな」

「はい」

だが、リカの死体を搬送することになった、と金矢がこめかみの辺りを掻いた。

「リカが蘇生する可能性がある、と上が判断したんだ。撃った本人に言うのも何だが、お前さんがリカを撃ち殺したとわかれば、大不祥事になるのは目に見えていた」

「確かにそうです」

「事故を除けば、警察官が犯人を射殺した事例は一九七九年に大阪で起きた銀行襲撃籠城事件以来一度もない。一瞬でも息を吹き返せば、過失致死って言い訳もできる。人を殺した警察官は何十人もいるが、支給された拳銃を使った者は数人いるかどうか……下手をすれば警察官の拳銃携行の是非が問われる。上にとっては大問題だったんだ」

「わかります」

「詭弁《きべん》と言われるかもしれんが、警察の面子《メンツ》を守るためには過失致死で通すしかなかった」

「はい」

身内に甘いのは警察の悪癖だ、と金矢が苦笑した。

「ところが、現場では異常事態が起きていた。リカの部屋から女の死体が出てきたんだ」

「女の死体？」

俺が見たのは浴室だった、と金矢が自分の目を指さした。

「それが混乱をますます酷くした。パニックなんてもんじゃない。複数の命令が交錯し、指揮系統なんて吹っ飛んだ。救急、マスコミ、やじ馬もアパートを取り囲んでいた。どれだけ大変な騒ぎになったかわからんだろう」

特にテレビジャパンの報道記者が酷かった、と金矢が舌打ちした。

「鈴木だか佐藤だか、ありふれた名前だったが、隙をついて部屋に入り込んできた。排除しようとすると、報道の自由だ、知る権利だ、そんなことを大声で喚《わめ》いてたよ。言うのはいいが、状況を考えろって話だ」

覚えてます、と孝子はうなずいた。テレビジャパンの佐藤。恋人の奥山を失った孝子に、興味本位の質問を繰り返していた。

「奴の大声を聞き付けて、新聞や他の記者も入って来た。まったく、マスコミって奴は……自分たちが社会の木鐸《ぼくたく》だと勘違いしてるんだな。まずルールを守れと言いたいところだが、今じゃ警察もそんなことを言える立場じゃない。モラルも何もなくなってる。昔は良かったと愚痴のひとつも――」

「女の死体というのは？」

　話が逸れたな、と金矢が洟《はな》を啜った。

「あのアパートは広かった。２ＬＤＫだ。部屋の借り主は女子大生で、今も行方不明のままだ」

「では、風呂場の死体は……」

　借り主の女子大生じゃなかった、と金矢が言った。

「ＤＮＡ鑑定で、それははっきりしている。身元不明の死体で、俺が見たレベルで言えば、死後一日も経っていなかった。ただ、医者じゃないから正確にどうなんだと言われても困る。とにかく、腐乱してはいなかった。そして、寝室にあったスーツケースから別の女の死体がもうひとつ出てきた」

　待ってください、と孝子は額を指で押さえた。

「あの部屋に……死体が二体あったんですか？」

　しばらく黙っていた金矢がおもむろに口を開いた。

「俺はスーツケースの死体を見ていない。広いと言ってもアパートだ。そんなはずないと言いたいだろうが、嘘でも何でもない」

「でも……」

「誰が誰の命令で動いているのかさえわからない。所轄、鑑識の応援、科捜研の連中が次々に来て、部屋は足の踏み場もなかった。救急車が来て、まず梅本、次にお前さん、三人目はおそらくリカだが、順番もはっきりしない。確かなのは、全員を緊急搬送しろって命令が出たことだけだ」

「それで?」

言うまでもないが、救急隊員は何人もいた、と金矢が両手を開いた。

「運転者一名、救急措置担当が二名、一台に三名だ。結果的に五台の救急車が来たが、それだけで十五名、他にも何人か現場に入っていた。誰が誰を搬送したのか、それもよくわからん。連中の仕事は負傷者や死人を一刻も早く病院へ運ぶことで、誰であっても関係ないからな」

わたしと尚美は別として、と孝子はエスプレッソをひと口飲んだ。

「他のリカ以外の二つの死体は身元もはっきりしていなかったんですよね? 確認より搬送が優先されたのは、やむを得ないと思います」

死体も人として数えるが、と金矢が右手を突き出した。

「トータルで五人が救急車で病院に運ばれた。お前さんは治療を受け、そのまま入院した。

並行して、梅本の手術が始まった。その間、残り三体の遺体は放置されていた」

「放置？」

トリアージだ、と金矢が言った。

「医師が優先順位をつけた。搬送先は現場に近い新大久保総合病院で、お前さんはともかく、梅本の怪我は深刻だった。最短時間で行ける病院が搬送先になるのは、救急のルールだよ。だが、あそこは規模が小さいし、医師も看護師も多いとは言えない」

「はい」

「死人より生きてる者の方が優先順位は高い。放置は言い過ぎだが、地下の霊安室にストレッチャーごと運び込まれて、数時間以上誰も見ていなかったんだ」

「知りませんでした」

もうひとつ、警察と救急と病院の証言に食い違いがある、と金矢が言った。

「俺たち警察は、あの部屋で三体の死体を発見した。リカと二人の女だ。その後、全員を病院へ搬送したのは救急で、俺たちは何もしていない」

「はい」

「どの救急隊員が誰を運んだか、そんなことを確認している暇はなかった。そもそも、確認の義務はない。救急は救急で、それぞれが救急車に一人ずつ乗せていた。五人という総数さえわかっていなかっただろう」

次々に救急車が病院に到着し、複数の医師が処置に当たった、と金矢が話を続けた。

「ここから証言に食い違いが出てくる。三人だった、四人だった、五人だった、医師や看護師によって話が違う。やむを得ないところもあって――」

隣のテーブルで話していた女性客が椅子を引き、怪訝《けげん》そうな目で二人を見つめた。店に迷惑だな、と金矢が囁いた。

「出よう。まだ続きがある」

そのまま金矢が伝票を摑んでレジへ向かった。孝子も席を立ったが、目の前を暗い影が通った気がして、テーブルに手をついた。

7

女かよ、と佐藤はディレクターの今野《こんの》に目をやった。スタッフ控室の隅に、若い女が立っていた。

高岡さんからADを出せと言われて、と今野が薄笑いを浮かべた。

「佐藤さんに付けても意味ないでしょうって言ったんですけどね」

「どういう意味だ？」

コーナーのひとつも持ってないディレクターにADを預ける余裕なんてありませんから、と今野が皮肉たっぷりに言った。

今野は二期下だが、番組のチーフディレクターだ。佐藤を蔑《さげす》んでいるのは、前からわかっていた。

他にも、陰口を聞いていた。報道局から飛ばされた男、局も処遇に困っている、仕事もしないのに態度が大きい、会議で座っているだけのダルマ。

立派になったな、と佐藤は腕を組んだ。

「だが、異動すればお前にもわかる。他部署の水に慣れるのは簡単じゃない。今までは様子を見ていただけだ。俺がプロデューサーになったら、生意気なディレクターはすぐに飛ばす」

好きにしてください、と今野が苦笑した。そんな日は来ない、と顔に書いてあった。

今野が手招きすると、女が近寄ってきた。二十四、五歳だろう、と佐藤は思った。

陽に焼けた小麦色の肌を男もののTシャツで隠しているが、スタイルの良さが一目でわかった。スタッフにしておくのが惜しい、と佐藤は胸の谷間に目を走らせた。

自己紹介、と今野に促された女が小さく頭を下げた。

「城川令奈《しろかわれいな》、日比谷放送専門学院卒、二十四歳です。先月から高岡班でＡＤを務めています。よろしくお願いします」

話はしてあります、と今野が言った。

「去年まで制作会社にいたんですが、笠井部長がテレビジャパンに引っ張ったんです。今は契約社員ですけど、来年の今頃には正社員採用される予定です。妙なことはしないでくださいよ」

「妙って何だ？」

報道局の噂はこっちにも伝わってます、と今野が耳元で囁いた。

「女子アナを家まで送り迎えして、しつこく電話をかけてたそうですね。さすがに引きましたよ。今時、そんな人がいるのかって……こっちでは笑い話になってます」

報道とバラエティじゃやり方が違う、と佐藤は今野のポロシャツの襟《えり》を摑んだ。

「今じゃ女子アナはタレントなんだよ。一人で出歩かせたら、何をされるかわからん。ボディガードを買って出て、何が悪い？」

依頼もないのにボディガードですか、と今野が佐藤の腕を払った。

「世間じゃそれをストーカーって呼ぶんです。城川に何かあったら、総務に訴えますよ。半年前からハラスメント講習が始まってるのは知ってますよね？」

「下からの言葉の暴力ハラスメントじゃないのか？」

何かあったら言ってくれ、と令奈の顔を覗き込んだ今野がスタッフ控室を出ていった。ドアが閉まると、企画書を読みましたと令奈が口を開いた。

「フェイクドキュメンタリーってことですよね？　面白いと思いました」

頼りにしてる、と佐藤は令奈の肩に触れた。

「局長も了解している企画だ。これからパイロット版を作る。令奈はまだ慣れてないだろうが、かえってその方がいい。今までのバラエティとは違うから、今野みたいに染まりきった奴は使えない」

初対面の女でも名前で呼ぶのは佐藤の流儀だ。不快そうな目をする女は切ることにしていた。

「変に手垢《てあか》がついてる奴を教えるのは時間の無駄だ。二人だけのチームだが、いずれレギュラーになったらチーフを頼む」

甘い餌で釣るのもいつものことだ。口約束もいいところだし、守るつもりもなかった。

リカ事件のことを調べました、と令奈がウエストポーチから一冊の本を取り出した。数年前、ベストセラーになった渡会日菜子の『祈り』だ。

「この本が出た時、わたしはまだ学生で、その時は読んでいません」

「それで？」

『祈り』には佐藤も目を通していた。流行りには何でも食いつくことにしている。

看護学校の校舎から転落し、植物状態になった女性がまばたきだけで書いた本として話題になったが、眉唾ものだと思っていた。

共著者として、担当医の名前がクレジットされていたが、捏造《ねつぞう》だろう。寝たきりで十数年過ごしていた女に、本を書けるはずがない。

「青美看護専門学校の火災で百二十四名の死者が出たのは当時の新聞にも載ってましたし、テレビジャパンのニュース番組のアーカイブがあったので、それも見ています。ヘリが空撮してましたけど、戦場みたいでした」

おいおい、と佐藤は一歩下がった。やる気のある女ＡＤはかえって扱いにくい。わきまえない女、と佐藤は陰で呼んでいたが、そういう女は会議でも話が長い。文句も多いし、うるさくて面倒だと相場が決まっている。

わたしの従姉妹《いとこ》は青美の学生でした、と令奈が顔を伏せた。

「講堂火災で焼け死んだ犠牲者の一人です」

本当か、と佐藤は令奈の顔を見つめた。従姉妹は短大を出て数年働いた後、青美に入り直したんです、と令奈が言った。

「他の学生よりスタートが遅かったので、焦りもあったと思います。お正月と夏休みしか実家に帰らず、寮で勉強していたと聞きました」

「驚いたな……それで？」

　わたしはまだ小さかったので覚えてませんが、と令奈が言った。

「寮に変わった子がいる、と伯父や伯母に話していたそうです。佐藤さんは〝マヅルカ〟を知ってますか？」

　まあな、と佐藤は答えた。升元結花が延々と部屋でレコードを流し続けていた、と『祈り』に書いてあった。

　一度だけ聴いたが、あまりにも陰鬱な声に、途中でコンポのスイッチを切った。不快な曲、という印象が今も頭にこびりついている。

「従姉妹はその学生の名前を言ってませんでしたし、伯母の印象では、それほど気にしてなかったようです。従姉妹は他の学生と比べて四、五歳上だったので、友達を作るとか、そういうつもりはなかったんでしょう。看護師になることだけを考えていたんです」

「だが、火災に巻き込まれて死んだ？」

　殺されたんです、と令奈が『祈り』の頁を開いた。ゆっくり話を聞きたい、と佐藤は令奈の肩に腕を回した。

とんでもない引きの強さだ。リカに殺された女の従姉妹が目の前にいる。

番組は当たる、と佐藤は令奈の肩に回した腕に力を込めた。

第3章　5－4＝1

1

バンドルナを出ると小雨が降っていたが、傘を差すほどではなかった。しばらく歩くと、チェーンのハンバーガーショップがあった。

店に入り、促されるまま孝子は空いていた席に座った。レジで紙コップのコーヒーを二つ買った金矢が安っぽいプラスチックのテーブルにそれを置いた。

席は半分ほど埋まっている。学生客が多かった。

「さっきの店より、俺たちは浮いてるな」

薄笑いを浮かべた金矢に、すみません、と孝子はコーヒーに口をつけた。火傷《やけど》するほど熱かった。

「証言に食い違いがあった……本当ですか？」

警察も救急も病院も、それぞれ組織は別だ、と金矢が言った。

「上も下もない。警視総監の命令に救急隊員が従う義務はないし、全体を統括して管理する者もいなかった。だから証言に食い違いが出たんだ」

「それはわかります」

トータル五人が新大久保総合病院に運ばれたと確定したのはその日の夜だった、と金矢がコーヒーをひと口飲み、苦いだけだな、と顔をしかめた。

「凄《すさ》まじい味だ……例えば俺だが、自分の目で見たのは梅本、お前さん、リカ、そして浴室の死体だけで、スーツケースの死体は見ていない。いや、現場で話は聞いたよ。だが、確認まではできなかった。目の前の仕事で手一杯だったんだ」

「はい」

警察官も救急隊員も医師や看護師も同じだ、と金矢が言った。

「自分が担当する負傷者、死体をどうするか、それしか考えられなかった。一種の視野狭《きよう》窄《さく》だな。言い訳じゃなく、あの状況で全体を見るなんて、誰にもできなかっただろう」

「ですが、夜には病院に運ばれたのが五人だとわかったんですよね？　何が問題なんですか？」

整理するとこうなる、と金矢がボールペンでコースターにいくつかの丸を描いた。

「俺たちは現場から梅本、青木、リカ、スーツケースの死体、浴室の死体の順番で救急車に乗せた。警視庁が医師たちにリカの蘇生措置を要請したのは、さっきも話したな？　だが、三番目に運ばれたのはスーツケースの女だったんだ」

「どうしてそんなことに？」

救急車のルートが違ったからだ、と金矢が言った。

「四台目の救急車が三台目の救急車を追い越し、先に病院へ着いた。三つの死体は三十代ないし四十代の女性、三人とも痩せ型で髪の毛が長かった。特徴が同じだったこともあって、医師たちは三番目に運ばれてきたのがリカだと思い込み、俺たちには確認のすべがなかった。死体の取り違えは珍しい話じゃない」

「信じられません」

病院の入院患者が別の患者と勘違いされて、開腹手術を受けた事例はいくらでもある、と金矢が苦笑した。

「点滴の誤認、誤注射、異なる血液型の輸血……医療過誤は今もどこかの病院で起きている。表ざたにならないのは、病院が事実を隠すからだ。何が起きたのか、患者や家族にわからない場合も多い」

「それは知ってますが……」

「医師も看護師も、わざとそんなことをするわけじゃない。思い込みや勘違いだから、余計に困る。あの時もそうだった。三番目に運ばれた死体というワードが独り歩きして、それがリカだと誰もが思い込んだ」

「その後、どうなったんです？」

お前さんはともかく、と金矢が目脂《めやに》を指でこすった。

「梅本の状態は酷かった。抉られた眼球が現場に落ちていてな……俺たちは現場検証を始めたが、その間に梅本の容体を確認するため、何度か病院に連絡を入れている。だが、他の三人については聞かなかった。死人の様子を聞いたところで、どうにもならないからな」

「やむを得ないと思います」

リカが蘇生しなかったことを、と金矢が言った。

「刑事の一人が長谷川一課長に報告したが、それ以上、何をどうしろっていうんだ？　その死体がリカだったか確認するべきだったと？　そこまで頭が回る者はいなかったよ」

先入観は怖いな、と金矢が顎の下を掻いた。乾燥肌なのか、白くなった皮の一部がテーブルに落ちた。

「救急が五人を搬送したが、受け入れ先の病院側は認識が違った。夜になって、霊安室に看護師が入ったが、死体が二つしかなくても妙だと思わなかった。四人が搬送されてきた、とその看護師は頭から信じていたからだ」

「そんな……」

　看護師はそれを報告しなかったし、俺たちも確認を怠った、と金矢が舌打ちした。

「その間に、記者会見が開かれ、当時の刑事部長は雨宮リカの死亡とお前さんが射殺したことを公表した。そこはごまかせない。マスコミも雨宮リカ事件を知っていたが、連続猟奇殺人犯だから射殺していい、とはならない。記者会見の場はともかく、その後強く批判された。霊安室に死体が二体しかないとわかったのは翌日の朝で、訂正すれば恥の上塗りになる。だから、警視庁上層部はその事実を隠蔽した」

「隠蔽？」

「新大久保のアパートで発見された死体は二体、一体がリカで、もう一体はリカが殺した身元不明の女性だったとしたんだ。現場の刑事たちの中には、死体は三体で、霊安室に二体しかないのはおかしいと思った者もいたが、お前さんはリカに十二発の弾丸を撃ち込んだと認めていたんだ。それで死ななけりゃ怪物だよ」

「……はい」

「だから、消えた死体はリカの部屋で発見された二体のどちらかだ、と上層部は決めつけた。実際、二体の死体のひとつがリカだった可能性もあったんだ」

あり得ません、と孝子は肩をすくめた。

「リカを撃ったのはわたしで、今も感触が手に残っています。射創《しゃそう》、いわゆる銃痕《じゅうこん》が残っていたはずで、それがなければリカではありません。刑事たちが気づかなかったと？」

二つの死体の顔は熟し過ぎた柿みたいにぐちゃぐちゃだった、と金矢が視線を逸らした。

「リカがナイフで抉ったんだろう。射創と刺創《しそう》は意外と判別が難しい。俺を含め現場にいた全員が混乱していたし、死体はリカだと信じ込んでいたから、気づかなくてもやむを得なかった。解剖して、弾が出てこなかったから、リカではないと医師が報告したはずだが、その時には記者会見が終わっていたし、上層部としてはリカの死で一連の事件に幕を引きたかった。現場にも詳しい事情は伏せられていたんだ」

「では、もうひとつの死体はどこへ？」

「死亡していなかった、それがお偉方の公式見解だ。犯罪者、おそらくは覚醒剤の常用者で、意識を失っていたが、病院で目覚め、逃亡したって筋書きだな。上も病院の二つの死体はリカじゃないとわかっていたが、無理な理屈でも押し通すしかなくなっていた。連続猟奇殺人犯に逃げられたとは言えんよ。しかも、刑事の発砲、射殺が問題視されていた。最終的には、批判を避けるため、リカを射殺した青木刑事に全責任を押しつけて懲戒免職にするしかなかったんだ」

臭い物に蓋をする警察の隠蔽体質は変わらんよ、と金矢が言った。待ってください、と孝子は額に指を押し当てた。

「わたしと尚美を含め、あのアパートには五人の女がいました。でも、病院にいたのは四人……一人が消えています。金矢さんはそれがリカだと？」

当然だ、と金矢が下唇を突き出した。

「身元不明の女性二人を殺したのはリカに決まってる。お前さんも現場でリカを見ている。違うのか？」

さっきも言いましたが、と孝子は首を振った。

「わたしはリカを撃ちました。一発、二発じゃありません。十二発、しかも九発は顔、もしくは頭部です。首筋に触れて、脈も確認しました。生きていたはずがないんです」

混乱する頭を孝子は押さえた。カバンからタブレットを取り出した金矢が文書ファイルを開いた。

「顔や頭部に銃弾を浴びても生きていた者は山ほどいる。これはそのリストの一部だ。アメリカでは夫が散弾銃を妻に向けて撃ち、顔の三分の一を失ったが、一命を取り留めた事例も報告されている」

俺も似たような事件を知っている、と金矢が画面を太い指でスワイプした。

「暴力団の抗争で頭を撃たれた組員がいてな。前頭部から頭に入った銃弾が頭蓋骨に沿って半周し、後頭部から排出されたが、ぴんぴんしてたよ。入射角の問題なんだ……頭部を撃たれたリカは仮死状態になっていた、と俺は考えている。霊安室で意識を取り戻し、そのまま逃走したんだ」

「あり得ません。仮に死んでいなかったとしても、適切な治療の必要があったはずです。リカには医師以上に医学的な知識がありましたが、頭部に残った弾丸を自分で摘出することはできません」

「手伝った医者がいたんじゃないか？」

そんなわけないか、と金矢が苦笑を浮かべた。もしかしたら、と孝子はテーブルを指で叩いた。

「母親と姉が信者だった合一連合協会の医師がかかわっていたのかもしれません。それで思い出しましたが、わたしの懲戒免職処分を最終的に決定したのは二上《ふたがみ》公安委員長ですね？あの人は霊感商法の合一連合協会信者だという噂があります。強引に真相を隠蔽したのは、それも関係があったんでしょうか？」

「旧宇宙真理教の合一連合協会か……霊感商法で悪名高いが、十年ほど前、突然名称変更が認められた。確か、当時文科大臣を務めていた二上が決めたはずだ。あの教団は金の亡者で、リカを助けても金にならない。救う価値はない」

「娘を救ってほしいと、母親が教団幹部に訴えれば……」

ないね、とにべもなく金矢が言った。

「お前さんがリカを撃つなんて、誰も考えていなかった。当初、ニュースでもリカの名前は出てなかったんだぞ？　母親が見ず知らずの殺人犯を助けようとするはずもない」

確かにそうです、と孝子はうなずいた。

仮に、リカの母親がネットその他で雨宮リカの名前を見つけ、銃で撃たれたと知っても、医師の手配を教団に要請し、病院に向かわせるには時間がかかる。リカは搬送後十時間以内に逃げているから、間に合うはずもない。

他に協力者はいなかったのかと考えていると、お前さんが警察を辞めてから、と金矢が指を鳴らした。

「俺はリカ事件を調べていた」

「なぜです？」

喉に引っかかった魚の小骨は誰だって取りたい、と金矢が言った。

「あのアパートにいた女は五人、それは間違いない。お前さんはここにいるし、梅本は入院中だ。そして二体の死体は火葬された。五マイナス四は一で、逃げた女がリカだと俺は考えた。だが、査問委員会では残っていた死体のひとつがリカとされた。そうでもしなけりゃ、決着がつかなかった。逃げた女の捜索は尻つぼみになり、お前さんを処分して事件に幕を引いたんだ」

「はい」

逃げたのがリカだとしても、と金矢が話を続けた。

「十二発撃たれたんだ。大量の出血があっただろう。輸血、弾丸の摘出手術、感染症対策も含め、治療が必要だ。リカにはできないから、死んだと考えるべきなんだろうが、百パーセントとは言えない」

菅原刑事がリカを撃った話は聞いてるな、と金矢が孝子を見つめた。

「腹部と胸部に一発ずつだ。まともな人間ならそれで死ぬが、あの女は化け物だ。生きていれば、必ず復讐のために現れる。だから、警告しておきたかった」

「……はい」

だが、お前さんは連絡を断っていた、と金矢が再び苦笑を浮かべた。

「この二年、リカ絡みの事件は起きていない。少なくとも、俺の知っている範囲ではな。やはり、リカは死んだんだろう。それでも不安でな……お前さんと親しかったわけじゃないが、すべての責任を被って辞めた刑事を見捨てるわけにはいかない。鑑識員にも警察官の矜持《きょうじ》って奴があるんだ」

気が済んだよ、と金矢がコーヒーを飲み干した。

「毎朝、新聞を開くのが怖かった。元刑事のバラバラ死体が発見された、そんな記事を読むことになるんじゃないかってな……リカとリカ関連の事件について詳しく調べたが、世の中には触れちゃいけないものがあると思い知ったよ。逃げ続けるか、決着をつけるか、道は二つしかない」

「金矢係長ならどうしますか？」

地の果てまで逃げるね、と金矢が答えた。

「もうひとつ、話しておきたいことがある。俺は高校まで京都に住んでいた。警視庁に入庁したのは、大学が東京だったからだ。年に一、二度、京都に帰って、昔の友人と会う」

「それで？」

背が高く、ガリガリに痩せていて、顔色が泥のような女、と金矢が指を折った。

「二年半前、本間隆雄の死体が発見された時、怪談のつもりで友人にその話をした。酒の席だったし、何をどこまで喋ったか、よく覚えていないが、激しい怒りや興奮状態に陥ると体臭が異様な腐敗臭になると言ったのは確かだ。鑑識員には医学の知識がある。感情の変化や性的興奮によって、体臭が変化する者がいるが、リカはそれが極端に出る体質だったんだろう」

「それで？」

「今年の正月、俺は京都に帰った。その時、去年の夏のことだが、と友人がバスに乗っていた女の話を始めた」

「バス？」

京都の左京区は知ってるか、と金矢がテーブルに指で字を書いた。

「京都市の北で、それなりに広いし、電車や地下鉄、路線バスも走っている。友人がバスに乗っていると、途中で背の高い女が乗り込んできた。花柄の白いワンピースを着ていたそうだ。女は友人の前に座り、特におかしなところはなかった。ただ、その前の席に若いサラリーマンが座っていてな。そいつが携帯で話し始めたんだ」

「よくあることです」

「声がうるさいと友人は思ったが、常識のない奴はどこにでもいる。注意したって止《や》めないさ。そこまで大声じゃなかった、とも言ってたな。しばらくすると、車内に異臭が漂って、窓を開けるしかなくなった。どこからその臭いが漂っているのかわからなかったが、腐った酢を熱したような酷い臭いだったそうだ。窓を全開にしても、悪臭は消えなかった」

「まさか……」

友人は席を移動しようとした、と金矢が鼻をつまんだ。

「その時、携帯で話していたサラリーマンのジャケットに、女が持っていたレジ袋の中にあった缶コーヒーを垂らし始めたのを見た。気づかれないように、ゆっくりとだ……ジャケットの後ろに染みが広がっていくと、悪意に満ちた笑みを女が浮かべ、突然悪臭が消えた……前に俺が話していた女のことを、友人は覚えていたんだ。その女じゃないかと言ってたよ。確かに特徴はそっくりだし、陰湿なやり方はリカそのものだ」

「……そうですね」

詳しく話を聞いた、と金矢がテーブルに一枚の紙を載せた。

「その女が乗ってきたバス停、時間、人相、そんなことだ。奇妙に聞こえるだろうが、友人は女の顔を覚えていなかった。面長で髪が長かった、印象だけはあるが、それ以上は思い出せないと言う。俺もリカだと断定はしていないし、調べろと言うつもりもない。余計なお世話だと思うなら、忘れてくれ」

本庁に戻る、と金矢が立ち上がった。

「何かあったら連絡しろ。俺には何もできないが、長谷川一課長に伝える。あの人もお前さんのことを心配していた。力になってくれるはずだ」

金矢が店を出て行った。雨脚が強くなっていた。

2

「企画書を書き直しました。どうでしょうか？」

直立不動のまま、佐藤は言った。一度はゴーサインが出たが、番組の内容が過激過ぎると他部署から指摘があり、ソフトな表現に改めて再提出すると、三日後に局長室から呼び出しがあった。

不穏な展開で、想定外だと佐藤は苛立っていたが、ここは機嫌を取るしかない。

ソファに座っていた局長の石田が眼鏡を外した。

「正直、私はバラエティがよくわからなくてね」

座ったらどうだ、と石田がソファを指した。失礼しますと頭を深く下げ、佐藤は向かいの席に腰を下ろした。

入社以来ずっと営業だったからな、と石田が苦笑した。

「テレビ局員だが、番組制作にかかわったことは一度もない。自慢にもならんがね」

とんでもありません、と佐藤は愛想笑いを浮かべた。

「番組を作ったところで、スポンサーがつかなければ意味はありません。営業あっての制作です」

お世辞だが、半分は本音だ。ドラマであれバラエティであれ、その他すべてのテレビ番組はスポンサーが金を出さなければ利益は出ない。

テレビ局に入社したのは、給料が高いからだ。高給を支えているのは営業局で、報道にいた頃にはヘイト発言を繰り返す化粧品会社を擁護するニュースを作ったこともあった。通常の倍のスポンサー料金を支払う企業を逃す手はない。

寂しいもんだよ、と石田が愚痴をこぼした。

「テレビジャパン営業のエースとして、三十年以上働いてきた。それなりに成果を上げてきたつもりだ。もちろん、会社の意図はわかっている。いずれは取締役営業部長として戻すが、制作の経験がまったくないのは良くない、と草枝《くさえだ》会長に言われたよ。ただ、局長と言っても名前だけだからね」

ここは局長室という名の牢獄《ろうごく》だよ、と石田が周りに目をやった。

「会議には出るが、余計な口出しはするな、そういう空気が現場から伝わってくる。しかし、意見ぐらい言ってもいいじゃないか……君が羨《うらや》ましいよ。営業、宣伝、報道、バラエティ、何でもできるからな」

佐藤が営業部にいた頃、石田は部長だった。入社一年目の新人は先輩や上司の後についていいるだけだ。

顎で使われたが、文句は言わなかった。そういうものだと割り切っていた。

柔順な男、と石田は思っているだろう。腹の中では舌を出していたが、気づくほど繊細な男ではない。

そのため、石田との関係は良かった。畑違いの部署へ来て、話し相手がいないためか、お茶に誘われることもよくあった。

笠井に企画を出しても通るはずがない、それなら、と石田に相談したのがすべての始まりだった。

局長こそバラエティ制作部の顔です、と佐藤は大きくうなずいた。

「微力ではありますが、局長のために精一杯努力する所存です。この企画も、そのつもりで出しました」

営業の立場から言えば、と石田が口をすぼめた。

「セールスしやすいし、キャッチーな企画だよ。笠井くんや制作現場には、私の裁量で許可を出したと言ってあるから、そこは問題ない。ただ、法務部がうるさくてね。放送コードに抵触しかねないと言われた」

一般企業と比較して、テレビ局は法律上のリスクが高い。公的な責任があるので、番組制作に当たっては法務部のチェックが入る。事実誤認による名誉毀損など、トラブルを未然に防ぐためだ。

最近ではコンプライアンスが厳しくなり、単に法令を遵守するだけではなく、倫理性、公序良俗といった社会的な規範への配慮が強く求められている。

昔とは違うからね、と石田がぼやいた。

「君は三十五歳だっけ？　じゃあ、入社当時はテレビドラマのベッドシーンで女優が裸になっていたのを覚えてるだろ？　今じゃそんなこと許されんよ。昔の刑事ドラマだと、刑事が犯人を殴れば拍手喝采だった。テレビに品格を求めてどうするんだって話だが、泣く子とコンプラには勝てんよ」

この企画は違います、と佐藤は身を乗り出した。

「確かに、ショッキングな素材を扱っていますが、目的は犯罪抑止と警察への情報提供です」

言いたいことはわかる、と石田がうなずいた。

「ただ、このリカって女は殺した人間の体をバラバラにしたんだろ？　そこはNGだと言ったはずだ。再現ドラマでも無理だよ。君はCGで処理すると言ったが、それもどうかと法務は言ってる」

だから駄目なんだ、と佐藤は胸の中で毒づいた。テレビ局全体がクレームを恐れて臆病になっている。自主規制を繰り返し、自らの手足を縛っている。

視聴率さえ良ければ、スポンサーは何も言わない。それが企業の倫理だ。商品を売るためなら、法に触れない限り何をしても構わない。

「企画書では表現できないこともあります。必ず数字を取る番組にしますので、パイロット版制作の許可をお願いできませんか？」

視聴率だが、と石田が顔を上げた。

「どれぐらいを目標にしている？」

最低でも十パーセントはいくでしょう、と佐藤は石田の目を覗き込んだ。

「高岡も新しいテレビ番組だと太鼓判を押しています。笠井部長や法務部の連中にはわからないんですよ。正直、テレビジャパンの番組はマンネリで、局長が新しい風を吹かせれば三冠王に返り咲けます」

法務の連中が難癖をつけてくるのはいつものことじゃないですか、と佐藤は笑みを浮かべた。

「どうやら、笠井部長が裏で動いているようです。局長が番組を当てるのが怖いんでしょう。あの人は古いテレビマンですからね。素人に何ができるんだ、と局長の陰口を叩いていますが、笠井こそバラエティ制作部のガンですよ」

　まだそんなことを言ってるのか、と腕を組んだ石田に、前より酷くなっています、と佐藤はうなずいた。

「番組制作の経験がない局長は無視しろ、現場は俺が仕切る、素人は手を出すな……局長の人格まで批判していましたが、いくら何でもと呆れましたよ」

　笠井が石田に不満を持っているのは事実だが、人間性を批判したことはない。だが、攻撃材料になるなら嘘でも何でもよかった。

「この企画に関しては局長マターだから自分は手を出さない、と笠井部長が明言しています。局長、テレビジャパンに革命を起こしましょう」

　企画自体が悪いって話じゃない、と石田が首を振った。

「コンプライアンス的にどうなんだってことだ。どのレベルまでならソフトにできる？」

　二年半前の死体遺棄事件は報道されていますので、と佐藤は企画書の頁をめくった。

「当時のニュース映像を使って、事件の背景を説明できます。ニュースにコンプライアンスはありません。ただ、死体の状態……両腕、両足を切り落とされ、ダルマのようだった、その辺のニュアンスは抑えて表現しますし、カットしても構いません」

　うまくやってくれ、と石田がうなずいた。

「もうひとつ問題がある。番組では犯人の情報提供を視聴者に呼びかける。それが君の狙いだな？」

「そうです」

「雨宮リカは警視庁の女性刑事に射殺されたと聞いている。死人の情報は出てこないんじゃないか？　それじゃ意味がないだろう」

リカは生きています、と佐藤は低い声で言った。

「捜査にミスがあったようです。それを隠蔽するため、そして犯人射殺への非難から目を逸らすため、女性刑事に責任を押し付け、幕引きを図ったと一課の刑事から聞きました」

怪しい話だな、と石田がソファに体を預けた。

「雨宮リカが生きているとしても、写真がなければ情報は出ないだろう。背が高いとか痩せてるとか、そんな女性は世の中にいくらでもいる。マンションの隣の部屋に背が高くて痩せた女が住んでる、そんな電話が殺到するぞ？　場合によっては、テレビジャパンが訴えられる。どうやって写真なしで目撃情報を募るんだ？」

「警察が写真を持っています。それを使います」

渡すわけがない、と石田が苦笑した。

「君に警視庁や警察庁とのパイプがあるのは知ってるが、さすがに無理だろう。十二年前、雨宮リカは刑事に撃たれたが、その際に警察は写真を撮影していたようだ。テレビ局に勤める者なら、誰でも知っているが、警察は写真の提供を拒んだ。どちらにしても、血まみれの写真は使えないよ」

「おっしゃる通りです」

雨宮リカは病院へ搬送中に救急隊員と警察官を殺害して逃亡、と石田が企画書の頁を指した。

「ストーキングしていた男性を拉致誘拐した後、姿を消した。十年、行方はわからないままだったが、二年半前にその男性の死体が発見され、再捜査が始まった。そして女性刑事に射殺された……その時も撮影されているんだろうが、頭や顔を撃ったと聞いてる。そんな写真を警察が公開するはずもない。どのメディアも写真を持っていないが、君は入手できると？」

「お任せください」

写真がなければ番組の目玉がなくなる、と石田が言った。

「視聴者に目撃情報を募るなら、写真は絶対条件だ。入手できなければ、この企画は没にするしかない……自信があるようだが、誰が持ってるんだ？」

「警察庁の仲沢《なかざわ》次長です」

「次期警察庁長官の仲沢次長か？」

「仲沢次長は内閣官房長官秘書官が長く、その間に民自党との関係を濃くしました」

単なる警察官僚ではありません、と佐藤は言った。

「下山《しもやま》現総理が全幅の信頼を置き、そのラインで異例の出世を果たしています。次は警察庁長官、その後は政界に転身とコースも決まっているんでしょう」

「聞いたことがあるな」

一年前、下山総理の秘書官の息子がパチンコ屋でケンカに巻き込まれ、負傷した事件がありました、と佐藤は話を続けた。

「犯人逮捕のために、仲沢次長は捜査一課の投入を命じています。街のケンカに出動する捜査一課なんて、前代未聞ですよ」

「そんなこともあったな」

未成年買春で逮捕状が出ていた自称ジャーナリストをかばうため、逮捕そのものを見送るように指示を出したこともありました、と佐藤は言った。

「自称ジャーナリストが下山総理の友人だったからです。まさに総理の犬ですが、私はあの人と太いコネがあります。雨宮リカの写真を渡してくれるでしょう」

「太いコネ？　どういうことだ？」

ニュースソースの秘匿は報道マンの義務です、と佐藤は笑った。仲沢には暗い秘密がある。五年ほど前、佐藤はセフレの人妻とハプニングバーに行った。その時、仲沢の妻が複数の男性と性行為をする姿を偶然目撃した。

仮面をつけていたため、他の客は気づいていなかったが、仲沢が妻と出演した民自党のＹｏｕＴｕｂｅチャンネルをチェックしていた佐藤は妻の肩にある三角形の痣《あざ》を覚えていた。

その後、妻に連絡を取り、半ば脅す形で仲沢を紹介させた。ただ、報道局にいると、かえって使いにくいコネで、今までは放っておくしかなかった。

だが、ここが使い時だろう。警察庁長官になってしまえば、手を出すと火傷しかねない。

雨宮リカの居場所がある程度把握できていないとまずい、と石田が言った。

「全国から殺到する目撃情報に振り回されるだけだ。そこは調べられるのか？」

警察もわかっていないようです、と佐藤は首を振った。

「雨宮リカの所在は不明ですが、辿《たど》れる線はあります。ただし、情報料が一本、それ以上になるかもしれません。局長のお力で何とかなりませんか？」

一本とは百万円を意味する。自由に使える金が欲しかっただけで、口から出まかせだ。

取材費名目でどうにかなるだろう、と石田がうなずいた。連絡してみます、と佐藤はスマホを手にした。

3

君から連絡があるとは思わなかった、と井島がコーヒーカップを両手で包み込むようにした。

十月最後の木曜、午後二時、お茶の水の純喫茶〝ぶらんか〟に客はいなかった。エアポケットのような時間帯だ。

「事件から二年経っている。調べるのに苦労したよ」

すいません、と孝子は頭を下げた。リカのことだが、と井島がメモ帳を開いた。

「時系列で整理した。リカが梅本を拉致し、救出のため君が射殺した。その二時間後、目撃情報がＴｗｉｔｔｅｒに出た。ネタ元はわからないし、匿名だから誰がツイートしたのかも不明だ。ただ、状況を考えれば、新大久保の例のアパートに住んでいた者だろう」

「わたしもそう思います」

「その日の午後九時前後、テレビのニュース番組、新聞社や出版社のサイトに事件に関する情報がアップされ始めた。同日深夜、警視庁は記者会見を開き、犯人を射殺したのは青木孝子巡査部長とコメントを出した。そして、査問委員会で、君の懲戒免職処分が決定した」

その間、君は休職扱いで本庁に来ていない、と井島が言った。

「翌日の午前十時、本間隆雄拉致誘拐及び死体遺棄事件の捜査にストップがかかった。リカが死亡したため、捜査継続が困難になったと上から説明があったが、ずいぶん早い、と思ったのを覚えている」

「はい」

確定していた罪状は本間隆雄の拉致誘拐、そして救急隊員二名と警察官一名の殺人容疑だけだった、と井島が言った。

「例の『祈り』って本が出るまで、青美看護専門学校火災の件は都市伝説に過ぎなかった。警察も消防も、失火による火災と結論を出している。あの本だって、どこまで本当かわからない。花山病院の件も同じで、副院長と婚約者の殺害犯は勤務していた外科医だった」

ですが、と孝子は井島を見つめた。

「菅原警部補の後輩、私立探偵の原田は知ってますね？　彼は花山病院で働いていた看護師に当時の話を聞いています。リカが犯人だとほのめかす者もいたようです」

事実かどうかはわからない、と井島が肩をすくめた。

「看護師が嘘を言った、あるいは原田が虚偽の報告をしていた可能性もある。興信所に勤めている君に言う話じゃないが、そういう連中も少なくない業界だからね。原田の報告書や証言は信憑性《しんぴょうせい》が薄い」

「今となっては確認できません」

先を続けよう、と井島が言った。

「警察は拉致誘拐と殺人容疑でリカを追っていた。だが、手掛かりは一切なく、約一年後にコールドケース捜査班が捜査を引き継ぐことになった。だが、コールドケース捜査班は新しい証拠が出てこないと積極的な捜査はしない」

それは違います、と孝子は首を振った。

「DNA型の再鑑定など科学捜査の進歩に伴い、事件の再検証が可能になっています。わたしが辞めたのとほぼ同時期に、殺人事件の公訴時効が廃止されましたが、それもあって過去の未解決事件への積極的な介入が進んでいます」

それは建前だ、と井島が舌打ちした。

「新しい証拠が出ない限り、再捜査といってもやりようがないのはわかってるだろ？　約十年、リカに動きはなかったが、二年半前に本間の死体が発見されたことで、ようやく再捜査が始まった。リカには他の事件にも関係している疑いがあったから、捜査一課とコールドケース捜査班の合同捜査になった」

その後については話すまでもない、と井島がメモ帳を閉じた。

「君がリカを射殺し、すべてが終わった。被疑者が死亡すれば、警察としてはどうしようもない。もう触るな、と刑事部長にも指示された。現場の俺たちも、リカ事件は決着がついたと考えていたんだ」

「わかります」

ところが査問委員会が終わってしばらく経つと、と井島がこめかみを指でつついた。

「どこからともなく、リカが生きているという噂が流れてきた。確かに、三体の死体が二体になっていたが、逃げたのはリカ以外のどちらかだろう、と俺を含め一課の刑事は思っていた。ただ、先週君からの電話を受けて、もう一度考えてみた。現場の状況だけで言えば、間違いなくリカは死んでいる。だが、救急隊員が現場からリカを病院に運んだ後どうなったかは、正直なところ、よくわかっていないんだ」

「はい」

金矢係長が脈や呼吸を測っていたのは覚えてる、と井島が言った。

「死亡を確認したと言っていたが、あの人は鑑識員で、医師じゃない。脈が微弱なら、死亡したと誤認してもおかしくない。俺たち一課の連中、所轄の刑事も同じだ。開き直るようだが、冷静な判断が下せる状況じゃなかったんだ」

「そうですね」

「噂を辿ると、病院の医師がテレビ局の記者と話し、その記者が自局のニュースサイトに〝雨宮リカは生きている〟と記事を書いたのがわかった。それを見た刑事から、噂が広がったようだ」

「ようだ？　どういう意味です？」

記事は削除されている、と井島がスマホの画面を向けた。テレビジャパンのニュースサイトに、ｅｒｒｏｒの五文字が浮かんでいた。

「一年半前の記事だ。問い合わせたが、テレビジャパンのデータベースにもその記事は残っていなかった。誰が書いたのか、それすらわからない。リカが生きているという噂は今も消えていない……君はどう思う？」

あの時、リカが死んでいなかった可能性があります、と孝子は言った。

「あくまでも可能性で、わたし自身、半信半疑です。でも、金矢係長は確信があるようで、この前会った時、リカは病院から逃げたと話していました」

調べてみたが、と井島が首を傾げた。

「病院は個人情報を盾にだんまりを貫いている。任意の事情聴取に応じるわけもないし、終わった事件の令状が取れるはずもない。それで、新大久保総合病院周辺の防犯カメラを調べてみた」

大変でしたねと言った孝子に、乗り掛かった船だ、と井島が笑った。

「二年前の事件だ。映像が残っているとは思えないが、万が一ってこともある。すべてを調べ終えてはいないが、その過程でわかったことがある」

「何です？」

「リカと考えられる死体が安置されていたのは病院の地下にある霊安室で、専用のエレベーターが備え付けられていた。使用するのは遺体を運ぶ時だけだ。一階に上がると、すぐ目の前に通用口がある。外へ出るのは簡単だし、防犯カメラもないから、誰にも見つからずに逃げることができただろう」

　これが病院周辺の地図だ、と井島がテーブルにＢ４サイズの紙を広げた。

「通用口から百メートルほど先に大久保通りがある。バス停も近いし、タクシーも走っている。逃走に際して、交通手段はあったんだ。リカは君に撃たれて重傷を負っていた。長い距離を歩けたとは思えない。バスかタクシーに乗ったんだろう。ただ、所持金はほとんどなかったはずだ。つまり、バスを使った可能性が高い」

「バスの路線図はありますか？　どこに向かってるんです？」

　新宿駅西口、中野駅、早稲田、と井島が指を折った。

「三系統ある。白衣を盗み、看護師を装って逃げたんじゃないか？　顔の傷は包帯で隠せる。

リカは霊安室から逃げることができた。ただ、どこへ向かったかは調べようがない」

「都内に隠れ家を持っていたのでは？」

おそらくそうだろう、と井島がうなずいた。

「最近の資料によると、賃貸の空き家が戸建てで約一万一千戸、居住世帯が長期不在の戸建ては約四万九千戸ある」

「多いですね」

「窓を割れば鍵を開けるのは簡単だし、誰にもわからない。区による資料はないが、新宿周辺だけでも数千戸以上と考えていい。隠れ家、アジトとしてリカが確保していてもおかしくない」

「はい」

こんなケースも有り得る、と井島が地図に指を置いた。

「一人暮らしの高齢者が住む一戸建ての家を襲い、リカが住人を殺し、そこを隠れ家にした……光熱費その他は銀行口座から自動引き落としになっているから、居住に支障はない。知らない女が出入りしても、近隣住人は怪しまないさ。親戚かヘルパーだと思うだろう。余計なことは言わないのが都会の流儀だ」

ですが、と言いかけた孝子に、リカは重傷を負っていた、と井島が自分の頭に触れた。

「水を飲んでいるだけで治るはずもない。食事や薬も必要だ。君が撃った弾が現場に四発残っていた。リカの体を貫通した弾丸だが、八発は見つかっていない。リカの体内に残っていたはずで、摘出しなければ命にかかわる。医療器具があったとしても、自分で手術はできない」

「病院へ行けば通報されます」

おっしゃる通り、と井島がうなずいた。

「あの時、リカは君に撃たれると予想していなかった。遠くまで逃げられるはずもない。新大久保総合病院から近い場所に逃げ込むのが、精一杯だったんじゃないか？」

青美看護専門学校での焼死者を含めると、リカが殺した者は百五十人以上いる。だが、リカは悪魔や幽霊ではない。

孝子はリカの体に触れ、体臭を嗅いだ。悪霊や化け物ではなく、生身の人間だった。

リカに向けて拳銃の引き金を引いた。今も、その感触が手に残っている。

十二発撃ったが、全弾当たったか、致命傷を負わせたか、それはわからない。着弾の痕跡や銃創を確認したわけでもない。だが、九発は頭部に命中したはずだ。

リカは人間で、銃で撃たれて傷つかないわけがない。即死したとは言い切れないが、治療しなければ確実に死亡しただろう。

「ですが……金矢係長の話では、去年の夏、京都でリカによく似た女を見た人がいたそうです」

他人の空似じゃないのか、と井島がコーヒーに口を付けた。

「世の中には自分と似た者が三人いるって言うだろ？　リカの特徴だが、異常に痩せていて、身長は百七十センチ前後、背中まで届く真っ黒なロングヘアー、顔色が悪く、肌がかさかさに乾いている……だが、そんな女性がいないわけじゃない。異常な痩せ方、顔色や肌つやの悪さは拒食症の患者と似ている。違うか？」

金矢係長の友人は凄まじい悪臭を嗅いでいます、と孝子は言った。

「バスの窓を全開にしても、臭いは消えなかった……そう話してました。その女がリカだと言ってるわけじゃありません。ただ、拒食症の患者が異様な悪臭を発するでしょうか？　そんな話は聞いたことがありません」

胃が悪かったのかもしれない、と冗談めかして井島が言った。

「俺の親父は胃ガンで死んだ。末期は、呼吸そのものが悪臭になる。最後は病院で死んだが、ベッドに屍臭《ししゅう》がこびりついていたよ。死体には独特な臭いがある。少し触れただけでも臭いが落ちない」

屍臭、と孝子はつぶやいた。切断された奥山の頭に触れた時も、それが漂っていた。

リカが京都にいるというのは無理があるんじゃないか、と井島が首を傾げた。

「あの女は東京生まれ、東京育ちで、京都に土地勘はない。逃亡犯が観光地に隠れ住むなんて、考えにくいな」

確かめようと思ってます、と孝子は言った。

「女を目撃したのは金矢係長の友人で、その時の状況を詳しく話してくれるでしょう。京都へ行くつもりです」

止めた方がいい、と井島が真顔になった。

「確かに、リカは人間だ。だが、災いをもたらす者でもある。触らぬ神に祟《たた》りなしって言うだろ？」

「リカは殺人犯で、逮捕するのは警察の義務です」

わかってるさ、と井島が手を振った。

「だが、調べれば調べるほど、あの女の闇があり得ないほど暗く、深いとわかった。底無しの泥沼だよ。はまってしまえば、もう戻れない。君は信じないだろうが、捜査資料を読んでいるうちに、刑事部屋の温度が下がって、吐く息が白くなったこともあるんだ。俺は……これ以上かかわりたくない」

井島の顔から血の気が失《う》せ、黒目だけが大きくなっていた。

「殺人犯を見逃せと？」

　そういう話じゃない、と井島が顔をしかめた。

「警察が手を出せない犯罪はいくらでもある。政治的な犯罪、宗教絡みの犯罪、状況が不可解過ぎて、捜査できない事件だってあるんだ」

「でも、リカは殺人犯です」

「君はもう刑事じゃない。興信所の調査員に事件捜査の権限はないんだ。事情を聞かせてくださいと頼んだところで、従う義務もない。わかってるのか？」

　興信所の調査員になら話せることもあります、と孝子は言った。

「井島さんに迷惑はかけません。これはわたしの事件で、わたしが調べます」

　奥山の仇か、と井島がため息をついた。

「青木……もう二年経った。奥山のことは忘れろ。何をしたって、あいつは戻ってこない」

　彼のためではありません、と孝子は伝票に手を伸ばした。決着をつけるのは、自分のためだ。

　勝手にしろ、と言い捨てた井島が店を出て行った。カウベルが鳴り、すぐに静かになった。

4

報道局フロアに足を踏み入れると、奥の席で男が手を上げた。成島勇《なるしまいさむ》、社会部のデスクだ。

「古巣が懐かしいか？　沖田《おきた》局長は出張中だから、気兼ねはいらない。まあ、そうでもなけりゃ顔を出しにくいだろうがな」

勘弁してください、と佐藤は苦笑を浮かべた。沖田とは不仲だが、局内ですれ違えば頭を下げるし、沖田もそれなりに挨拶を返す。

ただ、沖田がいると話し辛いのも確かだ。出張中と聞いて先輩の成島に連絡を入れ、そのまま報道局へ向かった。

沖田は成島のことも嫌っている。ただ、有能な報道マンの成島を外すのは露骨過ぎると考えたのか、それなりに立てていた。

敵の敵は味方で、成島と親しいのはそのためだ。ほとんどの報道局員が佐藤から距離を置いているが、成島は違った。

小会議室に入った成島がくわえた煙草に火をつけた。

「どうだ、バラエティは？」

それなりですと答えた佐藤に、沖田さんが局長でいる間、お前の報道局復帰はない、と成島が煙を吐いた。

「三年後には役員だが、次の局長は水川《みずかわ》さんで決まりだ。あの人も沖田さんの子分だから、お前を呼び戻すことはない。俺が局長になるのは、早くて六年後かな？　気長に待ってろよ。もっとも、お前に戻ってこいと言うとは限らんがね」

一年で戻ります、と佐藤はテーブルを指で弾いた。

「呼び戻さざるを得なくなりますよ。数字の取れる報道ディレクターを放っておくほど、沖田局長に余裕はないでしょう」

相変わらず自信満々だな、と成島が鼻の横を掻いた。

「噂は聞いてる。妙な企画を出したそうだな。実力行使か……警察庁の仲沢次長とのコネを使うと言ったそうだが、お前は警察官僚の怖さをわかっていない。下手なことをすれば一発で潰されるぞ……それで？　話があると言ってたが、頼み事だろ？」

警視庁の刑事と今も情報交換を続けています、と佐藤はスマホをテーブルに置いた。成島が小さくうなずいた。

報道局の記者にとっては〝いろはのい〟で、最低でも一人は情報提供者を確保していなければ仕事にならない。

「成島さんもリカ事件のことは覚えてますよね？」

嫌な事件だったな、と成島が横を向いた。雨宮リカは生きている、と捜査一課内で噂があるそうです、と佐藤は言った。

「それは知ってますか？」

これでもデスクだぞ、と成島が煙草の煙で輪を作った。

「何であれ、噂は耳に入ってくる。長谷川一課長に直接聞いたこともあるが、ノーコメントだった。そりゃそうだろう、終わった事件なんだ。今になって蒸し返してほしくはないさ」

「それで？」

他にも取材した、と成島が言った。

「一課の刑事、現場にいた所轄の連中、消防の救急隊員、少しずつ話が違う。記憶が曖昧とか、そういうことじゃない。全体像を把握していないから、矛盾が出てくるんだな。ただ、現場で発見された三つの死体のうち、ひとつが消えたのは確かなようだ」

年に一、二度、忘れた頃に話が出てくる、と成島が先を続けた。

「気になって、本腰を入れようと思ってたんだが、何かと忙しくてな……本音を言えば、調べてみたいさ。リカは日本犯罪史に残るシリアルキラー、連続殺人犯だ。射殺されて終わりだったはずが、生きていたとなれば大ニュースになる。ただ、さっきも言ったように、突っ込んでいくと余計に訳がわからなくなる。どうするかと思っていたが、最近になって西の方から妙な話が入ってきてな」

「西の方？」

言葉のあや
じゃない、と成島が手を振った。

「テレビジャパンウエスト、TJWだ。うちの系列局だが、大阪本社って位置付けなのは言うまでもないな？　TJWの社長はうちの専務だった杉山護《すぎやままもる》、マモーだ。報道出身で、TJWの報道局を強化している。それもあって、大阪府警との関係が深くなった」

「聞いたことがあります」

「TJWの二宮《にのみや》報道次長は俺の同期で、それなりに親しい。二カ月ほど前、妙な話がある、と奴が教えてくれた」

「何があったんです？」

発端は隣人トラブルだった、と成島が言った。

「俺は大阪の地理がよくわからない。何度も行ってるが、わかるのはキタとミナミだけだ。お前、新世界って知ってるか？」

繁華街ですね、と佐藤は答えた。

「七、八年前に市長のリコール運動があったでしょう？　あの時、ひと月近く現場で取材したんで、場所はわかります。通天閣の展望台にビリケンの像があるのは知ってますか？　足の裏に触れると幸運が訪れるってあれ
です。要するに小さな東京スカイツリーですが、通天閣があるのが新世界です」

二宮によると、と成島が声を低くした。

「新世界の近くに、小さな建売住宅が並ぶ一角がある。そこの住人同士がトラブルを起こした。漬物だか何だか知らないが、悪臭が漂ってきて我慢できない、何とかしろと文句を言ったが、一向に埒《らち》が明かない。それで警察を呼んだ。よくある話だ」

「なるほど」

連絡を受けた翌日、と成島が話を続けた。

「警察官が訪ねていくと、その家には誰もいなかった。家財道具はそのままで、人だけが消えていたんだ。それじゃケンカにならないだろ？　文句を言った住人も、上げた拳のやり場に困っただろうな。だが、おかしなこともあった」

「何です？」

部屋がきれいに清掃されていた、と成島がテーブルを人差し指で拭った。

「こんなふうにしても埃ひとつ付かないほど、徹底的に畳やフローリングを拭った跡があったそうだ。悪臭がすると隣の家の住人に文句を言われただけで、家を出るわけがない。建売とはいえ、分譲住宅だぞ？　どうもおかしいってことで、ＴＪＷも他局も取材を始めた」

「それで？」

その家は空き家だった、と成島が言った。

「事情はこうだ。半年前まで独居老人が住んでいたが、急に姿が見えなくなり、代わりに親戚らしい女性が出入りするようになった。老人は心臓が悪くて、以前にも救急車を呼んだことがあった。年格好で、娘だろうと隣家の住人は思ったそうだ。老人が病気で入院して、娘が留守を預かっている。ない話じゃないだろ？　その女性も、近所の家に引っ越しの挨拶をしている。孫娘と言ったそうだが、そこは信じるしかなかっただろうな」

「そうですね」

だが、老人には孫がいないことがわかった、と成島が空咳をした。

「つまり、その女は勝手に老人の家で暮らしていたんだ」

「だから、慌てて逃げたんですか？」

そうじゃない、と成島が首を振った。

「警察は民事不介入だから、深く突っ込まなかった。老人の親戚廻りを調べたのは二宮だよ。息子はいるが、疎遠《そえん》になっていること、親しくしている親戚もいないことがわかり、どうもおかしいと知り合いの大阪府警の刑事に取材内容を話した。それで、所轄署が例の家を調べ直すことになったが、更に妙なことがわかった」

「妙なこと？」

指紋がひとつもなかったんだ、と成島が両手を開いた。

「畳もフローリングも、アルコールで拭ったようだな。半年暮らしていれば、どこかに指紋が残る。ひとつもないなんて、あり得ない。犯罪の臭いがすると誰だって思うさ」

「わかります」

「建売住宅は十戸あって、そのうち三戸は空き家だった。他の七戸に聞き込みをすると、例の家に女が住んでいたのは確かだが、最初に挨拶した時を除くと、ほとんど話していないと全員が口を揃《そろ》えた。もうひとつ言えば、挨拶はインターフォン越しで、女の顔を見た者はいなかった」

「それで？」

「今時だから、隣に誰が住んでいようがどうでもいいと思ったんだろうが、その後もろくに顔を合わせたこともないという。さすがにおかしいだろ？」

　確かに、と佐藤はうなずいた。悪臭がすると文句を言った隣家の住人は女を見ていた、と成島が言った。

「チェーンを掛けたまま、女がドアを開けたが、その隙間から見えたそうだ。死ぬほど痩せていて、髪が長く、ノースリーブのワンピースの肩が泥のような色だった、と交番の警察官に話している。顔は陰になって見えなかったらしい」

「待ってください。それって……」

「大阪府警も雨宮リカの特徴は知っていた。酷似していると言っていいし、悪臭の件もある。リカではないかという意見も出たそうだが、リカが起こした事件は東京とその周辺だけだ。しかも、約二年前、刑事に射殺されている。そこで捜査はストップした」

「その後は？」

「他局も引いたが、二宮は独自に取材を続け、建売住宅を買ったのが老人だった、と不動産会社の担当者の確認を取った。購入したのは十年ほど前で、引っ越してしばらくは老人と連絡を取ることもあったが、その後は特になかったそうだ」

「不動産売買では保証人が必要ですよね？」

そうとは限らない、と成島が首を振った。

「妻は十二年前に病死、言うまでもないが、両親も死んでいる。疎遠と言ったが、息子とは不仲だったようだ。最近はそういう家が多い。保証人なしでも購入者に保険をかけて、審査を通すケースが増えている」

「老人が消えても、気づく者はいなかった？」

佐藤の問いに、そんなところだ、と成島がうなずいた。

「周辺の家だって、付き合いがないから気にしない。文字通り、老人がこの世からいなくなったとしてもだ……娘と思われていた女が老人を殺害し、勝手に住みついたんじゃないかと二宮は考えた」

「ないとは言えませんね」

不審なことはまだある、と成島が話を続けた。

「その女が暮らしていた家は十軒ある建売住宅の一番端で、向かって右隣にしか家はない。悪臭がすると文句を言った家だ。その住人によると、たまに子供の声がしたという」

「子供？」

「だが、建売住宅の住人は、誰も子供を見ていない。女が住んでいたのは確かだが、子供の声を聞いたのは隣の住人だけだ……ちょっとした怪談だろ？」

よくわかりませんね、と佐藤は肩をすくめた。二宮は隣家の住人に三回話を聞いている、と成島が言った。

「数日後に行くと、その家が火元になって火災が起きていた。四軒が全焼、六軒が半焼、隣家の住人を含め、七人が死亡している。後になって、隣家の玄関にガソリンが撒かれていたのがわかった。放火じゃなきゃ何なんだって話だ」

「……その女が放火したんですか？」

俺に聞くなよ、と成島が笑った。

「消防署も警察も放火と断定、捜査を始めたが、今日に至るまで犯人は捕まっていない。大阪府警もリカの名前を出していない。そりゃそうだろう、何でもリカの仕業なら、警察はいらない。公式には、リカは死亡しているんだ。無関係って話にもなるさ」

「ですが……」

過去にリカは何度も放火によって証拠隠滅を図っている、と成島がこめかみを指で押した。

「手口が似てると思って、警視庁に探りを入れてみたが、東の警視庁、西の大阪府警だ。情報共有なんてするはずもない。というわけで、俺も何が起きてるのかわからないままだ。佐藤、お前はどう思う?」

「さあ……その後、TJWは動いてないんですか?」

リカの情報は伝えた、と成島が言った。

「二宮も調べているようだが、今のところ連絡はない。こっちもどうしろとは言えない。俺が大阪へ行って調べたいぐらいだが、沖田局長の了解が出ない」

「そうですか」

行ったところで、と成島が苦笑した。

「土地勘もないし、結局は二宮頼みってことになる。それじゃ意味ないだろ? こっちにも面子があるしな……だが、バラエティのディレクターは違うんじゃないか?」

「どういう意味です?」

薄笑いを浮かべた成島が煙草をくわえた。行ってこいよ、と顔に書いてあった。

テレビジャパンには系列局が四十一社あるが、報道マンは縄張り意識が強い。本社の成島が土足で踏み込めば、拒否反応が出てもおかしくない。

だが、バラエティは違う。大阪でロケをしても、ＴＪＷが止めることはない。

行ってみましょう、と佐藤は言った。

「警察庁の仲沢次長に頼んで、リカの写真を入手します。それを使って取材すれば、リカが見つかるかもしれません」

手柄を独り占めするなよ、と成島が釘《くぎ》を刺した。

「バラエティだ報道だ、そんな枠で扱い切れる案件じゃないからな。話が大きくなれば、沖田局長も無視できない。佐藤を報道局に戻せって話になるだろう」

よろしくな、と言い残して、成島が出て行った。佐藤はくわえた煙草に火をつけた。かすかに手が震えていた。

第4章　西へ

1

「休みがほしい、そうおっしゃるのは労働者の権利だ。喜んで、どうぞどうぞと言いたいところだが、そうもいかない」

「なぜです?」

座れよ、と柏原が煙草をくわえ、孝子はソファに腰を下ろした。

夕方四時、事務所の窓の外が暗くなっていた。雨が降らなけりゃいいが、とつぶやいた柏原が孝子を見つめた。

「お前の顔が気に入らん。戦争にでも行く気か?　面《つら》が真っ青だ。何があった?」

何も、と孝子は小さく首を振った。リカか、と柏原がライターで煙草に火をつけた。

「そんな顔になる理由は他にないよな……堀口、エアコンを消せ。もう十一月だ。とっくに残暑は終わってる」

　柏原の軽口に、報告書をまとめていた堀口がリモコンをエアコンに向けた。痩せているのに暑がりで、自宅マンションの設定温度は常に二十度にしているという。

　リカは生きています、と孝子は言った。乾いた唇に小さな罅《ひび》が入った。

「金矢係長に詳しい話を聞きました。リカを京都で目撃した人がいたそうです。潜伏しているんでしょう」

　しばらく黙っていた柏原が立ち上がり、コーヒーメーカーのコーヒーをカップに注いでソファに戻った。

「リカが生きていて、京都に隠れ住んでいるのかもしれない。可能性がゼロじゃないのは、俺も知っていた。お前より長く警察にいたんだ。友人もそれなりにいる。俺の歳になると、本庁に残っている奴は偉くなってる。当然、情報量も多い」

「そうでしょうね」

　警察庁も同じだ、とくわえ煙草のまま柏原が言った。

「俺が警部補に昇進したのは三十四歳の時で、ノンキャリアの警察官としてはそこそこ立派な経歴だが、本庁に出向している警察庁キャリアは三十歳前後で警視になる。でかい事件が起きれば、理事官として指揮を執ることもある」

「知ってます」

　連中は警察官僚だ、と柏原が天井に向かって煙を吐いた。

「悪く言ってるわけじゃない。お互い、職分が違うってことだ。ただ、経験不足は否めない。ろくに臨場したこともない警視様だ。それでも理事官として、場合によっては捜査本部長として捜査の方針を決めなきゃならない。連中のプレッシャーは凄《すご》いぞ。キャリアを無視したり、命令なんか聞かないという昔気質《かたぎ》の刑事もいるが、俺に言わせれば単なる僻《ひが》みで、そこは持ちつ持たれつだ。キャリアに意見を聞かれた時、教えるのが俺の役目だった。誰でも若い時の恩は忘れないもんだ」

「リカと何の関係があるんですか？」

　まあ聞け、と柏原が新しい煙草を指に挟んだ。

「警視庁の上層部、警察庁のキャリアとの関係は良かったって話だ。今でもお互い連絡を取り合っているし、時には飲みにも行く。内輪だと言いにくいこともあるが、何も知らない奴には通じない話もある。連中にとって、俺はちょうどいい相手なんだ。こう見えて、意外と口が堅いからな」

　わかっているつもりです、と孝子は言った。本当に軽薄なら、警部に昇進できたはずがない。

リカ事件については、前からいろいろ聞いていた、と柏原が言った。

「十二年前の本間隆雄事件を忘れた者はいない。誰にとっても重い事件だった」

「はい」

「二年前も同じだ。あの時は奥山が殺された。警視庁捜査一課の刑事を殺すなんて、ヤクザだってやらない。課長の長谷川が自ら捜査本部を指揮し、一課や所轄の刑事を総動員してリカを捜したのは、奥山の敵討ちってこともあった」

「そうだと思います」

お前がリカを射殺して、事件に幕が引かれた、と柏原が言った。

「そのはずだったが、リカが生きているという噂は今も消えていない。お前をうちで雇うことになって、お偉いさんにも話を聞いたが、誰もが言葉を濁すだけだった」

何度か再捜査の話が出たようだが、と柏原がコーヒーに口をつけた。

「確証がないという理由で、うやむやになっている。余計なことをして妙な物が出てきたら困る、連中の腹の中はそんなところだろう。偉くなるには、都合の悪いことに蓋をしなきゃならない。リカは死に、事件は終わった。それが警察の公式見解だ」

「間違っています。リカは生きているんです」

リカをどうするつもりだ、と柏原が足を組んだ。

「逮捕するのか？　そうじゃないだろう。リカを殺し、奥山や梅本の復讐をするつもりだな？」

いえ、と孝子は首を振った。

「リカを逮捕し、真相を明らかにします。リカは危険な存在で、今後も市民が犠牲になるかもしれません」

きれいごとは止せ、と柏原がため息をついた。

「お前はもう警察官じゃない。捜査権も逮捕権もないんだぞ」

「私人逮捕があります」

馬鹿らしい、と柏原が苦笑を浮かべた。

「私人逮捕ってのは、法律上の建前だよ。全国の警察本部で、過去に現行犯以外の私人逮捕の例はない。お前はリカとの因縁を終わらせたいだけだ。毎晩続く悪夢に終止符を打つためには、リカを殺すしかない……思い詰める気持ちはわかるが、そんなことをしてどうなる？リカを殺せば、お前もあの女と同じ闇に堕《お》ちるぞ？　それでもいいのか？」

柏原さんにはわかりません、と孝子は横を向いた。

「本間隆雄の事件が起きた時には、警察を辞めてましたよね？　それ以前にリカがかかわった事件について、調べたこともないはずです。外野から野次を飛ばすのは簡単でしょうけど、わたしは多くのものを喪《うしな》いました」

　今も喪いつつあります、と孝子は声を低くした。

「毎朝、目が覚めるたびに、心が少しずつ壊れていくのがわかります。一年後には、わたしも尚美と同じようになるでしょう」

　そりゃ困る、と柏原がわざと顔をしかめた。

「お前は優秀な探偵で、うちの稼ぎ頭《がしら》だ。壊れちまったら使えない。この業界はいつだって人手不足だ……冗談だよ。止《と》めても無駄ってことか？」

　そうです、と孝子はうなずいた。

「昨日、金矢係長の友人……張替《はりがえ》さんと連絡が取れ、電話で詳しい事情を聞きました。京都の左京区でリカが乗ったバス、停留所や時間その他です。現地で調べれば、何かわかるでしょう」

　本気でそう思ってるのか、と柏原がこめかみを指でつついた。

「現実的な話をしよう。京都市左京区と簡単に言うが、それなりに広い。堀口、左京区の面積は？」

　パソコンで検索を始めた堀口が、二百四十七キロ平米ですと答えた。

「京都市が八百二十八キロ平米ですから、約三分の一を占めてますね。総人口約十七万人、南部、中部南、中部北、北部の四つに区分され、神社や寺は数え切れません。鴨川、高野川、白川なんかもありますし、京都といってもかなり田舎っぽい感じですね」

どうやってリカを捜すんだ、と柏原が言った。

「左京区に住んでいるとは限らん。バスに乗っていただけで、京都市内、あるいは隣の滋賀県に出たのかもしれない。隠れるなら、京都より滋賀の方がいいのは誰だってわかる。お前一人で何ができる？」

張替さんは和食割烹《かっぽう》の名店〝あじ菜《さい》〟の花板だそうです、と孝子は言った。

「金矢係長と同じ五十八歳で、しっかりした方なのはすぐわかりました。あの女は近所に住んでいたんじゃないかと話してましたが、根拠は提げていたスーパーのレジ袋で、張替さんは店名も覚えていました」

裏も取らずにそんな話を真に受けてどうする、と柏原が肩をすくめた。

「本庁勤務の元刑事ってのは嘘か？　まあいい、これ以上何を言っても無駄だろう。京都でもどこでも行って、気が済むまでリカを捜せばいい。だが、ひとつだけ約束しろ。万にひとつ、リカを見つけても絶対に手を出すな。通報だけして、後は警察に任せろ」

そのつもりですが、と孝子は言った。

「逃亡を図った場合は……」

殺すのか、と柏原がつぶやいた。そんなことはしません、と孝子はモッズコートのポケットに手を入れた。

「ただ、抵抗に遭うかもしれません。備えはあります」

ポケットからスタンガンを取り出し、テーブルの上に置いた。リカを見つければ、有無を言わさず意識を失わせるつもりだった。

リカは話が通じる相手ではない。異常なほどの体力の持ち主で、気絶してもすぐに意識を取り戻し、反撃してくるだろう。一瞬でも隙を見せれば、毒蛇は牙を剝く。

殺すしかない、と孝子は決めていた。他に決着をつける手段はない。

柏原もそれは見抜いているだろうが、関係ない。これは自分とリカの問題だ。

柏原が立ち上がり、デスクの引き出しからファイルを取り出した。顔に脂汗が浮いていた。

2

佐藤はＢＭＷを二子玉川公園の駐車場に停め、園内に入った。夕方五時、厚い雲が空を覆っている。日が沈んだばかりだが、辺りは暗かった。

ベンチに腰を下ろし、スマホに触れていると、犬の鳴き声がした。顔を上げると、警察庁の仲沢次長が立っていた。

「お久しぶりです」

座ったまま、佐藤は頭を軽く下げた。仲沢がトイプードルを抱え上げ、ベンチに載せた。

「可愛いですね。二歳？　もうちょっと上ですか？」

四歳だ、と仲沢が腰を下ろした。不快そうな表情が顔に浮かんでいる。

「持ってきたのか？」

もちろんです、と佐藤はジャケットのポケットから取り出したUSBをベンチに置いた。

「ハプニングバーのパーティーに参加されていた奥様の写真が入っています。電話でもお伝えしましたが、コピーは取っていません。次期警察庁長官に嘘をつく度胸はありませんよ」

トイプードルが凄まじい勢いで吠《ほ》え出した。犬には嘘を見抜く力がある、と仲沢が言った。

「もう一度聞くが、コピーはないんだな？」

「そう言ったじゃないですか」

「コピーは取っていないが、パソコンにデータが残ってる……そんな言い訳は通じない。すべて消去したのか？」

「信じていただくしかありません」

腐った男だ、と仲沢が吐き捨てた。

「君の体からは腐臭しかしない。死人と同じ臭いだ。何百、何千人と犯罪者を見てきたが、腹の底から腐ってるんだろう」

誤解です、と佐藤は微笑を浮かべた。

「私ほど清廉潔白な男はいません。沈黙の意味もわかっています」

「そうとは思えん」

あれから奥様について何か言ったことがありますか、と佐藤は上目遣いになった。

「一度もないのは、次長もご存じのはずです。そして、今後も沈黙を守ることもね」

これっきりだ、と仲沢がショルダーバッグから封筒を取り出した。

「君には会ったこともないし、話したこともない。この場で私の電話番号、メールアドレス、その他連絡先をすべて消去しろ。それがリカの写真を渡す条件だ」

佐藤はスマホを仲沢に向け、アドレス帳を開いた。NPAナカザワと表示されている。NPAはナショナルポリスエージェンシー、警察庁の略称だ。

仲沢に見えるように画面を操作し、〝削除〟に指で触れると、アドレス帳から文字が消えた。

「すべてのデータを消去しました。これでいいですか？」

仲沢が封筒を放った。ずいぶん乱暴ですね、と佐藤は地面に落ちた封筒を拾い上げた。

「もっとも、お気持ちは理解できます。奥様の嗜好はユニーク過ぎますからね……ですが、細井《ほそい》衆議院議長の姪御《めいご》さんの奥様と離婚するわけにもいかないでしょう」

「皮肉は止せ」

悪い癖です、と佐藤は口に手を当てた。

「二度と連絡するなとおっしゃるなら、その通りにします。ただ、本当にそれでいいんですか？」

「どういう意味だ？」

次長の胸の内はお察しします、と佐藤は言った。

「私への怒りがどれほど大きいか……それこそ、殺したいぐらいでしょう。テレビ局の報道マンの脅しに屈したのでは、次期警察庁長官の沽券《こけん》にもかかわります。しかし、味方につければ得をするのは次長ですよ」

「私が？」

「今は報道から離れていますが、来年には戻ります。次長も二年後には警察庁長官の椅子に座ることになるかと――」

「人事は私が決めることじゃない」

よほどの不祥事でも起きない限り、と佐藤は笑みを濃くした。

「それが慣例じゃないですか。警察庁長官は強大な権限を持っていますが、責任も重い職です。何かあれば、マスコミから批判を受けます。マスコミは第四の権力で、政府や財界を監視する役割を担っていますからね」

「だから何だ？」

警察庁長官にとって不都合な何かが起きた時、と佐藤は仲沢に顔を寄せた。

「私をうまく使えば、マスコミや世論の批判をかわせるのでは？　テレビジャパングループには系列の新聞社、ラジオ局があります。どちらも子会社ですから、我々の意向は無視できません。テレビジャパンが仲沢次長の側に立てば、二社もそれにならうでしょう」

「君を利用すれば、世論を誘導できると？」

援護はできます、と佐藤は言った。

「グループの傘下には出版社もありますし、世界最大の広告代理店、日本ペルソナ社とのパイプも太く、各方面に圧力を掛けることも難しくありません。世論なんてどうにでもなります。頭の悪い下々の連中は、何でもひと月で忘れますよ。早めに火を消せば、もっと短くて済むでしょう。ご相談ですが、その辺りを私に任せていただけませんか？」

「代償は？」

情報です、と佐藤は答えた。

「あらゆる情報を最優先で渡してもらえれば、他には何も望みません。お互いにメリットのある話だと思いませんか？」

バランスが悪過ぎる、と仲沢が嗄《しやが》れた声で笑った。

「君はこう言ったな？　私には君への怒りがある、殺したいほどの怒りだと……残念だが、少し違う」

「どういう意味です？」

仲沢が佐藤のワイシャツの襟を摑み、強引に引き寄せた。五十歳を超えているが、凄まじい力だった。

「どうせ録音しているんだろう？　構わん。これだけは言っておくが、殺したいんじゃない。本当に殺してもいいと思ってるんだ」

突き飛ばそうとしたが、無駄だった。仲沢が佐藤の耳に顔を近づけた。

「聞け。今日まで何千人もの犯罪者の相手をしてきた。きれいごとじゃ済まないこともあった。上へ行くために、頭から血と泥に浸かったこともある。世間の常識が通用しない連中を、警察官僚は知っているんだ」

彼らに借りを作りたくはない、と仲沢が襟から手を放した。

「だが、君の顔を見ていると、一線を踏み越えてもいいと思えてくる。自分でも抑えが利かない……いいか、二度と私の前に現れるな。これは警告だ。いつ、どこでも事故は起きるぞ」

脅しですか、と震える指で佐藤はワイシャツの襟を直した。ここで退けば、関係が悪くなるだけだ。

「私も馬鹿じゃない。保険はかけていますよ。私の身に何かあれば――」

やはりコピーを取っていたか、と仲沢が吐き捨てた。

「そうだろうな。クズのやり口はわかっている。今日は帰っていい。その写真を使って、何でも調べろ。だが、これ以上下手な動きをすれば、私はデリートキーを押すぞ。警察庁長官になるより、その方が楽しそうだ」

仲沢が立てた人差し指をゆっくり下ろした。すべてのデータを消します、と佐藤は頭を深く下げた。

「リカの写真が必要だっただけで、次長を脅す気は――」

猛然と犬が吠え始めた。嘘は聞き飽きた、と仲沢が犬を地面に下ろした。

「第四の権力？　何を言ってる？　とっくの昔に、マスコミは政府の犬になっているんだ」

リードを握った仲沢が公園の奥へ向かった。その背中が林の中に消えるのを確かめてから、佐藤はベンチに座った。

水を被ったように、全身が汗で濡れていた。これ以上の手出しは無用どころか、ひとつ間違えば命にかかわるだろう。

（とにかく、これさえあればいい）

佐藤は封筒から葉書大の写真を引き抜いた。女が写っている。一枚は全身、もう一枚は顔のアップだ。

（これがリカか）

全身写真は倒れているところを上から撮ったようだ。着ているパジャマの右胸上部、そして左下腹部が血に染まっていた。警視庁の菅原警部補がリカを撃った直後の写真だろう。撃たれたリカは救急搬送されたが、その際救急隊員二名、警察官一名を殺害、逃亡している。

その後、本間隆雄を拉致誘拐し、両腕、両足、更に目や鼻、耳、舌を切り取り、頭部と体だけの本間を連れて姿を消した。残された本間の体のパーツを発見した菅原の心が壊れたのは当然だ。

佐藤は写真を見つめた。右胸、左下腹部、いずれもかなりの出血だ。この体でよく動けたものだ。信じられなかった。

もう一枚の写真に目を移した。異様に痩せた女がそこにいた。

面長というより、顔の比率が明らかにおかしかった。縦が長く、人間の顔とは思えない。肌の色は泥のようで、艶がまったくなかった。紙粘土で作れば、こんな質感になるのかもしれない。

髪は長く、真っ黒で、背中まで伸びている。ところどころ、白髪が交じっていた。

目は閉じているので、切れ長ということしかわからない。鼻が少しだけ上を向いていた。

唇は厚く、僅《わず》かに開いている隙間から、禍々《まがまが》しいほど赤い舌が覗いていた。

目だけ、鼻だけ、口だけ、パーツのひとつひとつを見れば整っているが、どこかバランスが崩れている。子供が縦長のキャンバスにパーツを適当に貼り付けると、こんな顔になるのではないか。

写真ということもあるが、年齢不詳の顔だった。二十代後半と言われても、六十代と言われてもうなずくかもしれない。

二年ほど前、警視庁の女性刑事が連続殺人犯を射殺したという第一報に、全マスコミが取材を始めた。新聞記者、テレビ局、ラジオ局の報道マン、週刊誌の記者、フリーライター、垣根を越えての情報交換もあった。

佐藤もリカの過去を調べ、二卵性双生児だったこと、父親が外科医だったこと、母親がミス日本コンテストで優勝していたこと、姉妹が広尾の天使と呼ばれていた事実を摑んでいた。

『太陽みたいな姉と、月のような妹』

どちらも美少女だった、と複数の証言があった。写真にも、僅かにその面影が残っている。愛らしい二人の少女は、美しい娘に成長しただろう。新興宗教に入信した母親と姉の行方は今もわからないが、姉の梨花の美しさは多くの者が記憶していた。

いつとは明確に言えないが、何らかの理由で精神のバランスが崩れ、それが顔にダメージを与えたのではないか。心の歪みがそのまま顔になっているようだ。

リカの母方の祖父は外科医で、父親は養子に入り、祖父のクリニックを継いでいた。二年前、佐藤は広尾にある雨宮家、通称バラ屋敷へ取材に行ったが、三百坪はある広い家だったのを覚えている。

現在、バラ屋敷は空き家になっている。リカの父親が交通事故で死に、その後母親と姉が新興宗教団体に出家し、リカの所在も不明だ。

佐藤はバラ屋敷の記憶を辿った。三十年近く誰も住んでいないその家は傷み、広い庭も荒れ放題だった。

捨て値で売っても二億は堅い、と取材に同行したアナウンサーが話していたが、それ以上かもしれない。固定資産税は未払いのままなのだろう。

持ち主が死亡すると、相続の手続きが複雑になる。リカの母親は失踪宣告により死亡認定を受けていたが、状況を考えると生きていてもおかしくない。

血縁者も手を挙げにくいし、どんなトラブルに発展するかわからないから、行政も勝手に処分するわけにはいかない。

少子高齢化の影響もあり、都内で空き家が増加し、それが問題になっているのは報道マンの佐藤にとって常識でもあった。バラ屋敷のような家はいくらでもあるから、区役所も手が回らないのだろう。

いったい何があったのか、と佐藤は写真を見つめた。よほどのことがなければ、ここまで顔が歪《いびつ》にならないはずだ。

外科医の父親、美しい母親、広尾の広い家で暮らし、何不自由なく育った美少女をこんな顔に変えた理由は何か。

強いて言えば、突然の父親の死と、母親の出奔が原因だろうが、それにしても信じられないほどリカの顔は歪み、憎悪に満ちていた。腸《はらわた》を直接見ているようだ。

(写真は手に入った)

大阪に行き、この写真を使って聞き込みをすればいい。これだけ特徴のある顔だ。覚えている者がいないはずがない。

封筒に写真を戻そうとした手が止まった。写真のリカの目が開き、佐藤をじっと見ていた。

黒目しかない目がじわじわと大きくなっていく。まばたきさえできないまま、佐藤はただ見つめているしかなかった。

どれだけ時間が経ったのかわからないが、気づくとリカの目が閉じていた。歪な顔はそのままだ。

馬鹿らしい、と佐藤は写真を封筒にねじ込んだ。写真の目が開いたり閉じたりするはずがない。錯覚だ。

ジャケットの内ポケットに封筒を入れた。気配を感じて辺りを見回したが、誰もいなかった。

3

十四年前、事件があったと柏原が言った。

「中学生の自殺だ。十二月の終わり、真夜中に神田川へ飛び込み、溺死した」

この子だ、と柏原がファイルを開いた。新聞のスクラップに、幼い顔の少女が載っていた。

「自殺ですよね？」事件性はないと記事にあります、と孝子は言った。「仮にあったとしても、本庁にいた柏原さんが動くような事件ではないでしょう」

それは最初の記事だ、と柏原が顎をしゃくった。

「学校の担任、校長は少女が悩みを抱えていたのを把握していたし、何度か相談の場を作ったが、本人が何も話さなかったために様子を見ていた、とコメントを出した。クラスメイトも同じだ」

「……はい」

「進路、恋愛、友人関係、両親との軋轢《あつれき》、中学三年生の悩みの種はいくらでもある。少女には精神的に不安定なところがあり、心配していたと担任の女性教師は泣きながらカメラに訴えた」

孝子はファイルをめくった。いじめによる自殺、と見出しのついた記事がそこにあった。

少女は酷いいじめに遭っていた、と柏原が深く息を吐いた。

「入学してすぐ、男子三人、女子三人のグループができた。少女もその一人だった。二年の夏休みまで、六人は親しくしていた。きっかけはわからないが、二学期に入ると少女へのいじめが始まった。陰湿ないじめで、クラスメイトも気づかなかった」

「何をしたんです？」

最初は陰口だった、と柏原が言った。

「汚い、臭い、不潔……少女が一番傷つく言葉なのはわかるな？　次第に、陰口ではなく、少女に向かって悪口を言うようになった。それまで一緒に遊んでいた仲間にそんなことを言われて、少女は戸惑った」

「そうでしょうね」

「自分が悪いのかもしれない、他の五人を不快にさせるようなことを言ったのではないか……少女は自己肯定感が低い性格だった。自分を責め、五人に謝罪し、どうすれば許してくれるのかと泣きながら訴えた」

「彼らは何と答えたんですか？」

「自分で考えろ、反省して態度で示せ、そんなことだ。何も答えていないのと同じで、そもそも少女に非はなかった。誰がいじめを始めたのか、何のためだったのか、それもわからない。気の弱い少女をターゲットにすることだけが決まっていたんだ」

「そんな……」

いじめはエスカレートしていった、と柏原がファイルを指さした。

「後でわかったことだが、五人は少女に自分の尿を飲ませていた。五人の尿もだ。大便を食えと強要し、少女はそれにも従った。五人を支配していたのは狂気で、少女はその渦に飲み込まれていった。煙草の火を陰部に押し付け、ハサミで乳首を切断することまでやった。まともじゃない」

「信じられません」

それだけじゃない、と柏原が顔をしかめた。

「中学三年の五月、五人は少女を呼び出し、近くの公園のトイレで裸にして写真を撮った。誰かにいじめられていると話したら、この写真をばらまくと脅したんだ。言いなりになるしかない」

「それから……どうなったんです?」

まず要求されたのは金だった、と柏原が言った。

「千円、二千円、一万円、五万円、金額はどんどん膨らんでいく。しかも毎日だ。耐え切れず、少女は担任に相談した」

「待ってください。担任の女性教師は少女が何も話さなかったと……」

嘘だったんだ、と柏原が煙草をくわえて火をつけた。

「それどころか、少女の訴えを無視した。間接的に少女のいじめに加わっていたんだ。後でわかったが、女性教師の高市《たかいち》は中学や高校で有名ないじめの加害者だった。どうしようもないクズが集まったってわけだ」

「酷いですね」

「担任は何もしてくれない。それどころか、意図的にいじめを見逃し、クラスの生徒には五人がからかっているだけだと話した。少女がどれだけ絶望したか、俺にもわからん」

「どうして両親に相談しなかったんですか？」

母子家庭だったからだ、と柏原が言った。

「母一人、娘一人。少女は母親に心配をかけたくなかった。だから、最後まで何も言わなかった。様子がおかしいのは母親も気づいていたし、何度も問いただしたが、何でもないと笑うだけだった」

苦しかっただろう、と柏原が煙を吐いた。

「母親は学校に行き、担任に相談したが、毎日楽しそうにしています、と返事があっただけだった。同席していた校長も、高市先生の言う通りです、とうなずいた。校長はすべてを知っていたが、高市をかばい、いじめは起きていないと言った」

「学校の体面を守るためですか？」

違う、と柏原が眉間に皺を寄せた。

「ファイルの最後に、週刊誌の記事がある。高市が校長や他の教師と男女の関係にあったと書いてあるだろ？　愛人だから、かばったんだ」

煙草をふかしていた柏原が、数人の生徒がいじめに気づいていたと言った。

「彼ら、彼女らはそれぞれの親に話した。だが、少女の体についていた傷はすべて制服の下で、一見しただけではわからなかったし、直接いじめを見た者もいなかった。気配で察しただけで、確証があったわけじゃない。PTAの会合で、少女の母親は娘がいじめにあっていると訴えようとしたが、止めたのは子供から相談を受けた親たちだった」

「なぜです？」

「何もなかったら娘さんが本当にいじめられる、と忠告されたんだ。親切心のつもりだったんだろう」

三年生の九月、少女は駅の階段からホームに飛び降りた、と柏原が額を指で強く押さえた。

「例の五人に唆《そそのか》されたんだ。それ以前から、少女はいじめを止めてほしい、続けるなら殺してほしいと訴えていたが、だったら自分で死ねと言われ、衝動的にホームへ飛び降りた」

ここに書いてある、と柏原が記事を指で押さえた。読んでいるうちに、孝子は自分の手の震えを止められなくなった。人間の悪意の巨大さに、気分が悪くなるほどだった。

「少女は右大腿骨及び右手首骨折、右耳を欠損……本当ですか？」

死ななかったのが不思議なくらいだ、と柏原が肩をすくめた。

「階段は高く、頭から落ちれば即死していたかもしれん。夕方で、ホームには大勢の人がいた。目撃者は少女が自ら飛び降りたと証言したが、少女自身は滑って落ちたと話している。本人の過失による事故だから、事件性はない。警察も医師も、少女の体にあった傷は転落時についたと考え、ろくに調べなかった」

「でも……本当は自殺を図ったんですね？」

全治約二カ月で、十二月に少女は学校に戻った、と柏原が言った。

「だが、事態は何も変わらなかった。前より悪くなっていたかもしれん。同じクラスの生徒は事故ではないと知っていたはずだが、誰も何も言わなかった。担任と五人が結託して、恐怖で教室を支配していたからだ。余計なことを言えば自分がターゲットになる、と怯えたのかもな」

同調圧力もあった、と柏原が話を続けた。

「五人に焚《た》き付けられて、何人かがいじめに加わるようになった。少女の側に問題があると思っていた生徒もいたぐらいだ。もともと友達の少ない子だったが、完全に孤立した。五人はもちろん、担任、クラスメイト、全員が敵だった」

そして母親には言えなかった、と孝子はつぶやいた。どんなことをしてでも逃げるべきだった、と柏原が煙草を灰皿でもみ消した。

「だが、少女は正常な判断力を失っていた。そして十二月の終わり、氷が張っていた神田川に飛び込んで死んだ」

「自殺として扱われたんですか？」

そりゃ仕方ない、と柏原が苦笑した。

「五人がその場にいたわけでもないし、強制した事実もない。少女は自分の意志で死んだ。自殺の責任は誰にも取れない」

「ですが……」

少女が自殺すると学校は箝口令《かんこうれい》を敷いた、と柏原が口を手で塞いだ。

「全教師、全生徒にマスコミの取材に答えてはならないと命じ、担任の高市と校長が取材の窓口になって、都合のいいコメントだけを出した」

ですが、と言った孝子に、さすがに無理があった、と柏原がうなずいた。

「クラスメイトはいじめに気づいていたし、加担していた者には罪の意識もあった。黙ってはいられなかっただろう」

「以前、子供から相談されていた親もいましたね？」

少女の死によって、彼らも真実を知ったと柏原が言った。

「匿名で警察に複数のタレコミがあり、所轄の北神田署が動いた。五人の男子、女子生徒に話を聞いたが、いじめを認めず、それどころか少女は死にたがっていた、放置していた母親のせいだと責任をなすりつけた。高市も校長もそれを認めたが、奴らにはひとつだけ知らないことがあった」

「何です?」

死んだ少女は俺の姪だった、と柏原がコーヒーを飲んだ。

「母親は俺の姉で、葬式の時に話を聞いた。姪ってのは可愛いもんだ。自分の子供じゃないから、無責任に甘やかせる。小さい頃から俺になついていたし、素直でいい子だった」

「そうだったんですか……」

「いじめによる自殺に本庁の刑事が入るのは筋が違うと言うかもしれんが、そんなことは関係ない。身内が殺されたんだ。俺が片をつけるしかないだろう」

北神田署へ行って報告書を全部読んだ、と柏原がこめかみを指でつついた。

「腐っても本庁の刑事だ。所轄の署長に止められるはずもない。関係者の名前、連絡先、すべてメモして、一軒ずつ訪ねて回った。例の五人、担任の高市、校長、他の教師のことも調べた。すべての証言をまとめて、俺は五人の家へ行った」

姪は自殺したんじゃない、と柏原が首を振った。

「殺されたんだ。殺人事件の捜査は警察の仕事で、義務でもある。奴らは責任を取らなきゃならない。人を殺したんだから当然だろう。だらしない奴らでな、泣いて謝ったよ」

嘘泣きなのはわかってた、と柏原が高い声で笑った。しばらく笑い声が続いた。

「俺は五人と担任の高市、校長の名前を警視庁記者クラブにリークし、取材に行けと焚き付けた。記者連中は顔なじみだ。新聞記者、カメラクルー、何十社かわからんが、奴らの家に押しかけた。俺の狙いはメディアスクラムを起こすことで、奴らを社会的に抹殺するつもりだった」

「……刑事のすることじゃありません」

今も奴らの名前はネットの掲示板に残っている、と柏原がデスクのパソコンに目を向けた。

「校長も高市も、他の学校に転任したのは驚いたよ。受け入れる学校も学校だ。どこまで恥知らずなんだ？」

「それは……」

十年前から、俺は定期的に高市と校長、そして五人の名前をツイートするようになった、と柏原がスマホを取り出した。

「こいつらは人殺しだってな。すぐ削除されるが、こっちは捨てアカだ。痛くも痒《かゆ》くもない。七人が死ぬまで続けてやる。いや、男子生徒の一人は死んだから、残りは六人か……そいつは俺が殺したからな」

「殺した？」

姪を裸にして写真を撮った奴だ、と柏原が呻《うめ》いた。

「どこへ行こうが、ついて回った。何をしていても、どこでもだ。楽しく遊んでいるところや、一家団欒《だんらん》の場にお邪魔したこともある。中学を卒業後、奴は進学しないでフリーターになったが、バイト先へ行って、そこの連中に奴のことを詳しく教えてやった」

「それは犯罪です」

「奴の親が弁護士を雇い、接近禁止命令を受けたが、あんなものに意味はない。上司に止められたが、無視してやったよ」

「どうかしています」

その通りだ、と柏原がうなずいた。

「病休届けを出して、奴の行く先々へ顔を出し続けた。ここにいるぞと手を振り、周りの連中に奴は人殺しだと話した。怯えているのがわかって、楽しかったよ。そのうち、俺の姿を見ると、奴は逃げ出すようになった」

「当たり前でしょう」

ストーカーだからな、と柏原が小さく笑った。

「だが、残念ながらストーカー規制法はザル法なんだ。交番のおまわりに注意されて、俺が引っ込むと思うか？　そしてあの日、俺はいつものように奴の家の前で、出てくるのを待っていた。俺がいるとわかって、奴は駅に向かって駆け出した。何か用事があったんだろうな」

「追ったんですね？」

追い詰めたんだ、と柏原が言った。

「家の周りのどこに信号や横断歩道があるか、奴がどこを走るかもわかっていた。俺の想定通りのコースを奴は逃げ、赤信号を無視して通りを渡ろうとしたが、大型トラックにぶつかって死んだよ」

殺人じゃないですか、とそれまで黙っていた堀口が立ち上がった。顔が真っ青になっていた。

大型トラックに轢《ひ》かれた人間がどうなるか知ってるか、と柏原が堀口に目を向けた。

「糸の切れた操り人形と同じで、首や腕、足がちぎれて飛ぶんだ。俺は心の底から思ったよ。ざまあみろってな」

無言で堀口が座った。唇が震えていた。

俺は警察を辞めた、と柏原がテーブルに足を投げ出した。

「最初からそのつもりだった。姪の復讐だったんだ。だが……あんなことをしたって、何にもならない。今になるとよくわかる。それどころか、こっちも地獄に堕ちる。永遠の闇が続く無間地獄だ」

「柏原さん……」

姪を殺した奴らの名前をツイートしていると言ったが、と柏原がスマホに手を掛けた。

「最初は義憤のつもりだった。姪を殺したのは奴らで、それなのにのうのうと生きている。許せるわけないだろう。だが、ある日わかった。俺の意志じゃなく、俺の中の闇が勝手にツイートしていたんだ。頻度もどんどん増えてる」

一日数回だったのが十回になり、今じゃ一時間に一度だ、と柏原が指を動かした。暇さえあれば、柏原がスマホに触れているのは、ＫＰＣＤで働き始めた時から、孝子も気づいていた。

「スマホ中毒、ネット依存、そういうことじゃない。これは呪いなんだ」

「呪い？」

闇に呑まれた者への呪いだ、と柏原が言った。

「ツイートするたびに怒りが増幅し、繰り返さずにいられない。俺は……壊れかけているんだ」

柏原の顔に表情はなく、声の抑揚もなくなっていた。顔を伏せたまま、憑《つ》かれたように話し続けている。

「青木、聞け。菅原さん、警察ＯＢの原田、奥山、梅本がリカの犠牲になった。他にも犠牲者は山ほどいる。お前は自分の手でリカを殺そうと考えている」

「そんなことは……」

お前にできるのは、と柏原が顔を上げた。表情が醜く歪んでいた。

「居場所を調べて、警察に通報することだけだ。リカを殺せば、その瞬間、お前もリカになる。一生解けない呪いが降りかかるぞ」

やめてください、と孝子は叫んだ。

「リカは連続殺人犯です。わたしにはリカを止める義務があります」

何だって言えるさ、と柏原が横を向いた。

「殺人犯を止めるためなら、何をしても構わないと思っているのか？　正義を振りかざしてリカを殺せば、他の殺人犯も殺さないと整合性が取れなくなるぞ。殺人犯だから殺してもいい、その論理はどんどんエスカレートしていく。自分の正義を信じるな。意味はわかるか？」

わかりません、と孝子は立ち上がった。柏原の中で何かが破綻している。言葉が届かないのはそのためだ。

闇、呪い、そんなオカルティックなワードばかりが耳に残ったが、論理的に聞こえても、繰り返しが多く、綻《ほころ》びもあった。

「リカは人間です。わたしはそれを知っています。ですが、井島さんが話していたように、災いをもたらす者でもあるんです」

文学的だな、と柏原が小さく笑った。柏原さんも警察OBなら、と孝子は言った。

「良心の呵責《かしゃく》を感じることなく、平気で嘘をつき、悪事を重ねるタイプの人間がいるのは知ってますよね？」

サイコパスか、と柏原が言った。サイコパスには良心も道徳心も、人としての感情もありません、と孝子はうなずいた。

「リカは極端な意味でのサイコパスです。あの女の中では、自分だけが正しく、他はすべて間違っているんです。だから、躊躇せずに人を殺し、必要であれば別人格になりすまし、他人の人生を跡形もなく壊します」

「そうだ」

「あの女を止めない限り、第二、第三の本間隆雄が出るでしょう。リカを殺す以外、何も解決しません。殺すのは正当防衛であり、緊急避難なんです」

もういい、と柏原が小さく手を振った。

「辞めたって構わん。忠告はした。俺の役目は終わりだ……いつ京都へ行く？」

来週の月曜です、と孝子は答えた。

「一週間、京都でリカの足取りを追います。何か痕跡が残っているかもしれません。何か見つかるのかと言われたら、それはわかりませんが……」

堀口、と柏原が声をかけた。

「お前も行ってこい。出張扱いにしてやる。依頼人は俺で、目的は青木のボディガードだ。いや、お目付役か？　青木はブレーキが壊れてる。危険だと思ったら、無理やりにでも東京へ連れ戻せ。わかったな？」

「うちの仕事はどうするんですか？」

ＫＰＤＣは年内で畳《たた》む、と柏原が言った。

「前から考えていた。この仕事は他人のぐちゃぐちゃになった心をそのまま見なきゃならん。醜悪で腐った臓物を見続けていたら、こっちの心が腐っちまう。もうたくさんだ。俺は辞める。やりたいんなら、事務所ごとお前にくれてやる」

後は若い二人にお任せしよう、と手を叩いた柏原がドアに向かった。八十歳を超えた老人のような足取りだった。

4

十一月五日月曜、午前十一時。佐藤は小型のキャリーバッグを手に、東海道新幹線のホームに立っていた。すぐ横で、大きなバッグを下げた令奈が左右に目を向けていた。

バラエティ番組のディレクターが出張するのは珍しくないが、パイロット版制作のためというのはレアだろう。そこまでの予算はテレビ局も出さない。

だが、佐藤は局長の石田を通じ、令奈と二人での出張許可を取っていた。三泊の予定だが、状況によっては多少延びるかもしれないと伝えてある。リカの写真を入手したため、石田も了解していた。

感謝しろよ、と佐藤は令奈の肩に手を置いた。

「ＡＤがグリーン車に乗るなんて、あり得ない話だ。令奈のために席を取ってやったんだからな」

ありがとうございます、と令奈が頭を下げた。何をきょろきょろしてるんだ、と佐藤は苦笑した。

「新幹線に乗るのが初めてってわけじゃないんだろ？　福岡出身と聞いたが、博多まで新幹線が開通したのは一九七五年じゃなかったか？」

そうだったと思います、と令奈がうなずいた。

「高校を卒業して、東京の専門学校に入りました。でも、お金がなくて、夜行バスで上京したんです。実は、新幹線に乗ったことがありません」

「専門学校にいた頃、旅行はしなかったのか？」

バイトばっかりでした、と照れたように令奈が笑った。しょうがないな、と佐藤は肩をすくめた。

「まあいいさ。荷物持ちだけしてくれ。俺も大阪に詳しいわけじゃない。スマホのアプリが頼りだ。まずはＴＪＷに行く。新大阪駅からタクシーですぐだ。報道局の二宮次長に話を聞いてから、方針を決める」

わかりました、と令奈がバッグを抱え直した。Ｔシャツの裾がめくれ、すべすべした白い肌が見えた。

佐藤は三年以上、妻と別居していた。有名な製菓会社の役員の娘の妻とは、上司の紹介で会い、半年ほど付き合って結婚したが、一年も経たないうちに、波動だ、引き寄せだとスピリチュアルなことしか言わなくなった。

自宅の前に無農薬野菜の販売所を作り、近所を廻ってオーガニック素材の服を売り始めた時には、隣人にやんわりと抗議された。

セックスどころか、佐藤に触れることさえ嫌がり、同じ家に暮らしているのに、会話がなくなった。妻の実家でそれを話すと、もともとそういう子だった、と父親が肩を落とした。

離婚を申し入れたが、テレビジャパン本社ビルに近い汐留のマンションを借りるから、しばらく別居して冷却期間を持ってほしい、と父親が頭を下げた。

渋っていると、製菓会社の非常勤社員として毎月コンサルタント料を支払うと父親が言った。相手は大会社の重役だ。事を荒立てても損だと思い、別居に同意した。

最初から妻への愛情はなく、実家が金持ちで育ちがいいという理由で結婚しただけだから、かえって都合が良かった。

会社には妻の父親の都合でと理由をつけ、別収入を認めさせた。もともとテレビジャパンはダブルワークを社員に奨励していたから、特に問題はなかった。

夫婦生活は破綻しているが、それは妻の責任だ。月に一、二度くる妻の父親からの連絡では、スピリチュアルへの傾倒がどんどん強くなり、今では両親とも絶縁状態だという。

テレビ局では離婚がキャリアの障害にならない。いつ別れてもよかったが、毎月振り込まれる五十万円のコンサルタント料を捨てる理由はない。いずれ汐留のマンションを買わせて、離婚するつもりでいた。

佐藤には複数のセフレがいる。社内、社外、人妻。

小さなトラブルはいくつかあったが、適当に処理してまた別の女を探す。三年間、そんな暮らしを楽しんでいた。

令奈はその女たちと比べても最上級の女だった。二十四歳という若さ、バランスの取れたスタイル、下手なモデルより美しい顔。何よりも、体の奥から滲《にじ》み出る色気にそそられるものがあった。

パイロット番組制作のための取材は、通常ならプロデューサーもしくはディレクター一人で行くが、令奈を連れていくことにしたのは、大阪で抱くためだった。

令奈にその気があるのは、最初からわかっていた。淫蕩《いんとう》な何かが宿った目で、佐藤を見ている。気づかないほど間抜けではない。

「間もなく、十四番線ホームに新大阪行き〝のぞみ〟が——」

アナウンスが聞こえ、佐藤は入ってきた新幹線に目を向けた。視界の端に、一人の女が映った。

(青木刑事?)

元刑事か、と佐藤は女を見つめた。一両隣の普通車で、客の列の最後尾についている。一緒にいる若い男は恋人だろうか。

(なぜ彼女が?)

約二年前、警視庁の奥山刑事がリカに殺された。偶発的なケースを除けば、現職の刑事が殺害されることはほぼない。マスコミにとっては大ニュースだ。

取材合戦が始まったが、その時点で佐藤は奥山が婚約していたこと、相手が警視庁コールドケース捜査班の青木孝子巡査部長、という情報を摑んでいた。

情報を制する者が強いのは、どこでも同じだ。奥山の死体を発見したのが青木刑事だったと一課の刑事から聞き、直撃取材を敢行した。

婚約者の死体を発見した時、どう思いましたかと尋ねたが、答えはなかった。当然だろう。答えるはずもない。

だが、テレビはそれでいい。カメラが捉えた青木刑事の表情は、どんなコメントよりも雄弁だった。

佐藤はその映像をニュース番組に差し込み、警視庁総務部広報課から厳重注意を受けたが、同時間帯での視聴率は他局の倍以上だった。

視聴率至上主義はテレビジャパンの社是で、その年の終わりには他のスクープも含め、報道局キャップに昇格した。

青木のおかげでポジションが上がったのは確かだ。頭のひとつぐらい下げてもいい、と佐藤はつぶやいた。

その後、リカを射殺した青木が懲戒免職処分を受けたと聞いたが、それ以上詳しいことは知らなかった。顔を見るのもあれ以来だ。

（旅行か？）

そうは見えない、と佐藤は首を捻った。男は二十代半ばで、青木よりかなり若い。

年下の恋人がいても不思議ではないが、二人ともどこか表情が険しく、そういう関係には見えなかった。

警察を辞めてからの青木を、佐藤は知らない。どこかに勤めているのだろうが、人殺しの女刑事を雇う会社があるだろうか。

新幹線がホームに停まった。乗客が降りていき、清掃が終わるのを待ってから、佐藤は車内に乗り込んだ。

（旅行じゃないようだ）

座席に腰を下ろし、佐藤は腕を組んだ。恋人との旅行なら、土日を選ぶだろう。

だが、出張にも見えなかった。男はジーンズの上にスタジアムジャンパーというラフな服装だ。あの格好でビジネスの話はできないだろう。

（男女の関係でもない）

二人の間に壁があるのは、見ていればわかった。男の顔に、どこか遠慮の色があった。

考えたところで仕方ない、と佐藤は苦笑を浮かべた。青木が何をしていようと関係ない。

令奈、と佐藤は隣に声をかけた。

「車内販売が来たら、ホットコーヒーを買ってくれ。お前も好きなものを頼め。領収書を忘れるな」

わかりました、と令奈がうなずいた。新幹線がゆっくりと動き出した。

5

指定席にしておいてよかったですね、と堀口が言った。週明けのためか、座席はビジネス客で埋まっていた。

無理しなくていい、と孝子は堀口の横顔に目をやった。

「この件はあなたと関係ない」

出張ですよ、と堀口が窓の外を見つめた。細かい雨がぽつぽつと降り始め、窓に当たっていた。

「仕事は仕事です。青木さんのボディガードを務めろ、それが所長の依頼ですが、本当に危ない真似をするわけじゃないんでしょう?」

たぶん、と孝子はうなずいた。リカを捜すつもりだが、難しいのはわかっていた。

京都市左京区とひと口で言っても、捜索範囲は広い。柏原も言っていたが、リカはただその辺りを通過しただけなのかもしれなかった。

今も左京区にいるのか、それも不明だ。金矢の友人、張替勉《つとむ》が見た女がリカだという保証もない。

ただ、孝子には確信があった。張替が見た女はリカだ。

「京都へ行って張替さんに話を聞く。すべてはそれからだけど、何もわからないかもしれない。時間を無駄にするだけで――」

別に構いません、と堀口が顔を孝子に向けた。

「所長には借りがあります。いずれは返さなきゃならないと思っていました。それに、リカの件は他人事じゃないんです」

「どういう意味？」

ぼくがＫＰＤＣで働くことになったのは三年前です、と堀口が買っていた緑茶のペットボトルのキャップを開けた。

聞いてる、と孝子はうなずいた。これでも東大出なんです、と堀口が言った。

「東大？　東京大学ってこと？」

文三です、と堀口が笑みを浮かべた。

「意外でしょう？　青木さん……宗教二世ってわかりますか？」

「何となく……あなたのご両親は新興宗教の信者だったの？」

　ぶっちゃけますけど、と堀口が話し始めた。

「父も母も合一連合協会の信者です。元宇宙真理教ですよ。両親は知り合いでも何でもなくて、合一婚です。知ってますか？　教祖が信者を適当に選んで、結婚させるんです」

　わたしが中学生の頃、と孝子は首を傾げた。

「芸能人やスポーツ選手が合一婚に参加して、ワイドショーで話題になったのを覚えてる。毎日のようにテレビで放送されていたけど……」

　今も合一婚は毎年行われています、と堀口が言った。

「世界中に支部がありますからね。開き直った言い方をすれば、見合い結婚とそれほど変わりません。お見合いだって、知らない人と結婚するわけでしょ？」

　意味が違う、と孝子は首を振った。

「お見合いは断っても構わない。合一婚は教祖が命じた相手と結婚しないと地獄に堕ちると脅したり、強制的に結婚させるけど、そんな馬鹿な話はない。あれは宗教じゃなくて、卑劣な詐欺集団よ。警察にいたんだから、それぐらい知ってる」

　手厳しいですね、と堀口が頭を掻いた。

「でも、その通りです。教団の公式ホームページには、婚姻を拒否しても構わないとありますが、あんなのは大嘘ですよ。教祖の命令なら、信者は犬の糞《ふん》でも食います」

「はっきり言うけど、洗脳されているだけよ。ご両親にも事情があったんでしょうけど、脱会させるべきね」

簡単にはいきません、と堀口がため息をついた。

「教祖に従わないと地獄で永遠の業火に焼かれ、子も孫も同じ苦しみを味わう、それが合一連合協会の教義ですからね。極端な話、夫を殺せと命じられたら、母は父を殺したでしょう。カルト教団の恐ろしさで、宗教っていうのは厄介ですよ」

「あなたも合一連合信者ってこと？」

すべての日本人が何らかの宗教二世です、と堀口が言った。

「青木さんだってそうです。葬式があると、うちって何教だったんだっけ、そんな話になる家は少なくありません。親でもよくわかっていない場合もあるんじゃないですか？　日本人はそれだけ宗教に関心がないんです。ない人の方が圧倒的に多いって言うべきかな？」

うちは浄土宗だったと思う、と孝子は言った。

「二世どころじゃない。何代も続いているはず。でも、わたしは無宗教に近い。神頼みはするけど、祈ったことはない」

ぼくたちは違います、と堀口が緑茶を飲んだ。

「生まれた瞬間から合一連合信者なんです。父も母も信者なので、教義に基づいた子育てをします。父は公務員で、母は専業主婦です。女性は善き妻、善き母でなければならない、それが合一連合協会の教えで、夫が死なない限り、妻は家事以外の仕事を禁じられています。子育てに専念し、空いた時間は社会奉仕……聞こえはいいでしょう?」

「ノーコメント」

そうやってぼくは育てられました、と堀口が言った。

「父も母もとびきりの善人でした。優しかったですし、叱られたこともありません。うちにはテレビがなかったんですが、最初からないと変だとは思いません。情報源は教団が発行する新聞だけで、中学生になると立派な合一連合信者になっていました。クラスメイトを教団の集まりに誘ったり、連合教育っていうんですけど、聖なる道《ホーリーロード》を教えるんです」

「聖なる道……ワードセンスはあるみたいね」

「中学生は純粋ですから、信じる奴もいるんですよ。派手にやると問題になるんで、仲間だけの秘密だって優越感を煽《あお》ったり、四、五人で勉強会をしたり……そんなことをしていると、自分たちは特別だって意識を持つようになるんです」

「それで?」

困ったのは金です、と堀口が口を尖《とが》らせた。

「合一連合協会は信者に献金を強制します。それぞれの家庭の収入を把握しているので、いくらまでなら払えるか、正確にわかってるんです。公務員だろうがサラリーマンだろうが自営業者だろうが、信者は教団に収入を申告する義務があるんです」

「青色申告みたいね」

それどころじゃありません、と堀口が言った。

「一円でもごまかせば、悪魔に魂《たましい》を奪われると脅されてますからね。うちにテレビがなかったのは、買う金がなかったからです。生かさず殺さずどころか、死んでもいいぐらいの勢いで教団は金を奪っていきます」

まだあります、と堀口がため息をついた。

「悪名高い霊感商法は知ってますよね？　百円のガラス玉に教祖がエネルギーを吹き込むと、それだけで百万円になります。それを買うのは信者の義務で、ひとつやふたつじゃありません。うちには四つありました」

「四百万円……？」

「土器みたいな壺《つぼ》とか水晶玉とか、パンフレットみたいな薄い教義書は二百万円だったかな？　毎年、ノルマがあります。両親はどちらも多重債務者で、親戚から金を借りまくっていました。二〇〇四年に貸金業法が改正されるまで、闇金業者が家に押しかけてきて大変でしたよ」

「そんなことが……」

ぼくが子供の頃、親戚が集まると、叔父や叔母、従兄弟なんかがよそよそしくて不思議でした、と堀口が言った。

「ぼくの親が金の無心を続けていたからです。たちが悪いのは、両親がすべて親戚のためだと信じ込んでいたことで、借金という意識もなかったんでしょう。当然のように借りて、当然のように返さない……父は長男でしたけど、祖父の年金まで献金していましたね」

「おかしいと思わなかったの？」

ぼくは宗教二世ですよ、と堀口が肩をすくめた。

「純粋培養の信者です。不浄な金を溜め込んで、自分のことしか考えない親戚たちに腹を立てていたぐらいです。成績が良かったこともあって、ぼくは教団から目をかけられていました。それが嬉しくて、ますますのめり込んでいきました。地元の支部長の指示で東大を受験しましたが、本当のところは私大だと授業料が払えないためだったんです。でも、あの頃はそれもわかってませんでしたね」

わたし自身は無宗教だけど、と孝子は言った。

「信仰を大切にする人がいるのはわかる。それ自体には、何の問題もない。でも、収入の大半を献金させたり、ノルマを課して高額な商品を買わせるのは宗教じゃない。警察官はそれを詐欺と見なし、犯罪として捜査する。わたしに言わせれば、普通の詐欺の方がまだましで、宗教を騙《かた》るのは卑劣以下の犯罪よ」

　青木さんは刷り込みの怖さがわかってません、と堀口がぽつりと言った。

「生まれた時から、合一連合協会の教えは絶対に正しい、疑う余地はないし、疑ってはならないと教え込まれているんです。両親は熱心な信者で、ぼくも信仰心が強いまま育ちました。高校生の時には青年部長を務めていましたが、その役割は学生信者を増やすことです」

「それで？」

「東大に入学してから、ぼくは同級生の合一連合信者とグループを作って、勧誘活動に専念しました。信者同士には特殊な挨拶があるんで、すぐわかるんですよ。東大生は世間知らずが多くて、何人も引っ掛かりました。こっちは善意でやってます。教義に感動する奴もたくさんいましたよ」

「あなたも霊感商法をやっていたってこと？」

　ノルマだったんです、と堀口が肩を落とした。

「教団のために活動していましたが、大学二年の終わり、本郷三丁目駅の近くでいきなり拉致されました。両親の借金が嵩《かさ》んで、闇金の連中が親戚の家へ行くようになり、困り果てた叔父が昔からの知り合いだった柏原所長に、息子だけでも脱会させたいと頼んだんです」

「柏原さんに?」

殺してもいいならという条件で引き受けたと聞きました、と堀口が引きつった笑みを浮かべた。

「それぐらいの覚悟がなければ、脱会はできないってことです。所長は九五年に宇宙真理教が地下鉄で毒ガスをばらまいた時、捜査に加わっていたそうですけど、カルト教団の怖さをよく知っていたんでしょう」

「警視庁を辞める前ね」

「所長がぼくを働かせたのはマグロ漁船だったり、産業廃棄物関係の会社だったり、苛酷で危険な現場ばかりでした。少しでも気を抜けば命を落としかねません。一日一日を生き抜くことに必死で、何も考えられなくなりました。洗脳を解くための荒療治で、逆洗脳と言ってもいいかもしれません。逃げても連れ戻されます。さすが元刑事だなって、感心したぐらいですよ」

三年後、所長に呼ばれて実家に帰ると、と堀口が低い声で言った。

「両親は家で首を吊って自殺していました。文字通り、借金で首が廻らなくなったんです。十年後、お前も必ずこうなると言われました」

「そんなことが……」

所長は現場検証の場にぼくを連れて行きました、と堀口が言った。

「両親ですから、本人確認の必要もあったんですけど、普通は首吊りの現場に入れたりしません。昔の同僚に頼んだんでしょう。父は役所の上から下まで、学生時代の友人、親戚の娘のお年玉まで借りて献金していたんです。母も同じで、カードローン会社や闇金まで、借金の総額は一億円以上でした。親戚や友人に借りた総額はわかりませんが、もっと多かったかもしれません」

「信じられない……でも、本当なのね」

「相続放棄でどうにかなりましたが、親戚からは爪弾きです。去年、母方の祖父が亡くなったんですけど、葬式に呼ばれませんでした。東大出と言いましたけど、本当は中退です。それで、KPDCで働くことにしました」

二〇〇九年に特定商取引法違反事件が起きて、警視庁公安部が霊感商法の捜査に加わりました、と堀口が話を続けた。

「それ以降、いわゆる霊感商法をすべて止めると合一連合協会はコンプライアンス宣言をしましたが、表向きそう言ってるだけで、実際には違います。形を変えて霊感商法は続いてますし、信者の獲得も一般市民から公務員、地方議会議員、そして国会議員にまで広がっています」

「どうしてそんなことを？」

最終的には政治家を信者にするのが狙いなんです、と堀口が言った。

「教団の目的は国務大臣クラスの支配で、選挙協力なんか序の口です。美人信者による性的饗応《きょうおう》も日常茶飯事ですよ。ハニートラップに引っかかる国会議員も大勢います」

「合一連合協会の目的は？」

すべての日本人を合一連合信者にすることです、と堀口が答えた。

「そのために政治家と美人信者のセックス動画を撮影して、脅迫の材料に使っています。ぼくが知っている範囲で言えば〝２０２２聖戦計画〟があります。十年後、日本を浄化するための聖戦を始めると教祖が宣言していますが、その戦いは合一連合協会の勝利に終わり、真の平和が訪れると……すいません、つまらない話でしたね」

発車のベルが鳴り、新幹線が動き出した。ぼくの両親は合一連合協会に殺されました、と堀口が低い声で言った。

「ぼくの人生もめちゃくちゃにされ、他に何万人もの被害者がいます。どれだけ恨んでいるか、誰にもわからないでしょう。所長に聞きましたが、リカの母親は合一連合協会の信者だったんですね？」

「わたしの同僚が調べた。当時は宇宙真理教だったけど、信者だったのは間違いない」

「青木さんがうちで働くようになったのがきっかけで、ぼくもリカとリカ事件について調べました。『祈り』も読んでいます。ですが、事実だけを見ていくと、異常なことが多過ぎませんか？　リカ一人ですべてをやったとは考えられません。合一連合協会が関与していたんじゃないか、とぼくは思っています。教団の指示でリカが次々に凶行を重ねていたとすれば、ぼくにとってもリカは仇です。だから、青木さんに協力しようと――」

それは違う、と孝子は煙草をくわえた。

「リカは合一連合協会と無関係よ。あの女がその気になれば、教祖や教団幹部もあっさりと殺す」

「何を言ってるんです？　警察も合一連合協会には手を出せないんですよ？」

あなたは何もわかっていない、と孝子は堀口を見つめた。

「リカには法律も道徳も善悪もない。リカこそが法であり、正義の使徒だから、すべての行動が善だと信じている。人を殺しても、自分にとって害がある存在だから駆除しただけに過ぎない」

堀口が眉をひそめた。どれだけ言葉を費やしても理解できないだろう、と孝子は思った。

それがリカの恐ろしさだ。妄想と思い込みがリカの世界を創っている。どこまでが現実で、どこからがリカの幻想か、境界線は曖昧だ。

踏み込まなければ、リカは無害だが、一ミリでも境界線を踏み越え、リカの世界観を妨げれば、一瞬にして牙を剝く。

リカのルールはその都度変わる。本人の都合次第だ。どこで地雷を踏むのか、それは孝子にもわからない。リカの捜索そのものが、境界線を踏み越えることになるのかもしれなかった。

それでも、リカと対峙《たいじ》し、決着をつけなければならない。他に自分自身を救う道はない。

堀口を巻き込んではならない。すぐに帰れと言うべきだが、今は何を言っても無駄だろう。

ライターをモッズコートのポケットから出した孝子に、ここは禁煙車両です、と堀口が後ろを指さした。

「隣に喫煙席があります。青木さんの言いたいことはわかりますが、もう新幹線に乗ってますからね。京都に着いてから考えますよ」

リカに殺されるか、わたしが殺すか、と孝子は言った。

「どっちに転んでも、ろくなことにならない。わたしのそばにいたら、あなたも闇に堕ちる。それでもいいの？」

京都に着いてから考えます、と堀口が繰り返した。死んだ魚のような目になっていた。

「煙草を吸ってくる」

孝子は席を立ち、狭い通路を進んだ。突風が吹き、新幹線の車体が大きく揺れた。

第5章　捜索

1

　京都駅で下車する前に、孝子はスマホで張替にショートメールを送った。新幹線が京都に着く時間は事前に伝えていた。

　改札を抜けた午後一時半過ぎ、張替から返信があった。お待ちしております、とだけ記されていた。

　張替の店〝あじ菜〟までタクシーで向かいますと送信し、スマホを伏せた。

〝あじ菜〟って有名なんですね、と堀口がショルダーバッグからガイドブックを取り出した。

「これにも載ってますし、張替さん自身、何冊も本を出してます。ネットの口コミも星だらけですよ。京都の割烹料亭なんて、行ったこともないですけど」

「京都には詳しいの？」

孝子の問いに、特には、と堀口が肩をすくめた。

「ただ、高校二年の夏休みに、合一連合協会の大きな会合が京都で開かれたんです。教祖の生誕祭で、全国から信者が動員されました。市内に連合平和ホールって会場があるんですけど、二千人の聖なる騎士《ホーリーナイツ》だけが入れて、ぼくたち下っ端の信者はホールの周りで三時間立ってました」

「何のために？」

京都支部長の合図で万歳を叫ぶんです、と堀口が両手を上げた。

「ホール内で教祖が五十人ほどの〝選ばれし騎士〟と握手すると、ぼくたちも拍手する……今考えると、そうか、こうやって戦争が始まるのかって話ですけど、その時は真剣でしたね。数千人がひとつになって万歳や拍手をすると、妙な高揚感があるんですよ」

「高揚感？」

快感と言った方がいいのかな、と堀口が首を捻った。

「自分たちだけが正しい、これだけの仲間が声を揃えて教祖様を讃《たた》えている、その一員としてここにいる……やってることは、ナチスの親衛隊と同じですよ。怖いのは、ごく普通の平凡な人間であるぼくたちが無意識に他人を差別することです。憐《あわ》れみかもしれません」

「お前たち凡人に合一連合協会の尊い教えはわからないだろう、かわいそうに……そういうこと？」

信者の多くは純粋なんです、と堀口がうなずいた。

「ボランティア、社会奉仕活動、募金、何でも真剣にやっていました。今でもそうですが、ぼくは電車で座りません。新幹線とかは別ですよ？」

「それぐらいわかる」

誰かのために席を空けておきなさいってことです、と堀口が言った。

「教義にそういう一節があるんです。ぼくは二世信者ですから、その教えが体に染み付いてますし、高校や大学の同級生を勧誘する時も、そんな話をしました。合一連合協会をうさん臭く思っている人でも、これには反駁《はんばく》できませんからね」

「利他的な教えに見えるからでしょう？　でも、結局は自分のためよ。誰かのためにしてあげている、というナルシスティックな意味でしかない」

辛辣ですね、と堀口が苦笑した。

「ただ、正しい道を教えてあげている自分に酔えるのは本当です。合一連合協会では〝絶対正義〟という用語を使いますが、他の宗教にはその精神がない、理解させるのが慈悲の心だ、という論理です。絶対正義のためなら、他者や他の宗教を攻撃しても構わない、なぜなら絶対正義だからだ……霊感商法や異常な献金も、絶対正義を守るためと教えられます。一種の洗脳で、脱会が難しいのはそのためもあるんです」

「嫌な話ね」

その時は京都でひと月合宿しました、と先に立った堀口がタクシー乗り場の表示板を指さした。

「飴《あめ》と鞭《むち》じゃありませんが、観光もしました。だから、何となく方向はわかります。調べましたが〝あじ菜〟まではタクシーで二十分ほどみたいですね」

頼りにしてる、と孝子は開いたドアからタクシーに乗り込んだ。堀口が店の住所を言うと、タクシーが走りだした。

2

〝あじ菜〟に着いたのは二時過ぎだった。割烹料理の名店と聞いていたが、想像より店構えは小さく、表札サイズの看板が出ているだけだ。

こんにちは、と開いたままになっている引き戸から声をかけると、はいはい、と返事があった。

「青木さん？　どうぞどうぞ、入ってください」

〝あじ菜〟の店内は外から見たよりも広く、L字形のカウンターに十脚の椅子が並んでいた。京料理の店らしく、テーブル席はなかった。

カウンターの中で米を研いでいた背の低い銀髪の男が、いらっしゃい、と皺だらけの笑顔を見せた。

「張替です。金矢も言うてましたが、べっぴんさんですねえ……まあ、お座りください。これはすぐに終わりますさかい、ちょっとだけ待っといておくれやす」

すいませんな、わざわざ来てもろて、と張替がボウルの水を替えた。

「ほんまやったら、京都駅の近くで会《お》うた方が便利やったけど、こんな狭い店でも支度がありますさかいに、手が離せませんでねぇ」

金矢と同じ歳だから、五十八歳のはずだが、六十代半ばに見えた。孝子は張替が指した椅子に腰を下ろし、隣に堀口が座った。

「こちらこそ、お忙しいところを申し訳ありません。先日は電話で失礼しました」

名刺を差し出した孝子に、私立探偵さんですか、と感心したように張替が言った。

「長生きしとくもんですなぁ。ほんまもんの探偵さんに会えるとは、夢にも思ってませんでしたわ。シャーロック・ホームズみたいなことしたはるんですか？」

探偵ゆうたらそれしか知りませんわと笑った張替が手を洗い、湯飲みをカウンターに置いた。

「駅の辺りより寒いでっしゃろ、お茶でも飲んで温まってください。嫁はんが出てるんで、何もできまへんけど、しぼり豆をお茶請けにどうですか……はよ話聞かせてんかみたいな、そんな顔したはるけど、そんなに急がへんでもいいでしょう？」

焦りが顔に出ていたのだろう。客商売だから、張替も孝子の思いがわかったようだ。

「そうは言うても、何のために京都まで来たんかっていうことですねぇ……ええと、こちらのお連れさんも探偵さんどした？」

腰を浮かせた堀口が名刺を付け台に載せた。そんな硬い顔しんといてください、と張替が細い声で笑った。

「いいですよ、お話ししましょう。青木さんから電話をもろうたんは、先週どしたねえ？あれから、じっくり考えてみたんやけど、確かに捜したはるリカゆう女は、青木さんの言わはったような顔をしてはりましたねぇ」

取り出した大型のメモ帳に、張替が鉛筆で線を引いた。数分、それが続いたが、こんなもんかな、と張替がメモ帳を向けた。

「はっきり覚えてへんけど、こんな顔やった気いがしますわ」

孝子は似顔絵を見つめ、息を呑んだ。異常なほど面長の女がそこに描かれていた。

目が細く、頬がこけている。顔の輪郭に沿って、長い髪が伸び、鼻梁《びりよう》は尖っていた。全体に鉛筆でうっすらと斜線を引いているため、顔に影ができている。

「リカです」

孝子はそれだけ言った。確かに、と堀口がメモ帳を手に取った。

「前に青木さんが話していた顔とイメージがそっくりです。思っていたより美人ですね」

料理人はみんなそうどすけど、と張替が鉛筆を置いた。

「それなりに絵心ゆうもんがありましてね。絵を描くのは子供の頃から好きでした。美大に進んだらどうや、と高校の先生に言われたこともあります。そこまでの腕はありゃしませんけどね。何でも小器用にまとめるのは癖で、いいのか悪いのか……美人に見えるんは、それもあるんと違うかなと思いますよ」

「実際にはそうでもないってことですか？」

奇妙な話やけど、と張替がしかめ面になった。

「あの女の顔は、何となくしか覚えてへんのですわ。断片的な印象とゆうか、こんな目やった、こんな口やった、それだけですわ。ところが不思議なもので、青木さんと電話で話しているうちに、だんだん思い出してきて……」

孝子は小さくうなずいた。女の顔や思て描いてますから、と張替が言った。

「それなりに見えるかも知りませんけど、変わった面相したはるなと思ったんはよう覚えてます」

「変わった面相？　どういう意味です？」

堀口の問いに、何歳かわからへんかった、と張替が答えた。

「こういう商売やから、お客さんの年齢は何とのうわかります。三十代、四十代、五十代、そこら辺は外しません。二つ、三つはずれますけど、五歳刻みやったらだいたいは当たります」

「そうですか」

そやけど、この女はわからんかった、と張替が自分の描いた絵に視線を向けた。

「肌の感じで、四十《しじゆう》よりは上やと思うけど、それ以上は何とも言われへん。三十歳やと聞いたら、そうかと思たでしょう。こっちは百六十センチないですけど、えらい背えの高い女やなあと思いました」

「どれぐらいですか？」

「たぶん百七十センチぐらいでっしゃろうけど、姿勢が良くて、背筋がぴんと伸びてはりましたから、余計に高く見えたんやろねえ」

瘦せてましたかと尋ねた孝子に、そんなもんと違う、と張替が肩をすくめた。

「細面ゆうか瓜実顔《うりざねがお》ゆうか、無理やり人の顔をぎゅっと絞ったら、あんな顔になるんと違いますか？　気味が悪いぐらい痩せてて、見ただけで二の腕にさぶいぼがぱあっと立ちましたわ」

「変わった顔立ちだったからですか？」

　顔の道具立ての話と違うんです、と張替が首を振った。

「占い師やないけど、面相でいろんなことがわかりますな。肌の色が暗くて、生きていると思われへんぐらいやった。乾いた肌なんやけど、何やぬめっとした感じで、こんなん言うたら怒られますけど、お客さんでも来てほしないような顔でしたよ。堀口さんが言わはったように、すれ違って見たぐらいやったら、美人やなと思たかもしれませんけど、よう見ると違います」

「どう見えたんです？」

　口ではうまいこと説明できません、と張替が薄くなっている頭を掻いた。

「何と言うたらいいのか……思たところに、目や鼻や口がありませんのですわ。目やったら、顔のこの辺やっていう場所がありますやろ？　そこにはないんです」

　よくわかりませんと言った孝子に、バランスを言うてるんです、と張替が絵を指した。

「こんな輪郭の顔やったら、目はこの辺、鼻はこの辺、口はこの辺、そんなんは決まってます。そやけど、この女はそうと違うかった。ちょっとずつ、ずれてるんですわ。ずれ言うたら、目が一番はっきりしてはりましたな。簡単に言うと、目は左右対称についてるもんです」

一直線です、と張替が横にした手を自分の顔に寄せた。

「定規を置いたら、直線になりますやろ。そやけど、この女の目はその線から右目が一ミリ上で、左目は一ミリ下についてるんです。一ミリもないかもしれません」

張替が人差し指と親指を僅かに開いた。

「ほんのちょっとだけ、位置がずれてるんやけど、そんな顔、見たことありませんなあ。おかしなこと言わはるおっさんやな、そう思たはるでしょう？　そやけど、ほんまなんですよ」

張替が似顔絵に鉛筆を当てた。右目は鉛筆の上、左目は下にあった。

「絵にするとはっきりし過ぎるんですけど、ここまでではありませんどしたな。でも、違和感のある面でしたわ」

目は誰でも水平ですと言った堀口に、この女の目は段違い平行棒やった、と張替がうなずいた。

「見てると何もかも歪んでいるようで、思わず目え逸らしました。鼻も口も同じです。全体のバランスがおかしい……けったいな面相ですわ」

わかる気がします、と孝子はうなずいた。

「わたしはリカの顔を見ています。少しだけ、それぞれのパーツの位置がずれている……そのずれは一ミリもありませんが、すべてがそうだから、ものすごく歪んだ顔に見える、そんな印象があります」

これも怒られそうやけど、と張替が口をすぼめた。

「整形手術に失敗したら、こんなんなるんかな、と思たんを覚えてます。いや、それも違うか……失敗と違《ちご》うて、やり過ぎた人の顔や。目をぱっちり二重にしてくれ、鼻を高《たこ》してくれ、誰でもそんなんはあると思いますけど、ぱっちりし過ぎたらおかしいし、どこまでも鼻高したら、それは天狗やね」

冗談めかした口調だが、張替の目は真剣だった。

「きれいになりたいゆうんはわかりますよ。そやけど、やり過ぎたらあきませんでしょう？この人はその一線を越えはったんやろねぇ」

リカは整形しているんですかと囁いた堀口に、可能性はある、と孝子はうなずいた。

「リカは中野区の花山病院に勤務していた。そこの医師が副院長とその婚約者を殺害し、自殺している。それが捜査本部の結論だけど、わたしはずっと疑っていた。三人を殺したのはリカじゃないかって……」

「根拠はあるんですか？」

自殺した医師が、あの女の顔にメスを入れたと死ぬ間際につぶやいていた、と孝子は言った。

「医師を発見した警察官の証言よ。婚約者のことを言っていると捜査本部は判断したけど、リカのことだとわたしは思っていた」

「その医師がリカに整形手術を？」

絶対とは言えないと首を振り、孝子は張替に視線を向けた。

「改めて伺いますが、この女を見た時の状況を教えてください」

去年の七月やったと思います、と張替が口を開いた。

「大文字の送り火が近いな、そんなことをカミさんに言うた覚えがあるんで、間違いあらしませんな。青木さんらはタクシーで来はりましたでっしゃろ？　最後に大通りを東に入らはったはずやけど、そこの交差点に弁天前ゆうバス停があります。京都河原町から京都駅を経由して、鞍馬公園まで走ってますわ」

〝あじ菜〟周辺の地図を見ていた堀口が、天文台通りですね、と言った。

「ミヤコバス、と書いてあります」

こういう商売をしてますと、あれを忘れたこれを忘れた、そんなんしょっちゅうですわ、と張替が笑った。

「京都のいいところで、錦市場《にしき》に行けば大概の物は揃います。あの日もバスで市場へ行きましたけど、その帰りやったかな。京都駅から七つめ、桜小路のバス停であの女が乗ってきて、目の前の席に座ったんですわ」

桜小路とメモした堀口に、弁天前からやと三つ先です、と張替が指を三本立てた。

「夕方四時を廻ってましたなあ。花柄のついた白いワンピース着て、背えが高いからよう目立ちました。両手に大きなレジ袋を持って、缶詰がぎっしり詰まってましたな。職業病かもしれませんが、他人の買い物が気になって、つい覗く癖があるんですわ」

缶詰、とつぶやいた孝子に、もうひとつのレジ袋には二リットルのペットボトルの水が六本入ってましたわ、と張替が言った。

「青木さんもわからはるやろけど、重い物を入れたレジ袋では指が痛《いと》うなります。そやけど、そんなん気にならへんゆう顔してはりましたな」

「近所のスーパーのレジ袋、と電話でおっしゃってましたね？」

桜小路のバス停の真ん前に、マルショウゆうスーパーマーケットがあります、と張替がうなずいた。

「袋にロゴがプリントされてるさかい、すぐわかりました。おかしな話やけど、そんなんはよう覚えてますのや。夏やのに妙に暗かったとか、近くに赤ん坊を抱っこした若いお母さんがいはったとか、前の方の座席に知り合いが乗ってたとかねぇ。ただ、あの女のことはよう思い出されへんのです。背えが高かった、髪が長くて真っ黒やった、ワンピースを着てた、全体的な印象はあるんですけど」

「それで？」

　言い訳やないんやけど、と張替が自分で描いた似顔絵を指した。

「正確なんかと言われたら、自信はありません。絞り出して思い出したところもあります。ただ、何かわからへんけど……あの女の周りにだけ、真っ黒な霧がかかってるようでしたわ」

　マルショウについて教えてください、と孝子は言った。京都だけのチェーン店です、と張替が答えた。

「この辺に二つ、京都市内に十店ぐらいあるんと違うかな？　安いのだけが取り柄で、近所の人には便利やろけど、普段使いのスーパーですわ。マルショウのオーナーがカレー好きで、レジ袋にタマネギ、ニンジン、ジャガイモのロゴが入ってはりますねん」

　これです、と張替がカウンターの下から一枚のレジ袋を取り出した。

「かわいらしいロゴなんで、誰でも知ってはると思いますよ。あの女がマルショウで買い物をしたんは確かです。家に帰るところやったんでしょう」

「はい」

目の前の席に座ったんで、首筋の辺りがよう見えました、と張替が言った。

「肌がかさかさで、粉を吹いてましたな……桜小路のバス停に着く前から、女のひとつ前の席にいた若いサラリーマンが、携帯電話で大声出して話してました。迷惑な奴やな、と乗っていた客はみんな思てたはずです。マナー違反で、あんなんしたらあきません」

「そういう人はどこにでもいます」

あの女が苛々してたんのは、見ていればわかりました、と張替が渋い顔になった。

「次のバス停で停まった時、女がレジ袋から取り出した缶コーヒーを開けて、サラリーマンのジャケットに垂らしたんです。正直、自業自得や思いました。あかんことですけど、本人が悪いんやからしゃあないでしょう。そやけど、あん時は嫌な臭いがバスの中に漂って、参りましたわ」

「どんな臭いだったか、具体的に話していただけませんか？」

貝が腐るとあんな臭いがしますな、と張替が言った。

「料理人の鼻は敏感やから、余計に臭く感じたんかもしれませんが、他にも窓を開けた客が何人もいましたから、あの女の近くに座ってたもんは、みんな鼻が曲がったんと違いますか？」

それは冗談やけど、と張替が自分の鼻に触れた。

「臭いを説明するんは難しいですわ。嗅いだことのない悪臭、としか言えません。ぎょうさんの牡蠣《かき》を一週間ほど日なたに晒《さら》してたら、あんな臭いになるんと違いますか？」

生臭いのと酸っぱいのとで、頭が痛なるほどでした、と張替がため息をついた。

「腐った酢につけた牡蠣が発酵した臭い……それが一番近いかもしれませんな。サラリーマンのジャケットにコーヒーが染み込んで、そうしたら次のバス停に着く頃には悪臭がきれいに消えてました。あれは何やったんかなと、今でも時々考えることがあります」

「その臭いですが、リカ……張替さんが見た女性から発していたんですか？」

間違いありません、と張替が胸を軽く叩いた。

「そやけど、こっちは何が何やらで、次の弁天前のバス停で降りて、店に戻りました。その臭いがずっと体にまとわりついてるような気がして、あれは困りましたな。結局、その日は早じまいですわ。電話でも言いましたけど、女がどこで降りたかはわからしません。そやけど、そんな遠くないと思いますよ」

「なぜです？」

可愛らしいピンクのサンダルを履いてました、と張替が足元を指さした。

「背えが高い言いましたやろ？　ほんまの話、サンダルが似合《にお》うてませんでした。何やったかな、猫か犬のイラストがついていて、あんなん女子高生が履くもんでしょう」

「女子高生……」

「ワンピースもそうや。ノースリーブでしたけど、見ていて痛々しいほどの若作りでしたよ。白と言いましたけど、黄ばんでましたな。かなり着古してたんでしょう。丁寧に洗濯してたんか、それなりにきれいやったけどね」

「金矢さんの他に、その女の話をしたことは？」

女房や店のもんには話しましたよ、と張替が言った。

「妙ゆうか、けったいな女がいたで、あれは何やったんやろな……笑い話みたいなもんですわ。夢やったんかな、と思うこともあるぐらいです。一番わからへんのは、他は細かいところまで覚えてんのに、女の顔がはっきり思い出せへんことです。たぶん、近過ぎたんでっしゃろな」

「近過ぎた？」

こないにしたら、と張替がメモ帳を自分の顔にくっつけた。

「何も見えへんでしょう？　前の席に座ったからやなくて、あんまり印象が強かったんで、思い出せへんかったんです。一年以上経って、やっとあの女の顔がぼんやり頭に浮かぶようになりました。そやけど、肝心なところはよう見えません」

「そうですか」

夢の話と似てますな、と張替がメモ帳を顔から外した。

「思い出そうとしても、するりと何かが抜けていくんですわ……青木さんはあの女を捜したはるんでしょ？」

「はい」

もうちょっとはっきりしたことが言えたらいいんですが、と張替が首を振った。

「確かなんは、マルショウで買い物をしてたことだけです。弁天前より北に住んでたんも間違いないでしょうな。あれだけの缶詰を買《こ》うたら、一週間は困らんのと違いますか？　何か思い出すことがあるかもしれへんけど、その時はまた電話しますわ」

その女が持っていたのはこのサイズですか、と堀口がカウンターにあったレジ袋に触れた。

マルショウでは一番大きいです、と張替がうなずいた。

どうなんでしょう、と堀口が孝子に目を向けた。

「相当な量の缶詰が入ったかもしれませんが、一週間保《も》つと思いますか？」

それはいい、と孝子は張替に頭を下げ、席を立った。もうお帰りですか、と張替が声をかけた。

「何でしたら、うちで夕食でも……」

いえ、とだけ言って孝子は店を出た。狭い路地を自転車が走っていた。

3

ＴＪＷの受付で名前を言うと、九階のカフェで待っていると二宮から言伝《ことづて》がありました、と受付嬢が微笑んだ。

入館証を受け取り、佐藤はエレベーターホールに向かった。前にも何度か来ているので、局内の様子はわかっていた。

令奈とエレベーターに乗り込むと、数人の社員が目を向けた。よそ者の匂いに敏感なのは、テレビ局員の習性だ。

九階で降り、正面のラドルトというカフェに入った。レジに近い席に座っていた四十代前半の精悍《せいかん》な顔付きの男が軽く手を上げた。

「佐藤さんですか？」

二宮次長ですね、と佐藤は向かいの席に腰を下ろした。

「テレビジャパンの佐藤です。彼女はＡＤの城川です」

名刺を渡すと、二宮がウエイトレスを呼んだ。関西弁ではなく、標準語だった。

「二宮敬作《けいさく》です。一応報道次長となってますが、ご存じの通り、関西本社といってもＴＪＷはテレビジャパンの半分以下の規模ですからね。東京だったらデスクかキャップ扱いですよ」

どこか醒《さ》めた物言いだった。お忙しいところすみませんと言った佐藤に、バラエティ番組のロケハンだそうですね、と二宮が二人を交互に見た。

新企画を立ち上げました、と佐藤はうなずいた。

「バラエティとドキュメンタリーのハイブリッド、方向性としてはそんな感じです」

フェイクドキュメンタリーでしょう、と二宮が笑った。コーヒーを二つ、と佐藤はウエイトレスにオーダーした。

「佐藤さんの噂はこっちにも伝わっています」

いい噂じゃないでしょう、と佐藤は苦笑を浮かべた。

「出る杭《くい》は打たれるものです。評判がいいとは自分でも思っていません。他人の足を引っ張るのがサラリーマンですよ。ＴＪＷだってそうでしょう？　それなりに優秀な報道マンのつもりですが」

聞いてますよ、と二宮がうなずいた。本心ではない、と佐藤にもわかっていた。

テレビ局ではバラエティより報道の方が格上だ。バラエティに飛ばされた報道マン、という蔑みに似た色が二宮の目に浮かんでいた。

「雨宮リカ……面白いところに目をつけましたね」

微妙な間《ま》を埋めるためか、二宮が少し声を高くした。

「あれほど騒ぎになったのに、底が見えない事件です。掘り甲斐があるんじゃないですか？」

そこは何とも、と佐藤は煙草をくわえた。

「聞いているかと思いますが、私は警視庁捜査一課の奥山刑事が殺された現場に行きました。死体を直接見ているわけじゃありませんが、事情は詳しく知っています」

「そうですか」

運ばれてきたコーヒーに、佐藤は口をつけた。

「その後、警視庁の女性刑事がリカを射殺した際も情報を他社より早く掴み、徹底的に取材しました。公式発表では、リカの死亡が確認されたことになっていますが、リカが生きているという噂は今も消えていません」

「知っています」

「二宮さんもお忙しいでしょう。こちらの手札はすべて見せます。その代わり、二宮さんの手の内を教えてください。お互いにメリットのある話です」

「メリット？」

「新企画に関して、私はバラエティ制作部のプロデューサーとして番組を作ります。ですが、二宮さんは報道次長です。うまくいけば、あなたはリカ事件のスクープを物にできます。バラエティと報道では、バッティングしません。あなたはスクープ、私は人気番組、悪い話じゃないでしょう？」

成島から話を聞きました、と二宮が言った。

「私は大阪本社、彼は東京本社ですが、彼とは同期で、密に情報交換をしています。ご存じですね？」

もちろん、と佐藤はうなずいた。ニュースはどうしても東京がメインになります、と二宮が言った。

「大阪はおこぼれに過ぎません。スクープが取れるなら、協力するつもりはあります。あなたが大阪まで来たのは、リカが新世界で暮らしていた可能性があるからですね？」

その通りです、と佐藤は煙草に火をつけた。

「新世界周辺で起きた隣人トラブル、その後の取材を通じて、あなたはリカと思われる女性の痕跡を発見した。その認識で間違いありませんか？」

何とも言えません、と二宮が肩をすくめた。

「確証がある話じゃないんでね……とにかく、順を追って説明しましょう。隣人トラブルが起き、警察ざたになったのは事実です。トラブルの原因は新世界の近くにある集合住宅の岡《おか》倉《くら》家から悪臭が発生したことで、隣の家に住んでいた佐竹《さたけ》さんというお年寄りが文句を言ったのがそもそもの発端でした。佐藤さんは新世界のことを知ってますか？」

「何となくですが……」

あの辺は大阪人でもよくわからないんです、と二宮が苦笑した。

「私は高校まで東京でした。大阪の方が長くなりましたが、東京のことも知っているつもりです。強引に言えば、新世界は上野のアメ横ですよ。雑多な店が数え切れないほど並んでいます。行政上は商業地域となっていますが、区画内に住宅もあり、居住する者も多いんです。路地に一歩踏み込めば、そこは迷路ですよ。こんなところに人が住んでいるのか、そんな場所もあります」

「なるほど」

八月三十日の夜七時、と二宮がメモを開いた。

「新世界の交番に飛び込んできた佐竹さんが、隣の家からものすごい悪臭がして、何とかしろと文句を言いに行ったが、話を聞こうともしないと訴えました。佐竹さんは七十歳で、晩酌をしていたのか、アルコール臭がした、と担当の警察官が話しています。それもあって、翌日改めて話を聞くと言って家に帰したそうです」

隣人トラブルにかかわりたくなかったんでしょうと言った佐藤に、そんなところかもしれません、と二宮が笑った。

「民事もいいところですからね。当事者同士で解決してくれ、それが本音だったはずです。誰でも余計な仕事を増やしたくはありませんよ……翌日、佐竹さんから電話があり、警察官が岡倉家に向かいました」

「それで？」

もぬけの殻でした、と二宮がテーブルに置いていたファイルを開いた。

「これが現場の写真です。新世界のすぐ近くに高速道路が通っていますが、その高架下にウタダ住宅があります。十軒の建売住宅が並んでますが、見ての通り、建築基準法を無視した造りです。隣家とほとんどくっついてるのがわかりますか？　調べたところ、昭和四十五年に不動産会社が売りに出していました。築四十年以上です」

数枚の写真を二宮が繋げると、ウタダ住宅の全体像がわかった。どの家も古く、薄汚れている。

悪臭がしたのはこの家です、と二宮が一枚の写真を指さした。朽ちた木の門と、玄関が写っていた。

私も入りました、と二宮が言った。

「間取りは2ＬＤＫ、和室が二つ、洋間がリビングで、キッチンと繋がっています。住んでいたのは岡倉さんといって、当時八十二歳の独居老人でした。今年の二月頃まで、ウタダ住宅の他の住人ともよく顔を合わせていたそうですが、三月初旬に姿が見えなくなり、代わりに背の高い女性が出入りするようになったんです」

「成島に聞きました」

当初、岡倉の孫娘だと、その女は佐竹さんや他の住人に話していました、と二宮が言った。

「岡倉さんが中古で家を買い、暮らすようになったのは十年ほど前で、近隣住人は彼が結婚していたこと、十二年前に奥さんが病死されたこと、それもあってウタダ住宅へ越してきたこと、息子がいることを本人から聞いていました。息子さんとは不仲だったようで、連絡も取っていないと話していたそうです」

「なるほど……それで？」

例の女性ですが、と二宮が話を続けた。

「祖父、つまり岡倉さんの体調が悪いと聞き、本人と話して入院させることにした、しばらくの間、留守を預かりますのでよろしくお願いします、と丁寧に挨拶したそうです。急に姿が見えなくなって、佐竹さんたちも心配していましたが、事情がわかって安心したと聞きました。ただ、何かおかしいと思った住人もいたんです」

「なぜです？　特に不自然な話じゃないでしょう。成島の話だと、その女性は周辺の住人と口も利かなかったということですが、違うんですか？」

　住人がおかしいと思ったのは、と二宮が言った。

「女性の年齢や職業のことがあったからです。二十八歳で、京都の病院に勤めていたと話していましたが、肌の色艶とか、髪の毛の感じで、もっと年齢が上だろうと思った人が何人もいて、孫ではなく、娘なんじゃないかと……四十代、五十代かもしれない、そんな話も聞いてます。たまにですが、子供の声が聞こえることもあって、女性の子供なのではと岡倉さんは他の住人に話したそうですが、姿を見た者がいないのでね……話を戻しますが、岡倉さんは八十二歳で、息子さんの年齢は不明ですけど、常識的には五十歳とか五十五歳とか、それぐらいでしょう」

「三十歳の時の子供なら、五十二歳ですからね。息子さんの娘、つまり孫が二十八歳でもおかしくないとは思いますが……」

　二十八歳というワードが引っ掛かり、佐藤は口を閉じた。リカと二十八歳という年齢を何かで読んだ記憶があるが、思い出せない。

「二十八歳で結婚する、と雨宮リカは看護学校の同期に話しています」バッグから本を取り出した令奈が耳元で囁いた。「『祈り』にも書いてあります」

　そうだったな、と佐藤はうなずいた。本間隆雄へのメールでも、二十八歳のナースと自己紹介していたはずだ。

　どう見ても四十歳以下ではなかったそうです、と二宮が言った。

「ただ、本人が二十八歳と言ってますからね。いくら大阪人でも、そこは突っ込めませんよ。それなりにデリカシーがありますし、冗談にできない雰囲気があったんじゃないですか？　しかし、怪しいと考えていた住人はいましたし、例の女性もそれを察したんでしょう。しばらくすると、ウタダ住宅の誰と会っても挨拶ひとつせず、目も合わせなくなったんです」

「そういうことですか」

「ウタダ住宅で岡倉さんと親しかった人たちによると、息子さんとの確執は根深かったみたいですね。理由はわかりませんが、高校を卒業すると、そのまま家を飛び出し、神戸の食品会社に就職したが、それっきり連絡を取っていない、生きているのか死んでいるのか、それも知らないと岡倉さんは話していたそうです。そうなると、なぜ孫娘が岡倉さんの体調が悪いと知ったのか、そこがわかりません」

　大阪と神戸は近いようで遠いですからね、と二宮が言った。

「例の女性はそれまで一度も岡倉さんの家に来ていません。どうやって祖父の体調を知ったんです？　電話ですか？　番号を聞いていた？」

「私に聞かれても……」

「ひと昔前なら、根掘り葉掘り事情を聞いたり、お節介を焼く人もいたでしょうけど、そういう時代じゃありません。よくわからないけど放っておけ、そんなところだったと思いますよ。ところが、八月三十日に悪臭騒ぎが起き、佐竹さんが文句を言うと、翌日例の女性が消えていた……たまたまですが、うちの夕方のニュース番組で、ゴミ屋敷とか騒音のような近隣トラブルを特集することになっていたので、悪臭騒ぎも入れておけという話になったんです。取材を担当したのは私でした」

「次長が現場に行くんですか？」

何でも屋ですよ、と自嘲気味に二宮が笑った。

「その時、佐竹さんに話を聞きました。神戸の会社に就職したという岡倉さんの息子さんについて調べると、今は和歌山に住んでいるのがわかりました。五十歳、独身です」

「独身？　つまり、例の女は孫娘じゃなかったんですか？」

そうなんでしょう、と二宮が肩をすくめた。

「取材を重ねると、入院しているはずの岡倉さんが大阪市内の病院にいないこともわかりました。もちろん、市外の病院ということもあり得ますが、念のためにこの話を知り合いの大阪府警の刑事部長に伝えました。岡倉さんの家に行ったのは所轄の刑事で、指紋をはじめ、人が住んでいた形跡がすべて消されていたそうです。その情報が関西のテレビ局、新聞社に流れて——」

府警がリークしたんでしょう、と佐藤はうなずいた。

「今の話だと、警察も動けません。マスコミを煽って問題を大きくすれば、捜査ができるようになりますからね」

そんなところです、と二宮が言った。

「例の女性がリカによく似ているとわかったのは、佐竹さんの証言があったからです。大阪府警も検討したそうですが、何しろ東京で起きた事件ですからね」

「ええ」

「しかも、警視庁はリカが死亡したと公表しています。他人の空似で、例の女性とリカは無関係という結論が出ました。それで他社は引いたんですが、どうも気になって、私はその後も何度か佐竹さんや近所の方に話を聞きに行ったんです」

「熱心ですね」

十月十四日、これで最後にしようと思って、カメラクルーを連れてウタダ住宅に行きましたが、と二宮が声を潜めた。

「ロケ車に乗っていると、消防車が何台も追い抜いていきましてね……何があったんだろうと思っていたら、岡倉さんの家から出火して、ウタダ住宅の十軒の内、四軒が全焼、六軒が半焼した、と局から連絡がありました。岡倉さんと佐竹さんの家の玄関前に、ガソリンを撒いた跡が残っていたので、明らかな放火です。例の女性が犯人だと警察は考えているようですが、物的証拠はありません」

「そうですか」

犯人は捕まっていません、と二宮がため息をついた。

「例の女性が犯人だというのも、状況からそう考えられるというだけで、絶対とは言えません。火災が発生したのは夕方六時で、日没直後でした。薄暗かったのは確かですが、人通りはあったんです。例の女性がウタダ住宅の周辺にいれば、誰かが見ていてもおかしくないんですが、目撃情報はありません」

これが岡倉さんの家です、と二宮がファイルをめくると、燃えて崩れた柱や壁、屋根が重なっている写真が出てきた。激しく燃えたためか、煙が写真に写っている。

「行けばすぐにわかりますよ」住所はここに、と二宮がメモをテーブルに載せた。「死者七人、負傷者は十人、東京でもニュースになってますよね？　ただ、例の女性については大阪府警もノーコメントです。証拠がないので、やむを得ないでしょう」

提供できる情報はそんなところです、と二宮が口を閉じた。佐竹さんの証言ですが、と佐藤は写真を指さした。

「背が高く、異常に痩せていて、真っ黒なロングヘアー、顔色が悪い女だった、そう話していたんですね？　私が摑んでいるリカの特徴とまったく同じです。十軒の集合住宅のうち、七軒には人が住んでいたわけでしょう？　その女性の風貌について、住人たちは何か話してませんか？」

特徴は佐竹さんが話していた通りで、他の住人もうなずいていました、と二宮が言った。

「ただ、例の女性の姿を見たのは最初の数日だけで、その後はたまにすれ違うぐらいだったそうです。夜遅くに岡倉さんの家を出るところを何人かが見ていましたが、住人のほとんどは高齢者で、証言はかなりあやふやでした。声をかけたり、話をしたり、そんなこともなかったようです」

「当たり前といえば当たり前ですよね。よく知らない女性と話そうとは思わないでしょう」

「女性は標準語を使っていましたから、関西圏の人間ではありません。それもあったんだと思いますよ」

「悪臭については？」

それは佐竹さんと奥さんにしかわかりません、と二宮が肩をすくめた。

「他の住人は気づいていなかったんです。腐った魚を酢で煮込んだような悪臭ということでしたが、ちょっと想像がつかないですね。翌日、警察官が行った時には、そんな臭いはしていなかったそうです……佐藤さん、そろそろいいでしょう。こっちにも情報をくださいよ」

視線が交錯し、佐藤はスマホの画面を二宮に向けた。

「これはリカの写真で、持っているマスコミ関係者は私だけです」

「どこで入手したんです？」

ソースは言えません、と佐藤は首を振った。苦笑を浮かべた二宮が、画像データを送ってくださいと自分のスマホを取り出した。

4

ネットで予約していた〝あじ菜〟の近くにある左京区のビジネスホテルにチェックインしたのは夕方四時だった。そのまま孝子は地下の駐車場に向かった。

便利ですね、と堀口がフロントで受け取った車のキーを左右に向けて押した。隅に停められていたグレーのセダンのハザードランプが光った。

「レンタカー付きのプランにしたのは正解でしたよ……それで、どこへ行くつもりですか？」

キーを受け取り、マルショウ、と孝子は運転席に乗り込んだ。

「食料品を買っていたリカを見た者がいるはず。覚えていなかったら、その方が不思議よ」

特徴のある顔ですからね、と助手席の堀口がシートベルトを締めた。

「前からですが、青木さんの話を聞いてるうちに、リカの顔が目に浮かぶようになってました。さっき張替さんが描いた似顔絵ですが、想像通りでびっくりしましたよ。想像以上かな？　美人に見えるけど、実際には違う。化け物でもゾンビでも怪物でもない……何があると、あんな顔になるんでしょう？」

孝子はマルショウの住所をナビに入力した。天文台通り、右方向、と合成音声が車内に流れた。

「約二キロ、到着時間七分後……近いですね」

「バス停で三つ先、と張替さんは話していた」

孝子はアクセルを踏み、駐車場を出た。交差点を右折し、天文台通りに入ると、道幅が広くなった。

一年四カ月前、リカが京都で暮らしていたのは間違いないようです、と堀口が言った。

「隣接している福井、三重、滋賀、兵庫、奈良そして大阪の可能性もありますが、大量の食品を購入していたわけですから、長距離の移動は無理でしょう」

さすが私立探偵、と孝子はうなずいた。からかわないでください、と堀口が苦笑した。

「どうして京都なんです？　東京から関西方面に逃げたのはいいとして、三重や滋賀の方が目立たないんじゃないですか？」

リカが何を考えているか、わかるはずがないと孝子は首を振った。

「理解するためには、自分の闇と向き合わなければならない。でも、見つめ続けていたら、リカに心を乗っ取られる。尚美もそうだった。リカに近づくのは難しい」

ナビに従い、セダンをマルショウの駐車場に入れた。買い物をお願い、と孝子は出入り口にあったカゴを堀口に渡した。

「水やパンを買っておいて。明日からバス停沿いを調べる。食事休憩はない」

了解です、と堀口がカゴを手に歩きだした。そのまま、孝子は店内を見渡した。

こぢんまりとしたスーパーマーケットで、肉、魚、野菜、と売り場が分かれている。四つあるレジに、店員が立っていた。

バックヤードから中年の男が出てきた。店長・柿崎《かきざき》というプレートが胸にある。すみません、と孝子は声をかけた。

「少しいいですか？」

何でしょう、と柿崎が笑顔を向けた。人を捜しています、と孝子は言った。

「こちらのお客さんで……」

　それは無理ですわ、と柿崎が笑顔を引っ込めた。

「どなたさんですか？　警察と違うんでしょう？」

　東京から来た私立探偵です、と孝子は名刺を渡した。

「依頼があって、女性を捜しています。調査したところ、こちらのお店に客として来ていたことがわかりました。背が高く、ストレートのロングヘアー、極端なぐらい痩せていて、年齢は四十歳前後ですが、三十代、あるいは五十代に見えたかもしれません。服装ですが――」

　ぽんぽん言われても、と柿崎が手を振った。

「こない小さな店でも、毎日お客さんは何百人も来はります。背えが高い言うても、二メートルあるわけと違うんでしょ？」

「一メートル七十センチ、もう少し高いかもしれません」

　そんなん珍しありませんよ、と柿崎がまた手を振った。

「ええと、青木孝子さん？　ＫＰＤＣ調査員ねえ……あんたかって百六十はありますやろ？　お客さんの身長をいちいち測ってるわけと違うし、小柄やなあ、大柄やなあ、それぐらいはわかりますけど、だから何なんっていう話ですわ。それに、お客さんのことは話せませんよ」

　もういいでしょと背を向けた柿崎に、顔色が悪い女です、と孝子は言った。

「肌がざついていて、泥のような色です。こちらで購入するのは主に缶詰や保存食品で、水を大量に買い込んでいたこともわかっています。もうひとつ、不快な臭いを――」

振り返った柿崎が孝子の腕を摑み、バックヤードに引っ張り込んだ。骨に食い込むほど力が入っていた。

「あんた、何を考えてはるん？　営業中なんやから、不快な臭いとか、そんなん言われたら営業妨害やわ」

すみませんと頭を下げた孝子に、あんたが捜してはるんは棒《ぼう》やろ、と柿崎が言った。

「棒？」

話すのも胸糞《むなくそ》悪いけど、言わへんとあんたは帰らへんやん、と柿崎が口をすぼめた。

「棒言うんは、店の子らがつけたあだ名や。えらい痩せてて、胸も尻もありゃしません。棒みたいな体やって……棒がこの店に来るようになったんは、一年半ほど前やったなあ。月に二回ほどかいな？　缶詰を山ほど買《こ》うて、帰っていく。変な客やなと思たけど、それだけやわ」

見てください、と孝子は張替が描いた似顔絵を向けた。棒や、と柿崎が怯えたように目を伏せた。

「もっと痩せてたけど、こんな顔やったわ。へちま、と呼ぶバイトの子がいて、そん時はあかんって言いましたよ。客は客やから、見た目で何か言うのは違うやんってね。そやけど、禍々しい顔でしたわ。スーパーの店員は客とそないに話しませんけど、レジのパートはみんな嫌がってはったなあ」

「なぜです？　クレーマーとか、そういうことですか？」

うちのレジはパートかバイトや、と柿崎が言った。

「京都日和《ひわ》大の学生や近所の主婦が多いんです。どうもご苦労様、棒は来るたびにそう言ってたそうやわ」

「気遣いですか？」

違う違う、と柿崎が床をスニーカーで蹴った。

「大学生なのにアルバイトなんて偉いわね、結婚しているのにパートなんて大変ね……何でも上から目線ですわ。憐れんで言うてるんはわかってたけど、考え過ぎやって私は言いましたよ。東京弁と京都弁ではニュアンスが違うから、しゃあないやんってね。そうやって、なだめてましたわ」

そやけど、あれは間違いやったわ、と柿崎が口を尖らせた。

「棒は月に一、二度来て、山ほど缶詰やら水を買うてきよる。ある時、バイトが休んで、私がレジに立ってたら、棒が買い物カゴを台に置いて、ああ、店長さんって言ったんですわ」

「店長さん……？」

その言い方がなあ、と柿崎が天井に目を向けた。

「偉いわねえ、頑張って働いて、店長に出世したのね、大変だったでしょう、苦労したのね、憐れみ、同情、そんなんが全部詰まってましたわ。棒はなあ、誰のことも蔑んでたんや。あたしとあなたたちとは身分が違うの、そう言いたかったんと違うやろか。ほんまに腹が立って仕方なかったわ」

こんなこともあった、と柿崎が早口になった。

「えらい店が混んでる日やったなぁ。レジで待つ時間が長なって、棒もその列に並んでたわ。四、五分やけど、イライラするのはわからんでもない。他の客もそうやしなぁ」

「わかります。たまに、そういうことがありますよね」

どっかから変な臭いがしてなあ、と柿崎が左右に目をやった。

「うちは生鮮食料品を扱ってるし、バックヤードで魚の頭を落としたり、そんなサービスもしてますさかい。くず野菜を大量に捨ててますやろ、それが腐ったんか、それとも下水が詰まったんか、どうしよう、業者を呼んで調べなあかんなぁ、それにしてもどっから臭ってくるんやろか……客も悪臭に気づいてしもて、何や何やと声が上がってしもてねぇ」

「それで？」

レジ前で列が真っ二つに割れたんですわ、と柿崎が言った。

「モーゼの十戒ですねぇ。きれいに分かれて、真ん中に棒が立ってた。その臭いは棒の体から出てたんですわ。鼻がもげそうな臭いで、腸の中身がそのまま表に出たら、あんな臭いになると違うか？　こっちも何も言えませんわな。ババ漏らさはりましたか、そんなん言うたら誰でも怒りますやん？」

東京で言ううんちですわ、と柿崎がため息をついた。

「ただ、あの時はさすがにあかん思て、レジを済ませた棒に声をかけました。もう来んといてください、そう言お思てたんです。言うときますけど、棒が万引きをしたとか、金を払わへんかったとか、そんなんと違いますよ。客は客で、高慢やったり臭《くそ》うても、商品を買うてくれる限り神様やし。そやけどな、なんて言うたらいいかわからしませんけど、とにかく棒がいるんが嫌で嫌でたまりませんでしたわ」

「来ないでほしいと言ったんですか？」

いや、と柿崎が小さく首を振った。

「失礼やからとか、客商売をする者の美徳とか、そんなんと違います。振り返った棒の顔を見て、言うたらあかん、よくないことが起きる、命にかかわるかもしれへん、そう思たんです。そやから、黙って頭を下げましたわ。八、九カ月ぐらい前の話やわ。それからやろか、棒は来いひんくなったなぁ」

「その女性について、知っていることがあれば、何でも構いませんから教えてください」

何も知りませんわ、と柿崎が言った。

「探偵はん、スーパーマーケットやでえ？　客と親しゅうなるなんて、あり得ませんわ。話し込む時間もあらへんしなぁ。近所に住んでる人やったら、何となくわかるかもしれませんけど。店の外ですれ違ったら、挨拶もする。そやけど、棒はこの辺に住んでるんとは違う。バスで通うてたんを見た店員がいましてなぁ、そないに遠くはないんやろけど、ご近所さんいうことでもあらしません」

「どこに住んでいるか……」

わかるわけないですやんか、と柿崎が孝子の目を見た。

「桜小路のバス停を使《つこ》てたんは間違いない。帰りに乗ってたんは鞍馬公園方面のバスや。けど、どこで降りたとか、そんなんはわかりませんわ。探偵さんやったら、自分で調べはったらどないですか？」

「支払いは現金でしたか？　それともカード？」

現金ですわ、と柿崎が答えた。

「棒のことを悪く言うつもりはないんえ。缶詰ばっかり買うてることを除けば、普通の客でしたわ。迷惑をかけられたこともない。悪臭騒ぎの後、来いひんようになって、どないしたんやろなとパートのおばはんと話したんを覚えてますわ……あんた、顔色が悪いでえ、何で棒を捜したはるんですかいな？」

「刑事事件にかかわっている可能性があるんです。それ以上詳しいことは話せません」

それやったらこっちも聞きたないわ、と柿崎が両手で耳を塞いだ。

「ほんまの話、今日まで忘れてたんですわ。面倒事に巻き込まれるんは勘弁しとくれやす。話せるのはそれぐらいですわ。帰ってくれませんかいな」

何か思い出したら電話をください、と孝子は自分のスマホに触れた。

「わたしの名刺に携帯番号があります。些細《ささい》なことでも結構です。刑事事件と言いましたが、殺人事件で、警察もマークして――」

いい加減にしとくれやす、と怒鳴った柿崎が背中を向けた。お願いします、と孝子は頭を下げたが、返事はなかった。

5

何かわかりましたか、と大きなレジ袋を手に堀口が尋ねた。リカはこの店の客だった、と孝子は駐車場に足を向けた。

「棒、と呼ばれていたそうよ。変な客だ、と店員の間でも噂になっていた。レジで待っていた時、悪臭がして他の客が離れていったと店長が話していた。リカ以外の誰だと？」

小さく肩をすくめた堀口が、レジ袋をセダンの後部座席に置いた。

孝子は運転席でエンジンをかけた。額から粘っこい汗が垂れていた。

「一歩前進と言いたいところですが」リカがこの店に来ていたのは予想済みです、と堀口が言った。「ロードマップを調べましたが、桜小路のバス停から終点の鞍馬公園まで、停留所は三十四カ所、全長約五キロで、山あり谷ありはおおげさですが、住宅地やお寺、商業施設や学校、何だってあります。捜すと言っても、範囲が広すぎますよ」

リカはバスでマルショウに通っていた、と孝子はアクセルを踏んだ。

「月に一、二度、食料品を買うためよ……まずは鞍馬公園まで行く」

どうやって聞き出したんです、と堀口がシートベルトを締めた。

「刑事を騙ったとか、そういうことですか？」

ＫＰＤＣの名刺を渡した、と孝子は言った。興信所の私立探偵ぐらいうさん臭い仕事はありません、と堀口が頭を掻いた。

「よく信用してくれましたね。元刑事だから、聞き込みには慣れてるにしても……」

違う、と孝子は首を振った。

「店長は棒を恐れていた。危険な存在だと直感していた。わたしに話さなかったこともあるはず。でも、ずっと彼の頭に怯えが残っていた」

「怯え？」

「あの人は誰かに話したかった。他の誰かと棒の情報を共有すれば、恐怖が薄らぐと考えていたの。わたしを信用したんじゃない。誰でもいいから、後腐れのない者に話したかっただけ。あなたが行っても話したはず」

信号が赤に変わり、孝子はブレーキを踏んだ。張替さんがリカを見たのは去年の七月の終わりです、と堀口が口を開いた。

「店長は何か言ってましたか？」

最後に来たのは今年の二月か三月だったそうよ、と孝子はうなずいた。

「レジに並んでいたリカの体から凄まじい悪臭がして、騒ぎになった。リカの感情は誰にも読めないけど、わたしは傾向とパターンを知ってる。思い通りにならないとストレスが溜まって、それが悪臭になるの。ホルモンバランスが崩れると、そういう現象が起きる。わたしの知人にも、そういう女性がいる」

「怒ると臭くなる？　スカンクですか？」

笑いながら言った堀口に、そうじゃない、と孝子はアクセルに足をかけた。信号が青になっていた。

「女性同士も猥談《わいだん》をする。アダルトビデオだって見る。女たちの猥談では、露骨な言葉を使って体験を語る。話しているうちに興奮して、体臭が変化する女性は一定数いる。フェロモンってことかもしれない。リカは感情を刺激されると、過剰に反応する」

孝子はスピードを落とした。弁天前のバス停があった。

「張替さんはここで降りた。でも、リカはそのままバスに乗っていた……リカが暮らしていたのは、ここから先の停留所の近くってこと」

「さっきも言いましたが、終点まで停留所は三十箇所以上あります。リカがどこで降りたか、どうやって調べるんですか？　勘でわかるとか、そんなことを言うんじゃないでしょうね？」

わかることもある、と孝子は一時停止でセダンを停めた。

「警察官は職務質問をする。不審な動きをしている、どこか妙だ、それは経験に基づく直感よ。すべて正しいとは言わないけど、確率は高くなる。そして、わたしはリカのことを知っている。あの女がいそうな場所はある程度わかる。条件があるの」

「どんな条件です？」

風景として美しい場所、と孝子は言った。

「観光名所とか、そういうことじゃない。こんなところに住みたい、と誰もが思うような場所よ。リカには独特な美意識がある。逃亡先に京都を選んだのは、それもあったはず」

「他には？」

リカは一軒家で暮らしている、と孝子は通り沿いに建っていた古い家を指さした。

「警察に追われているのは、リカもわかっている。何かの間違いでそうなった、あるいは誰かの罪を被って逃げている……リカは常に自分を悲劇のヒロインに見立て、すべてを都合のいいように解釈する。隠れ住むためには、目立たない場所を選ぶしかない」

「それで？」

「今の古い家はバス通りに面しているから、隠れ家には向いていない。空き家や使っていない別荘を探したはず。どうにもならなかったら、一人暮らしの老人を襲い、その家に居座ったかもしれないけど、それは最後の手段よ。安全に隠れることができる家を見つけた。だから、京都にいたの」

「はい」

「一軒だけぽつんと離れた家だと、出入りする姿が目立つ。近くの家と適度な間隔があった方がいい」

なるほど、と感心したように言った堀口に、警察学校で習ったと孝子はモッズコートのポケットから煙草を取り出し、アクセルを踏んだ。

「でも、昔の常識は通用しない。隣に誰が住んでいても、気にしない人が増えている。密集した住宅街の一角、ということも有り得る。ただ、リカは缶詰や水を大量に買い込んでいた。それには理由がある。隠れ住んでいた家に電気、ガス、水道が通っていなかったからよ」

論理的に考えればそうなると言った孝子に、一軒家ではないかもしれません、と堀口が首を傾げた。

「空いているマンションの一室とか……ぼくもマンション住まいですが、隣に誰が住んでるかよく知りません。誰かが引っ越してきても、妙だとは思わないでしょう」

マンションには管理会社がある、と孝子は言った。

「空き室の管理も彼らの仕事よ。不定期で見回りに来るし、誰かが勝手に住みついていたら困るでしょ？　不動産屋の紹介で内覧の客が来ることもあるし、リカもそれは知っている。だから、マンションやアパートの空き室は使わない」

「空き家を探すしかないってことですか……時間がかかりそうですね」

日没は一時間後、と孝子は時計に目をやった。

「今日は下見のつもりで鞍馬公園まで行く。本格的な捜索は明日からよ」

「気になっていたんですが、スーパーで買い物をした金はどうしてたんでしょうね？」

何とも言えない、と孝子は肩をすくめた。

「約十年、リカは本間隆雄と隠れ住んでいた。その場所は今もわかっていない。リカにとっての幸せは本間と二人でいることで、贅沢《ぜいたく》な暮らしを望んでいたわけじゃない。それでも、最低限の生活費はいる。これは勘だけど、リカは広尾の実家から多額の現金を――」

着信音に、孝子はモッズコートのポケットからスマホを引っ張り出した。液晶画面に知らない番号が並んでいた。

青木はんですか、と囁く声がスピーカーホンから聞こえた。柿崎だった。

「言い忘れていたことがありました。棒が子供を連れてきたことがありますのや。女の子です。小学生か中学生か……十歳ぐらいやと思いますけど、はっきりしたことはわかりませんきれいなこおでいちどしかみてまへんけどかおはようおぼえとりますなんやべっぴんやなぼうがこんなんきれいなこおをつれてくるならならならなら」

柿崎さん、と孝子は大声で叫んだが、声が一方的に続いた。

「それにわたしははやばんやったでようわからんのやけどもばいとがいうにはこのこおがおかしをまんびきしよったようですわまんびきですわまんびきですわつまらんもんやったとあとできましたけどぼうとそのこおがとったとしかきいておませんこおやなくてぼうですぼ

うですなんでかゆうたらそらおやのせいやそんなんしたらあかんてわしあとでしかりましたんやあとでえらいことになるからあかんゆうたんですぼうがなにしよるかわからんてぼうやからぼうやのにぼうですわ」

「柿崎さん、どうしたんです？　あの女が子供を連れていた？　その子が万引きをしたんですか？　女に子供はいません。見間違いでは？」

「次の日から、そのバイトが来なくなったんです」

急に柿崎の声がしっかりした。標準語のアクセントになっている。

「女子大生で、真面目な子でした。翌日、シフトに入っていたのに、連絡もなしに休んだんです」

「その子と連絡は取れますか？」

孝子はブレーキを強く踏んだ。無理や、と柿崎が笑い声を上げた。

「下宿のアパートで首を吊って死んでましたわ。ほな、これで」

甲高い笑い声と共に通話が切れた。今のは何です、と堀口が顔を強ばらせた。

「マルショウの店長ですか？」

孝子は震える手でスマホを摑んだ。

「店長は恐怖を紛らわすために、リカのことをわたしに話したけど、それが記憶を呼び覚ます引き金になった。あの人は……闇に呑み込まれた」

呼吸もしないで喋り続けていましたね、と堀口が額の汗を拭った。

「嫌な声でした。得体の知れないものが感染《うつ》りそうな気がしましたよ。女子大生が自殺したと言ってましたが……」

リカが殺した、と孝子は言った。

「それは間違いない。手を出せば蛇に嚙まれるとわからなかったのか……それより、子供のことが気になる。リカに子供はいない。それなのに――」

つんざくようなクラクションが後ろで鳴った。振り返ると、トラックの運転手が窓から身を乗り出し、大声で怒鳴っていた。

6

こいつは酷い、と佐藤はつぶやいた。すぐ横で、令奈が撮影用の小型カメラを回している。

二宮に聞いた住所にタクシーで向かい、新世界の奥にある細い道で降りた。そこから何本か路地を通って歩くと、ショベルカーが一台停まっている一角に出た。広々とした空間にあったのは、燃えた家の残骸だった。

放火されたのは十月十四日、と佐藤はカメラを覗き込んだ。

「三週間ほど経っているが、最近まで手をつけられなかったんだろう。放火殺人だから、現場保存の必要があったんだ。とはいえ、いつまでもそのままってわけにはいかないからな」

「何軒か半焼の家があったはずですが……」

令奈がカメラを左右にパンした。住める状態じゃなかったんじゃないか、と佐藤は言った。

「更地にして、新しく家を建てた方が早い……それにしても、こんなところに家が十軒も建ってたのか？　建築基準法も耐震工法も関係ない。無法地帯だな」

新世界は雑多な店が集まっている商店街であり、遊興街だ。造りは複雑で、メインの通りに数え切れないほどの脇道、枝道がある。

一歩踏み込めば、そこは迷路だ。どこに何があるか、正確にわかっている者はいない。

そして、新世界に居住する者もいる。周辺には高速道路、国道、府道が通り、放火されたウタダ住宅は高速道路の高架下に建てられていた。

佐藤は辺りを見回した。路地を十メートルほど戻れば、新世界の商店街だ。

その蔭《かげ》に隠れるように、十軒の家があった。落差は絵になる、と佐藤は背後を指さした。

「令奈、撮っておけ。何かで使えるかもしれない」

日が沈みかけている。そのためもあって、高架下は暗かった。全体が暗い影に覆われているようだ。

　商店街に延焼しなかったのが不思議ですと令奈が言ったが、風向きのためだろう。商店街の側から風が吹いていれば、炎は高架を焦がすだけだ。

「ラッキーと言えばラッキーだったな。商店街が火事になっていたら、通行人も含め、大勢の人が死んだだろう。不幸中の幸いってやつで……何だ？」

　お母さん、という声が斜め後ろから聞こえた。立っていた総白髪の老婆がさめざめと泣いている。その横で、五十代の女性が慰めるように肩を抱いていた。

「どうにもならんのよ、お母さん。火事があったんや。家も焼けて、貞春《さだはる》叔父さんがアパートを世話してくれたやないの。何度来ても同じやで」

　佐竹さんはどこや、と老婆が左右を見回している。亡くなったゆうたやろ、と疲れた声で女性が言った。

「お母さんは佐竹さんと仲良うしてたから辛いやろうけど、もう会えんのよ。しゃあないやないの、何遍言うたらわかるの？」

　失礼ですが、と佐藤は声をかけた。

「こちらにお住まいだったんですか？　私は東京から取材に来たテレビジャパンの記者です。よければ、お話を聞かせてください」

佐藤は報道局にいた時の名刺を差し出した。片貝《かたがい》と言います、と女性がうなずいた。

「ほんまに、えらい目におうて……放火されたんは聞いてますやろ？　古い家ばかりやったから、あっと言う間に燃えて、逃げるので精一杯でした」

大変でしたね、と佐藤は片貝の手を両手で握った。背後で、令奈がカメラを回している。

地震とか火事があったら、えらいことになるやろねってみんなで話しとったんよ、と片貝がため息をついた。

「佐竹さんと奥さん、小浜《おばま》さんちの三人、喜多川《きたがわ》さんと榎《えのき》さん、七人も亡くなってねえ。うちはお父さんが火傷しただけで済んだけど、焼け出されて往生しました。親戚のおかげで、何とかなりましたけど、お母さんが……」

佐竹さんはどこや、と老婆が無邪気な声で言った。

「返さなあかん。佐竹さんから預かっとったでね」

老婆の手にクッキーの缶があった。それは何ですと尋ねた佐藤に、わかりませんのや、と片貝が首を振った。

「何やしらん、書き付けみたいなんが入ってましたけど、佐竹さんがうちのお母さんに預けたらしいですわ。あの女の家にあったとか、そんなことを聞いてます」

「あの女？　放火したのは岡倉さんの孫娘と聞いていますが、その女性のことですか？」

孫娘やあらへん、と片貝が腹立たしげに言った。

「うちは五十二やけど、あの女も同じぐらいやった。岡倉さんは八十なんぼよ？　五十の孫娘なんか、おるわけないでしょう。警察は何をしとんのやろ、早う捕まえてくれんと……」

佐竹さん、と老婆が佐藤にクッキーの缶を差し出した。

「何や、おったんか。ほら、返すで。何やしらんけど、大事なもんなんやろ？」

すいません、と片貝が頭を下げた。

「あの火事の後、お母さんが急にぼけてしもうて……男の人がみんな佐竹さんに見えるんですわ」

よければ預かります、と佐藤はクッキー缶を引き寄せた。

「大阪府警に知り合いがいます。何かの手掛かりになるかもしれません。渡しておきますよ」

帰ろ帰ろ、と老婆が歌うように言った。

「もう用は済んだ。ああ、さっぱりした。和代《かずよ》、どっかで晩ごはん食べていかんか？」

ほな、よろしゅうお願いします、と片貝が老婆の手を引いて去っていった。

「それは何です？」

カメラを構えたまま、令奈が言った。わからん、と佐藤は首を捻った。

「死んだ佐竹がリカの家で見つけた物らしいが……その辺に喫茶店があったな？　中を見てみよう」

令奈がカメラの電源をオフにした。日が落ちて、辺りが暗くなっていた。

第6章　日記

1

佐藤は路地を戻り、商店街の隅にあった喫茶店に入った。常連なのか、前歯のない四人の老人がカウンターに並んでいた。

三つあるテーブル席の一番奥に座り、佐藤はコーヒーを、令奈はクリームソーダを注文した。水を運んできた中年の女性が、ごゆっくり、と頭を下げた。

「クリームソーダ？　ずいぶん可愛いものを頼むんだな」

佐藤はぬるい水をひと口飲んだ。大阪名物だって聞きました、と令奈が言った。

「違うんですか？」

知らないよ、と佐藤は苦笑を浮かべた。一分も経たないうちに、中年の女性がコーヒーとクリームソーダをテーブルに置き、ごゆっくり、ともう一度言って下がった。

―ずいぶん早いな……それが大阪名物のクリームソーダか？　何ていうか、毒々しい色だな」

そうですね、と令奈がうなずいた。グラスが合成着色料の緑で染まっていた。上に丸いアイスクリームが載り、チョコスプレーがまぶしてある。過剰なのが大阪らしさなのか。

まずいコーヒーだ、と佐藤は顔をしかめた。

「まあ、三百円だからな。文句は言えない……令奈、さっきの缶を出せ。中を見よう」

令奈がカメラバッグからクッキー缶を取り出し、テーブルに載せた。佐藤はくわえた煙草に火をつけ、開けてみろと言った。

令奈が蓋を開くと、入っていたのは数枚の紙片だった。ノートの切れ端のようだ。

「一、二……三枚か。細かい字だな。読めるか？」

佐藤は遠視なので、字が小さいと読み辛い。罫線《けいせん》が引かれていたので、大学ノートだと見当がついた。

罫線の間がびっしりと細かい字で埋まっている。下側三分の一ほどが、斜めに破れていた。

二宮の話によれば、と佐藤は口を開いた。

「悪臭が原因で、リカと隣人の佐竹さんの間で口論が起きた。警察に通報する、と佐竹さんは言ったんだろう。リカは岡倉という老人の孫娘を騙り、あの家に住んでいた。潜伏していたと言ってもいい。警察が来るとまずいから、夜逃げ同然に姿を消したんだ」

「そうだと思います」

リカにとっては想定外だった、と佐藤は話を続けた。

「いつ警官が来るかわからないから、急いで荷物をまとめただろう。ノートを持ち出そうとしたが、焦っていたから、この三枚が破れて床に落ちても気づかなかった……そんなところじゃないか?」

日記です、と紙の表裏を確かめていた令奈が言った。

「日記?」

ここを見てください、と令奈がページの上部を指さした。ｄｉａｒｙ、と細い字で記されている。そこだけ文字が赤かった。

「ダイアリーね……なるほど、日記なんだろう。汚い字だな。象形文字の方が、まだ読みやすいんじゃないか?」

そこまでではは、と令奈が微笑んだ。

「確かに読みにくいですけど、まるで読めないわけじゃありません。字が汚いというより、異常に小さいだけです」

米粒に般若心経を書く奴がいるよな、と佐藤は煙草の灰を灰皿に落とした。

「似たようなもんだ。本当に日記なのか？」

「ｄｉａｒｙと書いてありますから……」

文章に改行がない、と佐藤は紙を指で押さえた。ブロックを隙間なく積んだように、ページ一面が文字で埋まっている。日記なら、日が変われば段落を変えるだろう。

記されている文字はほとんどが小さかったが、ところどころ極端に大きくなったり、重なっていたり、はみ出している部分もあった。

文章を確かめると、数行、あるいは数十行ごとに数字があった。三月十四日でしょうか、と令奈が紙片に顔を近づけた。

「……ホワイトデー、と書いてあります。三月十四日ですね」

「何年だ？」

わかりません、と令奈が首を振った。ホワイトデーの日記か、と佐藤は煙を吐いた。

「拡大コピーするしかなさそうだ。目がかすんできたよ」

今日はホワイトデー、二人のアニバーサリー、と令奈が文章を声に出して読んだ。

「日記というより、ポエムみたいな感じがします」

「よく読めるな」

だいたいは、と令奈がうなずいた。

「全部とは言いませんが、読めると思います。ただ、中途半端に破れているので、繫がりがわかりません。どこが最初のページなのかも――」

こっちに来い、と佐藤は椅子を手で叩いた。

「大声で読み上げるわけにもいかないだろう。カウンターのじいさんたちもいる。できる範囲でいいから、とりあえず読んでくれ」

わかりました、と三枚の紙片を手にした令奈が佐藤の隣に腰を下ろした。

2

3／14
今日はホワイトデー、二人のアニバーサリー。

でも、たかおさんは何も言わない。照れ臭いのはわかるけど、女の子はいつだって「愛してる」って言われたい。

そういうところ、たかおさんは本当にドンカン。だから好きなんだけど。

ひと月前、バレンタインデーには、あんなに愛してるって言ってくれたのに、たかおさん、覚えてないのかな？

　ううん、そんなことないよね。だって、リカとたかおさんは愛し合っているから。

　永遠の愛が二人の間にあるから、だから言葉なんていらないってこと？　それってズルいよ。

　今日、たかおさんは仕事を休んでくれた。リカのために。それが愛してるってことなんだね。それがたかおさん流の愛情表現。わかってる、そんなこと。

　リカはすごく嬉しい。そうだよね二人で一緒にいるのが愛してるってことそばにいてくれたらリカは何もいらない。

　今朝、リカはずっとシチューを作っていた。たかおさんの大好物のシチュー。アニバーサリーだから、精一杯腕をふるっちゃった。

　リカはシチューを作るのが好き。弱火でとろとろ煮込んでいると、時間を忘れちゃう。おいしくなあれ、おいしくなあれって魔法をかけながら、シチューを作ってたかおさんが目覚めるまで待ってた。それがリカの一番幸せな時間かも。

　たかおさんは忙し過ぎる。働き過ぎだよ。それだけがリカの不満。

　リカより仕事の方が大事？　そんなことない？　そう言うって思ってた。だからリカたかおさんのことだいすきうれしい。

毎日毎日、抱え切れないほどのバラの花束を贈ってくれる。そして、リカのこと愛してるって言ってくれる。

花束とキスはどっちが先？　リカは両方。キスしながら花束を渡してほしい。もう、それだけでリカは溶けちゃうぐらい幸せ。

今日、たかおさんはお休み。お仕事はしない。それもリカは嬉しい。

だって、たかおさんは毎日働いている。株のトレーダーって、毎日朝から晩までデスクでパソコンとにらめっこでしょ？

もちろん、そういう仕事だってわかってる。一日に何十億、何百億って大金を動かすトレーダーって、大変だよね。寝てるヒマもない、それもわかる。

でも、リカはたかおさんが心配。だって、たかおさんの判断で、大勢の人が得をしたり、損をしたりするわけでしょう？

お客さんに損をさせるわけにはいかない、たかおさんは責任感が強いから、きっとそう思ってるはず。

それって、すごいプレッシャーだと思う。お客さんのためだって、たかおさんは言うかもしれないけど、毎日そんなことをしていたら、体も心も壊れちゃう。

休んだ方がいいってリカが言っても、大丈夫だよってたかおさんは言うでしょ？　お客さんに損をさせたくない、笑顔になってほしいんだって。

それがたかおさんのステキなところだけど、こんなこと言ったら怒るかな？　お客さんのことなんて、どうでもいいんじゃない？

あ、怒った。やっぱり怒った。ゴメンなさい、リカがいけませんでした。

わかってる。リカ、ワガママでした。もう言いません。

だけど、リカは思うの。誰かのことじゃなくて、リカのことだけを見てほしいって。

もうリカは何もいらない。たかおさんがそばにいてくれれば、それだけで幸せ。この想い、どこまで伝わってるんだろ？

ホワイトデーは男の人が女の子に告白する日なのに、リカばっかり愛してるって言ってゴメンなさい。

だけど、ガマンできない。言わずにいられない。たかおさん、愛してる。リカはいつも

3

「その先は？」

佐藤の問いに、破れています、と令奈が答えた。

「これは……日記でしょうか？　読みにくいので、適当に区切って読み上げましたけど、ずっと文字が並んでいるのが気味が悪くて……たかおさんというのは、リカに拉致された本間隆雄のことですよね？　株のトレーダーだったんですか？」

本間は印刷会社で働いていた、と佐藤は言った。

「確か、営業部にいたはずだ。株をやっていたなんて聞いたことがないし、トレーダーのわけがない。三月十四日とあるが、リカが本間を拉致したのは二〇〇〇年秋だ。死体となって発見されたのはその十年後だから、その間のいずれかと考えていい」

「どうしてトレーダーなんですか？　本間は両腕、両足を切断されていたんですよね？　つまり……四肢欠損状態だったんです。トレーダーに限らず、仕事ができたとは思えません」

何とも言えないが、と佐藤は新しい煙草に火をつけた。

「リカは自分が作った夢の国で暮らしている。ただ、丸っきりの夢ってわけじゃない。病的な虚言癖の持ち主だが、現実に沿った夢を語っていた」

「現実に沿った夢？」

本間には腕も足もなかった、と佐藤は令奈の肩に触れた。

「リカは本間を拉致し、今も場所はわかっていないが、例えば田舎の別荘のような場所で暮らしていたんだろう。本間は出勤できない。文字通り、足がないんだ……冗談だよ、そんな蔑するな。人としての意識もなかったはずだ。会社勤めなんか、できるわけがない。ただ生かされていただけだ」

水分や栄養を点滴補給していれば、と令奈が言った。

「死ぬことはありません。看護師のリカは処置の方法を知っていた……感染症対策もしていたのでは？」

本間は毎日部屋にいた、と佐藤はうなずいた。

「リカが望んでいたのは、つつましく、ささやかな幸せだ。仕事が終われば本間はすぐ家に帰り、妻のリカと夕食を共にする。その日あったことを話したり、二人でソファに座ってテレビを見たり、そんな感じだな。落ち着いた静かな日々、愛さえあればそれでいい……だが、本間は出勤できないし、仕事どころじゃなかった。だから、リカは株のトレーダーという設定を作った」

「設定？」

家でできる仕事なら何でもよかったんだ、と佐藤は言った。

「だが、家にこもって内職ってわけにはいかない。本間にそれができないからじゃない。リカの中で、内職は生活に困っている人がする仕事だからだ。それは夢の暮らしと言えない。わかるだろ？」

「何となくですが……」

リカ自身は自分の夢をささやかなものだと考えていた、と佐藤はコーヒーに口をつけた。

「小さな戸建ての家に住み、そこには小さな庭がついている。庭にはブランコがあり、二人の子供が遊んでいる。周りを子犬が走り、リカは食事の支度をしながら、頬に笑みを浮かべ、それを見守っている」

日が暮れる頃、夫が帰ってくる、と佐藤は話を続けた。

「そして、家族揃っての夕食……それが幸せだと思ってるんだろうが、考えてみろよ。そんな暮らしができるのは、ほんのひと握りの特権階級だけだ。庭のついた小さな家？　おいおい、都内でそんな物件を買ったら、いくらになると思ってるんだ？　二人の子供と子犬？　普通のサラリーマンに、そんな暮らしができるわけないだろう」

厳しいでしょうねとうなずいた令奈に、無理なんだ、と佐藤は首を振った。

「世間様はテレビ局員を高給取りだとおっしゃる。その通りで、ＮＨＫを含め、どこの局も普通のサラリーマンより給料が高い。医者や弁護士はともかく、会社員というくくりで考えれば、テレビ局員は立派な高給取りだよ。それでも、都内で庭つきの一戸建てを買うのは簡単じゃない。買えないとは言わないが、三十年ローンが待っているのも本当だ」

「でも、それは東京だからでは？　地方なら……」

リカが望んでいるのは東京どころか二十三区内だ、と佐藤は言った。

「エリアも限定される。麻布、田園調布、成城、白金、いわゆる高級住宅街だ。それがリカの〝ささやかな幸せ〟だよ。どこがささやかなんだ？　まともに考えたら、とんでもない夢だ。だが、リカにそんなことは関係ない。あの女は現実を考えない。あるいは、自分に現実を合わせようとする」

仕事が終われば、夫はまっすぐ家に帰ってくるんですよね、と令奈が苦笑した。

「何よりも家庭を大事にする、残業なんかしない、妻と子供だけを愛する真面目な男。理想ですけど……」

リカの父親は異常なほど浮気性だった、と佐藤は言った。

「自分のクリニックで働く看護師、受付、患者、見境なかったらしい。セックス依存症って奴だ。家に帰らないことも多かった。リカの理想、夢はその反動だろう。アンビバレンツな感情だが、リカはそんな父親に憧れ、自慢でもあった」

「はい」

「リカにとって、サラリーマンはかわいそうな人たちだった。喜びも楽しみもなく、ただ生活のために働いている……自分の夫が平凡な会社員なんて、リカには受け入れられない」

「だから、株のトレーダーという設定にしたんですか？」

間違いない、と佐藤は指を鳴らした。

「自宅にいながら、パソコンひとつで何十、何百億の金を動かし、顧客に利益をもたらす。頭のいい夫にしかできない仕事で、誰もが尊敬し、憧れる職業だ。妻であるリカも同じだよ。友人と会えば、リカはいいよね、と言われる。リカみたいになりたかった。あたしたちにもあんな素敵な旦那様がいれば、羨ましい、嫉妬さえできない、リカは幸せだね……夢と現実をごちゃごちゃに混ぜて、それでも整合性の取れる仕事……株のトレーダーか。うまいところに目をつけたもんだ」

現実はこうだ、と佐藤は椅子に背中をぴったりつけた。

「本間は一日中、ただ座っている。座らされている、と言った方がいいか？　目の前のデスクにパソコンが載っている。画面には株のチャートが映っているんだろう。だが、本間は何もしない。できないんだ」

「はい」

「だが、リカの目には、世界の株式市場を相手に奮闘している優秀なトレーダーの姿が映っている。そんな夫に尽くし、愛し、愛されている……凄まじい妄想力だな」

おばさん、と佐藤は手を上げた。

「コーラをひとつ頼む。こんな不味《まず》いコーヒー、飲んだことがない……令奈、次のページは？」

四月一日とあります、と令奈が別の紙片を手にした。読んでくれ、と佐藤は運ばれてきたコーラを飲んだ。

4

バス停の間隔は百五十メートルほどだった。孝子はバス停が見えてくるたび、車のスピードを落とし、周囲に目を向けた。

見つかるとは思えません、と堀口が言った。

「青木さんも言ってたでしょう？　バス通りの家じゃないって……ぼくもそう思います。そんなところに住んでいたら、誰かがリカに気づいたはずです。特徴のある顔ですから、噂にならないわけがありません」

わかってる、と孝子はうなずいた。

「場所の確認をしているだけ。どこでもいいってわけじゃない。美しい風景でなければ、リカは見向きもしない。何であれ、あの女は妥協しない。どこまでも理想を追い求める」

観光客の感覚かもしれませんが、と堀口が鼻の頭を掻いた。

「どこも景色はいいと思いますけどね。いかにも京都って感じじゃないですか」

リカには少女の感覚がある、と孝子はカーブする道に沿ってハンドルを切った。

「子供っぽい嗜好、と言い換えてもいい。誰が見ても美しい、絵葉書のような、そういう陳腐とさえ言える風景を好む。幼児性と異常に高い知能のハイブリッド……存在そのものが矛盾しているけど、それがリカよ」

ここまで十二の停留所を見てきましたが、と堀口が振り返った。

「リカが気に入りそうな場所はありましたか？」

二カ所、と孝子はハンドルを握ったまま指を二本立てた。

「芭蕉寺と市立中学前。でも、それは印象に過ぎない。結局は、周辺を歩いて調べるしかない。ただ、リカはこの道を走るバスに乗っていた。そして、どこかのバス停で降りた……日が暮れてきたわね。これ以上は厳しいかも」

戻りましょう、と堀口が言った。

「街灯の間隔が離れてます。暗くなってきました。慣れてない道は危ないですよ」

「入れそうな脇道はない？　広い駐車場とか……バス通りでUターンするわけにはいかないでしょ」

その辺は刑事なんですよね、と堀口がからかうように言った。

「いいんです。法律を守るのは市民の義務ですよ。脇道はいくらでもありますけど、奥が見えないからなあ……下手すると、行き止まりってこともありますからね」

信号よ、と孝子はフロントガラスに顎を向けた。二百メートルほど先に、信号機があった。

「あそこで左に曲がる。適当に走って、バス通りに戻ればいい」

孝子はウインカーを出し、信号を左に折れた。しばらくアスファルトの道が続いたが、いきなり農道に変わった。

畑です、と堀口が前を指さした。

「まずいですね、私有地ですよ。入ったからって、怒られることはないでしょうけど……」

信号まで戻ったら車を降りて、と孝子はギアをバックに入れ替えた。

「青になったら、通りに出る。走っている車がいたら危ない。誘導して」

信号機の手前で停まると、車を降りた堀口が、オーライです、と大声で言った。

「車は走ってません。今なら大丈夫ですよ」

孝子はバックミラーに目をやり、反射的にブレーキを踏んだ。どうしたんです、と堀口が運転席の窓を叩いた。

「青ですよ？　停まるとかえって危な――」

バス停はどこ、と孝子は窓を開けた。さっき通り過ぎたのは市民プール前です、と堀口がスマホの画面を覗き込んだ。

「次は雀ヵ丘、ここはちょうど真ん中ですね」

リカはこの辺りに潜んでいた、と孝子は言った。

「あの丘の近くよ。間違いない」

バックミラーに映っていたのは、田園、そして小高い丘へと続く細い一本道だった。夕陽がその道を照らし、辺りを黄金色に染めていた。

わかりますよ、と堀口が腕を組んだ。

「絵葉書そのものですからね……でも、この先に二十近いバス停があります。こことは限らないでしょう。確認はするべきだと思いますが」

孝子はハザードランプをつけ、車をバス通りに戻した。勘だけに頼っていれば、何かを見落とす。それは刑事の常識だ。

(でも、リカはこの辺りにいた)

終点の鞍馬公園まで行っても、ここよりリカが好む景色はない。確信があった。

何か食べませんか、と助手席に乗り込んだ堀口がシートベルトを締めた。孝子はアクセルを踏み込んだ。

5

4／1

ああ、すごく照れちゃう。どうしてたかおさんはそんなまっすぐな目でリカを見るの？　愛してるから？　すぐ言っちゃうのね。恥ずかしい。ゆうべのことを思いだしちゃう。リカはね、そんなに……やだ、言わせないで。つまり、リカはたかおさんと一緒にいるだけで幸せなの。

夜、たかおさんの胸にぴったり頬をつけていると、それだけで安心。守られてるって思うと、ぐっすり眠れる。ごめんなさい。リカは子供なの。ううん、そうじゃない。求められるのは嬉しい。すごく嬉しい。だけど、ゆうべはびっくりした。たかおさん、何度も何度も……リカ、おかしくなかった？　変なこと言ったりしてない？　気づいたら、朝だった。薄紫色の空が、とてもきれいだったね。たかおさんに抱きしめられながら、まるで夢みたいってリカ言ってた。聞こえた？　疲れたでしょう。リカばっかり気持ちよくなってごめんなさい。え？　たかおさんも？　だったらいいの、それならリカも幸せ。リカはねとてもすごくよかったのどうしてかっていうとたかおさんをあいしているからあいしているからあんなことしたことないはじめてうまれてはじめてリカもずっとおぼえてなみだがでてきたいやだみないではずかリカはねたかおさんのためならなんでなんでもするどこもするいいのこわくないたかおさんがいっしょならどこまでもいいもっとしてほしいいリカのからだにあれもほしいたべてほしいたべてたべてたべてぜんぶああひどいはずかしいそんなことだめだめそんないけないはしたないそんなのゆるされないでもいいのリカたかおさんならいいのぜんぶほしいぜんぶのむからぜんぶぜんぶぜん

6

読めません、と令奈が紙片をテーブルに置いた。佐藤は煙草を灰皿に押し付けた。

「気持ちが悪いな。何だ、これは？　エロ作家だって、こんな原稿は書かない。どうかしてるんじゃないのか？」

読めないのは、と令奈が紙片を指した。

「内容もそうですが、字が異常に汚くなっているからです。震えたり、歪んだり……拡大しても読めないでしょう。ここを見てください。同じ行に三回も字が重なっています」

いかれてるんだ、と佐藤はコーラのグラスを手にした。

「しかし……どういうことだ？」

四月一日のリカの日記は、明らかに本間との性行為についての記述だ。だが、そんなことが有り得るだろうか。

「佐藤さんが言いたいのは、リカと本間がセックスしていたのか……ですよね？」

声が大きいと左右に目をやった佐藤に、セックスはセックスです、と令奈が言った。その体から、かすかに甘い匂いが漂っていた。

セックスと言うたび、令奈の形のいい唇の端に、小さな泡が浮かんだ。興奮している、と佐藤は令奈の目を見つめた。暗い悦《よろこ》びがその奥にあった。

「前にも話しましたが、わたしの従姉妹は青美看護専門学校の学生でした」

「そうだったな」

例の火災で焼け死んだ犠牲者の一人です、と令奈が話を続けた。

「とても優しくて、実の姉のようにわたしをかわいがってくれたのを覚えています。家も近かったですし、従姉妹は一人っ子だったので、わたしと姉の三人でいつも遊んでいました」

「お姉さんがいるのか？」

七歳上です、と令奈がうなずいた。

「従姉妹が亡くなった時、わたしは三歳でした。あの時のショックは忘れられません。その前に、理由はよく覚えていませんが、姉と大ゲンカをしました。それ以来、姉と話さなくなり、従姉妹とだけ遊ぶようになっていたんです」

「それで?」

従姉妹が看護師を志望していたのは、伯父が理学療法士だったからです、と令奈が言った。

「伯父……従姉妹にとっては父親ですが、一緒に働きたかった、といつも話していました。わたしがショックを受けたのは本当ですが、突然、娘を奪われた伯父夫婦とは比較になりません」

わかるよ、と佐藤は令奈の肩に腕を回した。わたしは小さかったので、と令奈が涙の浮いた目を拭った。

「従姉妹が通っていた看護学校で火事があり、それに巻き込まれて死んだ、としか聞かされていませんでした。でも、例の『祈り』という本が出版されて、ベストセラーになったので、わたしも読んだんです。すべての事件、すべての死の背後に雨宮リカがいる……著者は何度もそれを指摘していました」

そうだったな、と佐藤は令奈の肩を撫でた。

「言ってみれば、あれは告発本だ。だが、信憑性に欠ける点も多い。作者の渡会はすべてを見ていたわけじゃない。嘘を書いたとまでは言わないが、憶測や思い込みもあったはずだ。

リカに校舎の三階から突き落とされたのは確かだと思うが、客観的な証拠はない」

刑事みたいなこと言うんですね、と令奈が微笑を浮かべた。

「でも……青美に変わった子がいる、と従姉妹が話していたのは本当です。あの本を読んで、ぼんやりしていた記憶が繫がり、わたしは雨宮リカについて調べ始めました。本間事件については、詳しいつもりです」

酷い事件だったと呻いた佐藤に、元の席に戻った令奈がカメラバッグを開いた。

「これを見てください。新聞記事のスクラップです」

行き場を失った手を伸ばし、佐藤はテーブルに置かれたファイルを開いた。ここです、と令奈が指さした。

「……本間隆雄は両腕両足を切断され、更には眼球を抉られ、鼻、舌、耳を切り取られていた。死亡している可能性が高いが、生きていても人としての意識を失っていただろう……法医学者のコメントです」

覚えてる、と佐藤はうなずいた。

「言い方は悪いが、死んだ方が良かったんじゃないか？　両腕、両足の切断だけならともかく、目、鼻、舌、耳の切除は人間のコミュニケーション能力を奪うのと同じだ。耳を切り落としたと警察関係者から聞いたが、外耳だけじゃなく、中耳、内耳、すべての機能を破壊したらしい。何も聞こえず、何も見えず、話すこともできない。それで人としての意志を保っていたら、本間は超人だよ。どうやってリカと――」

令奈の全身から漂っていた性的な匂いが強くなった。

「意志のない男性にセックスはできないと？」

本間はＥＤだったと思うね、と佐藤は言った。

「要するにインポテンツだ。男の機能不全は肉体的、あるいは精神的な理由によるが、本間の場合は両方だろう。リカを抱くなんて、あり得ない」

そうとは言い切れません、と令奈が首を振った。

「佐藤さんは陰茎海綿体注射について知ってますか？」

「何だって？　インケイカイメンタイ？」

陰茎海綿体はペニスの組織のことです、と令奈が声のトーンを落とした。

「プロスタグランジンＥ１を直接注射すると、ペニスが勃起します。手順は簡単で、ペニスを伸ばし、血管のないところに横から針を刺すだけです。副作用として、持続勃起症になる恐れがありますが――」

待て、と佐藤は手で制した。

「リカが本間にその注射をした？　その薬には、強制的に勃起させる効能があるのか？」

伯父の知り合いの医師に聞きました、と令奈が言った。

「調べていく過程で、リカが本間との結婚を強く望んでいたことがわかりました。いえ……リカは本間と結婚したんでしょう。リカが献身的に本間に尽くしたのは、妻としてそれが当たり前だと考えていたからです」

「そうかもしれない」

「結婚した夫婦の間には、当然セックスがあります。なければ、むしろ変でしょう」

「そうだな」

令奈が水をひと口飲んだ。顔が上気していた。

「心も体も、何もかも、すべてをお互いに捧げる……それこそが正しい愛の在り方、あるいは夫婦の正しい姿と捉えているんでしょう。想像したくありませんが、リカは毎晩本間とベッドで……」

勘弁してくれ、と手を振った佐藤に、聞いてください、と令奈が話を続けた。

「拉致、という自覚はリカにありません。本間と結婚し、一緒に暮らしているだけです。夫婦がセックスするのは、自然なことでしょう?」

「だが、本間にはできない」

それでは夫婦として不完全になります、と令奈がうなずいた。

「そして、リカには看護師として、医師以上の知識がありました。プロスタグランジンE1のことも知っていたはずです。どうやって入手したのかはわかりませんが、それを注射して本間のペニスを強制的に勃起させ、性行為に及んだのでは？」

「伯父さんの知り合いの医師は何と言ってるんだ？　本間はセックスできたのか？」

間違いないそうです、と令奈が言った。

「男性器の機能喪失は器質性、心因性によるものがほとんどですが、プロスタグランジンE1はどちらであれ効果があります。本間の年齢を考えると、注射をすれば勃起したはずだと……」

すいません、と口を押さえて席を立った令奈に、大丈夫か、と佐藤は声をかけた。

「落ち着け。少し休んだらどうだ？」

何も言わず、令奈がトイレに駆け込んだ。しばらくすると、呻き声が聞こえた。

（冗談じゃないぞ）

佐藤は顔を手のひらで拭った。ホテルに戻ったら、令奈を部屋に呼ぶつもりだったが、嘔《おう》吐《と》した女を抱くわけにもいかないだろう。

それに、と佐藤はテーブルにあった紙片を取り上げた。

（まだページが残っている）

異常に汚い字が書き殴られていた。重なっている箇所もある。だが、拡大すれば読めるだろう。

(令奈はいつでも抱ける)

あいつもその気だ、と佐藤はトイレのドアに目を向けた。焦ることはない。リカの日記を解読する方が先だ。

「おばさん、会計を頼む」

千百円になります、と中年の女が言った。領収書を、と佐藤は財布を取り出した。

7

夜が明けた。孝子はジョギングウエアに着替え、その上からモッズコートを着込み、外に出た。

十一月初旬、京都の朝の空気は冷たかった。深呼吸をすると、吐いた息が白くなるほどだ。五分ほどストレッチをしてから、孝子は走りだした。習慣を崩すつもりはなかった。

ホテル周辺に民家が立ち並んでいるが、人影はない。バス通りに出ると、数台の車が走っていたが、歩いている人はいなかった。静かな朝だ。

（リカは雀ヵ丘にいた）

確信があった。あの光景は一枚の絵だった。

ある意味で、リカはわかりやすい。単純でもある。愛というワードがあれば、誘導するのは難しくない。

ただ、直感に優れ、嘘を見抜く力が異常に高い。リカの感情が爆発したら、誰であれ止めることはできない。

それはリカの心が壊れているからだ。脳にストッパーがないリカは、簡単に人間の限界を超えてくる。

彼も止められなかった、と孝子は奥山の顔を頭に浮かべた。背こそ高いが、おとなしそうな顔の痩せこけた女に何ができる、とリカを侮っていた。だから、殺された。

リカに殺された者の多くが、奥山と同じだっただろう。体格、腕力に劣るリカを倒すのは簡単だと誰もが考え、その慢心が彼ら、彼女らを滅ぼした。

油断してはならない、と孝子は自分に言い聞かせた。リカは自分を捜し、追う者に敏感だ。

そして、孝子の存在を知っている。いつ襲われてもおかしくない。

クラクションの音に、孝子は振り向いた。横に並んだセダンの窓が開き、おはようございます、と堀口が手を振った。

「どうしたの？」

所長に聞きました、と堀口が言った。

「夜が明けたら、青木はジョギングを始めると……ジョギングどころか、高校の陸上部の朝練並みの速さじゃないですか。追いつくために、アクセルをべた踏みしましたよ」

そんなに速いわけがない、と孝子は額の汗を拭った。こう見えて、と徐行運転をしながら堀口が言った。

「ぼくは神経質な性格なんです。枕が変わると、うまく寝付けません。ゆうべも眠れませんでした」

孝子は足を止めた。堀口の不安が、手に取るようにわかった。リカに怯えているのだろう。

何があったわけでもない。リカが京都で暮らしていたのは確かだが、それは最初からわかっていた。

〝あじ菜〟の張替、マルショウの店長に話を聞き、痕跡を追っていたが、おそらくリカはもう京都にいない。怯える理由はないはずだが、リカの残滓《ざんし》が辺りに漂っていた。

それは強烈な悪意であり、純粋な憎悪だった。何かがうまくいかない、思った通りにならない、望んでいる幸せが手に入らない。

満たされない承認欲求。それがリカだ。

リカには異常な不満がある。ほんの少しの刺激で、それが爆発する。時として、それは殺人という行為にまで至る。

「ビジネスホテルに朝食はついてません」

乗ってください、と堀口が軽くクラクションを鳴らした。

「近くにハンバーガーショップのドライブスルーがあるそうです。とりあえず、行ってみませんか？」

停車したセダンのドアを開け、孝子は助手席に乗り込んだ。

「まず鞍馬公園まで行く。道は一本だし、バス停周辺の景色を見れば、わかることもあるはず。雀ヵ丘で間違いないと思うけど、確認した方がいいと言ったのはあなたよ」

そうですか、と堀口が肩をすくめた。孝子はモッズコートの前を開けた。全身が汗で濡れていた。

8

梅田のシティホテルのラウンジでコーヒーを飲みながら、佐藤は拡大コピーしたリカの日記に目を通していた。

昨夜、部屋でハイボールのグラスを傾けながら読んでいたが、二杯も飲まないうちに頭痛が酷くなり、目が覚めると朝になっていた。

二日酔いで、気分が悪く、食欲もない。酒には強いと自負していたが、こんなことは初めてだった。

（悪酔いもするだろう）

読み終えたコピーをテーブルに放った。文は人なり、という言葉があるが、文章を読めば性格はわかるものだ。

リカの日記には論理性や一貫性がなく、支離滅裂であり、破綻していた。にもかかわらず、感情が伝わってくる。リカの心にあるのは愛と怒りだけだった。

『たかおさん、どれだけ愛してるかわかる？　リカはあなたがいないとリカじゃない。たかおさんさえいてくれたら、それだけで幸せ』

『どうして何も言わないんだろう、こいつ。虫なの？　何とかしてよ。食事を作って、食べさせて、お風呂や下の世話までさせて、感謝の言葉ひとつないわけ？　豚野郎。豚野郎。死ねばいい』

この二つの文章が、連続して記されている。一行ごとに感情が変わり、切々と愛を訴えたかと思えば、異常な熱量の憎悪をぶつけ、罵《ののし》る。

どうなってるんだ、と佐藤は首を振った。頭の奥で、鈍い痛みが広がっていた。

何度も繰り返し読み、朧《おぼろ》げにわかったことがあった。リカは本間との暮らしを、至高の幸せだと考えている。

椅子に座ったままの手足や顔のパーツがない本間にまとわりつき、話しかけ、キスの雨を降らしていたに違いない。

だが、本間は何も言わない。舌がないのだから、話すことはできない。リカの声も聞こえていない。

それ以前に、心が壊れている。人間ですらない。

辛うじて呼吸をしているマネキン、体温のあるトルソー、それだけの存在だ。

リカがいなければ、本間は数日で死んだだろう。食事、入浴、排泄《はいせつ》はもちろん、体位交換、介護と同じか、それ以上のレベルでケアを続けた。

無償の愛、というワードをリカは何度も日記に書いていたが、それは嘘だ。リカは見返りを求める。愛してると一度言えば、百回、それ以上の愛の言葉を欲しがる。

本間は一切答えない。したくてもできない。

ある一線を越えると、リカは暴言や罵声を吐き散らす。本間に暴力をふるうこともあっただろう。

日記はガス抜きの役割を果たしていたのではないか。感情の赴くまま、無反応の本間の悪口を書き殴るが、冷静さを取り戻すと、傷つけたことを謝り、泣いて詫《わ》びたのかもしれない。

（まるでＤＶだ）

日記には読めない箇所も数多くあった。文字の大きさも違う。同じ行の中で文字に大小があるのは、まともな人間なら考えにくい。

報道局にいた頃、佐藤は警視庁記者クラブに所属していた時期がある。その時、科捜研の文書鑑定科長と親しくなった。

文字、筆跡で主に五つのことが判断できる、と科長は話していた。性格、思考法、行動傾向、深層心理、心身状態の五つだ。

字が汚いから、悪筆だから性格が悪いというわけではない。どんなにきれいな字を書いても、人とは思えないほど非情な者もいる。

重要なのはバランスだ、と科長は強調していた。同じ文章の中に「私」「僕」「俺」と違う一人称主語が出てきたり、句読点がなかったり、常識ではあり得ない改行など、チェックポイントはいくつもある。

文字の大きさもそのひとつで、極端な違いがあれば、混乱、あるいは興奮した状態で書いているとわかる。肉筆に限らず、メールなどパソコンの文章からでも、異常性を読み取ることは可能だ。

あいつがこの日記を見たら、と佐藤は文書鑑定科長の顔を思い浮かべた。研究論文を書く一級資料になる、と舌なめずりしただろう。心が極端に歪んだ者でなければ、こんなものは書けない。

「おはようございます」

目の前に影が差し、顔を上げると令奈が立っていた。座れよ、と手で促すと、糸の切れた人形のようにすとんと椅子に落ちた。

「昨日はすいません。気分が悪くなって……」

そんなこともあるさ、と佐藤は手を上げ、ウエイターを呼んだ。

「何か飲めよ。酷い顔をしてるぞ」

温かい紅茶を、と令奈がオーダーすると、ウエイターが下がっていった。

「これは……リカの日記を拡大コピーしたんですね？」

疲れたよ、と佐藤は眉間を指で揉んだ。

「例のウタダ住宅に、リカは老人の孫と偽って住み着いていた。年齢が合わないとか、そんなことはどうでもいい。どうせリカの履歴は嘘だらけだ。誰の名前を騙ろうが、知ったことじゃない──

「はい」

　あの女は頭が切れる、と佐藤は言った。

「岡倉という老人と何らかの形で出会い、家族がいないことを知った。八十二歳というから、友人との付き合いもほとんどなかったはずだ。おそらく、リカは岡倉老人を殺害したんだろう」

「殺害……どこでです？　どうやって死体の処理を？」

　わかるわけがない、と佐藤は肩をすくめた。

「ただ、想像はつく。岡倉の家で殺せば誰も気づかないし、安全でもある。死体を風呂場で解体し、細かく切断して近所の犬にでも食わせたか、捨てたんだろう。骨は砕いて粉にしたんじゃないか？　時間さえあれば、難しくはない」

「……信じられません」

　それより気になるのはこの日記だ、と佐藤はテーブルを指した。

「日付は書いてあるが、年はわからない。本間を拉致したのは二〇〇〇年秋で、約十年後の二〇一〇年に本間が死ぬまで、二人は一緒に暮らしていた。東京近郊のどこかと考えていい。二年半前、事件の再捜査が始まり、青木刑事に撃たれたが、しぶとく生き延び、大阪へ逃げてウタダ住宅に隠れ住んだ。だが、近隣住人が不審に思ったのに気づき、一夜にして姿を消した」

　流れはわかります、と令奈がうなずいた。

「その後、通報した佐竹さんを殺すため、ウタダ住宅に放火した。そうですね？　でも、日記を書いたのがいつであれ、関係ないのでは？」

　気になるのは、と佐藤は鼻に皺を寄せた。

「子供の声を聞いた者がウタダ住宅にいたことだ」

「子供の声？」

　この日記によると、と佐藤は紙を手で押さえた。

「リカと本間の間には性的な関係があったようだ。正確に言えばリカによるレイプだが、避妊なんかするはずもない。夫の本間と可愛い子供と暮らす、それがリカの夢だ。妊娠して、産んだ可能性がある」

　二人がセックスをしていたのは確かですが、と令奈が言った。

「どこで出産したんです？　病院は考えられません」

　隠れ住んでいたどこかだ、と佐藤は辺りを見回した。

「報道マンなら誰でも知っているが、年に数回、嬰児《えいじ》殺害が起きる。ほとんどは未成年の女の子で妊娠したと誰にも言えないまま駅のトイレや他の場所で産み落とし、始末に困って殺してしまうんだ」

　顔を背けた令奈に、それなりに事情があったんだろう、と佐藤は言った。

「何だよ、そんな顔して……殺していいと言ってるわけじゃないんだぞ」

　わかってます、と令奈がうなずいた。殺人だからニュースになる、と佐藤は紙片を指で弾いた。

「だが、九十九パーセントはそんなことにならない。親に助けを求める者がほとんどだ。もっと早く言えよって話だがな……病院で出産するようになったのは、そんなに昔じゃない。戦前までは、自宅で産む女性も多かった。リカがそういう形で出産していても、何らおかしくない」

「でも、子供のことは日記に出てきていません」

　三枚だぞ、と佐藤はコピー用紙を手に取った。

「リカがどれだけの期間、日記をつけていたかはわからない。だが、本間と暮らしていた間はずっと書いていたと考えていい。産んでいたら、必ず触れていたはずだ。おそらくだが、この三枚を書いたのは本間を拉致した直後だろう」

　妊娠、出産まではいいとして、と令奈が首を傾げた。

「子育ては？　保育園、幼稚園は？　役所への出生届はどうしたんです？」

母乳や離乳食で育てた、と佐藤は言った。

「出生届なんか出すはずもない。保育園にも幼稚園にも通わせなかった。いいか、リカは隠れていたんだ。人目につかない廃屋とか、空き家の類だろう。そこで出産し、自分の手で育てた。子供が産まれたことは誰も知らないから、児童相談所の職員も行かない」

「無理です。そんなこと、できるはずがありません」

「家の中だけが世界で、パパとママしかいない。物心がつく前からそう言い聞かされていたら、子供にとってそれが真実になる。母親を疑う子供がいると思うか？」

「テレビやラジオ、新聞、インターネット、情報源はいくらでもあります。いくら子供でも、おかしいと思うはずです」

すべての情報を遮断していたんだ、と佐藤はコーヒーを飲んだ。

「リカにとっての幸せは、夫と子供との平穏な暮らしだ。他人は必要ないし、かえって邪魔になる。ぽつんと離れた一軒家に隠れ住んでいても、近くを人や車が通ることはあっただろう。だが、あれは悪魔だ、化け物だと子供の頃から教えられていたら、そのまま受け入れるしかない。父親の手足や顔のパーツがなくたって、そういうものだと言い聞かされて育ったら、疑問を抱くことはない」

「本間が食べ物を喉に詰まらせて死んだ後、リカは死体をスーツケースに入れて山に捨てています。その時に隠れ家を出たんですか？」

　ざっくり言えばそうなる、と佐藤はうなずいた。

「本間の死は自然死で、リカが殺したわけじゃない。リカは本間を心から愛していた。夫の死を嘆き、悲しんだだろう。〝この家には彼の思い出が多過ぎる〟とリカは考えたんじゃないか？」

　いかにも悲劇のヒロインらしい話だ、と佐藤は皮肉な笑みを浮かべた。

「傷心のあまり、家を出るしかなかった……実際には違う。隠れ家を捨てざるを得ない理由があったんだ。死体を運ぶ姿を誰かに見られたのかもしれない。リカは現実と夢物語を巧妙に織り交ぜる。そして、子供を連れて逃げたリカには新しい恋が必要だった」

「なぜです？　リカは本間と結婚し、子供と幸せに暮らしていた……リカ自身はそう考えていたんですよね？」

　死んでしまえば物と同じだ、と佐藤はコーヒーにミルクを注ぎ足した。

「リカは専業主婦が女性の理想だと信じている。どういう思考回路なのかはわからないがね。不運な事故で最愛の夫を亡くした美しい女性の前には、白馬の騎士が現れると信じ、インターネットという闇の中で、その騎士を探した。警視庁の奥山刑事はその闇に網を張り、リカを逮捕するつもりだったが、そんな甘い女じゃない。あっさり返り討ちに遭い、殺された」

「それから?」

話しただろう、と佐藤は顔をしかめた。

「二人の女性刑事がリカの逮捕に向かった。一人は眼球を失ったが、もう一人、青木刑事がリカを撃った。それで事件は終わったはずだったが、リカは死んでいなかった。収容された病院から逃げ出し、大阪にたどり着いたが、隣人に怪しまれたために放火して殺し、どこかへ消えた」

リカは放火によって七人を殺しています。と令奈がうなずいた。

「大阪府警も血眼で犯人の行方を追っているでしょう。近県に逃げたのでは?」

どこへだって逃げられる、と佐藤は額に指を押し当てた。

「大阪だぞ? 新幹線に乗れば福岡まで二時間半、東京もそんなもんだ。JRだけじゃない。私鉄だって何本も走っている。近県とは限らないから、捜すことはできない」

どうするかな、と頭の後ろで腕を組んだ佐藤に、二宮さんと話してはどうでしょう、と令奈が言った。

他に打つ手はなさそうだ、と佐藤はスマホに登録していた二宮の番号に触れた。

電話に出た二宮が、リカは見つかりましたかと半ばからかうような調子で言った。ウタダ住宅に行ってきました、と佐藤は答えた。

「偶然ですが、あそこに住んでいた人と会いましたよ。佐竹さんは通報した翌日、警察が来る前に岡倉さんの家に入ったようですね。そこでリカの日記を――」

タイミングのいい人だ、と二宮が笑った。

「連絡しようと思っていたんです。リカを見つけましたよ」

「何ですって？」

スマホを掴んだまま、佐藤は立ち上がった。あなたの写真を使ったんです、と二宮が言った。

「警備会社を通じ、新大阪駅の防犯カメラ画像を調べました。私にもそれぐらいのコネはありますよ。正確に言えば、リカと思われる女性ですが……」

すぐ行きますとだけ言って、佐藤は通話を切った。戸惑ったように見つめている令奈に、ＴＪＷに行くぞ、と佐藤は伝票を押し付けた。

9

早朝のバス通りは空いていた。バス停があると堀口がスピードを緩め、孝子は左右に目を走らせた。

三度、セダンを停め、車を降りたが、何かが違った。二時間ほどで鞍馬公園に着いた。

「のんびりしたドライブでしたね」

空気がいいですよ、と車を停めた堀口が窓の外に目をやった。

「九時近いし、そろそろ店もやってるんじゃないですか？」

鞍馬公園のバス停の正面に、小さな公園があった。後ろは鞍馬大山で、高さはないが、傾斜が急なため、家は建っていない。見渡す限り、竹林が続いていた。

雀ヵ丘のバス停に戻る、と孝子は言った。

「行きはバス停のたびに停まっていたけど、帰りはまっすぐよ。三十分もかからない。店がオープンするのは十時でしょう。あの辺りを調べてから、何か食べればいい」

堀口が車を降り、大きく伸びをした。

「確かに、まだ早いかな？　京都駅まで出れば違うんでしょうけど……わかりましたよ、睨まないでください」

運転席に戻った堀口がギアをドライブに入れるのと同時に、孝子のスマホが震え始めた。俺だ、という井島の声がスピーカーホンを通じて車内に流れ出した。

「柏原さんに聞いた。本当に京都へ行ったんだな」

「はい」

堀口がアクセルを軽く踏んだ。心配してたぞ、と井島が言った。

「青木が余計なことに首を突っ込んでいる、何とかしてやれ、昨日から柏原さんの電話が止まない。お前の責任だとまで言われたよ。それは違うだろうって話だが、何を言っても聞きゃしない。辞職したとはいえ、警察ＯＢだ。この世界は縦社会だから、先輩の命令には逆らえない」

形だけでも調べないと柏原さんがうるさい、と井島が笑った。

「一昨日、広尾西署に連絡を入れた。大学の後輩が地域係長なんで、久しぶりに会うかって話になり、昨日行ってみた」

「後輩との思い出話に花が咲きましたか？」

そのつもりだったが、と井島が声を低くした。

「雨宮リカの実家、通称バラ屋敷のことは知ってるな？　住民票によると、世帯主は雨宮麗美だ。あの家は麗美の父親が死んだ後、夫の武士が相続したが、轢き逃げにあって死んだだろ？　だから、麗美が世帯主になった」

「麗美も死亡認定されていますよね？」

失踪宣告だ、と井島が言った。

「雨宮結花……混乱するな。リカと呼ぶが、リカを養女にした升元家の義父、升元俊幸《としゆき》が麗美の失踪宣告請求をしたのは二十五、六年前だ。普通失踪では、七年間所在が不明なままだと、死亡したと見なされる。だが、あくまでも見なし認定だ。その後、升元家の家族は全員死亡している。相続人不明の空き家が増えてるのは、聞いたことがあるだろ？」

「ニュースで見ました」

本当に不明なケースは稀《まれ》だ、と井島が言った。

「日本には戸籍制度があるから、血縁者を調べることができる。誰が相続人かはすぐわかるが、これはこれで面倒臭い。区役所の職員がやる仕事か？　雨宮家を例にすると、相続人が鹿児島とか北海道に住んでいたらどうなる？　行き来する交通費は？」

「わたしに言われても……」

「手間や費用をかけても、相続を拒否されたら話は終わりだ。行政が勝手に家を売却するわけにもいかない」

「わかります」

「バラ屋敷はいろんな意味で厄介な物件でな……武士に係累はいないし、麗美も似たようなものだ。雨宮家に出入りしていた者が何人も行方不明になっているし、殺されたって噂もある。事故物件に手を出す奴がいると思うか？　今じゃ誰もバラ屋敷なんて呼ばない。広尾の幽霊屋敷って言われてる」

「知っています」

幽霊を見たって話は後を絶たない、と井島が声を潜めた。

「広尾の一等地、しかも三百坪の豪邸だが、十年は誰も中に入っていない。屋敷は荒れ放題だろう。一時は心霊スポット扱いされて、テレビ番組のネタにもなったし、不良グループがたむろしていた。だから、広尾西署も重点的にパトロールしている」

「それで？」

「後輩の地域係長だが、約束の時間に行くと、アポを取っていたのに、席を外していると言われた。逆なら、わからなくもない。後輩なんか、何時間待たせたっていいんだ。だが、連絡もなしに先輩を待たせるのは、警察道にもとる行為だよ」

運転席の堀口が噴き出した。警察道は知りませんが、と孝子も苦笑いを浮かべた。

「何か事情があったのでは？」

「おっしゃる通りだ。三十分以上遅れて会議室に来た地域係長の市木《いちき》が、遅刻したのは理由がありますと言い訳を始めた。昨日の午前二時、バラ屋敷の近くに住む主婦から通報があったそうだ。女があの家にいるってな」

「女？」

あの家に人が住んでいたのは一九八七年頃までだ、と井島が言った。

「約二十五年が経っている。今じゃ当時を知っている者はほとんどいない。雨宮夫婦と美しい双子の姉妹のことも忘れられている」

十分ほどで雀ヵ丘に着きますと囁いた堀口に、急いで、と孝子はうなずいた。通報した主婦によれば、と井島が話を続けた。

「背の高い痩せた女が家に入っていくのを見た、鍵を開けていたから親戚だと思ったが、真夜中の二時はおかしいと夫が言うので、警察に電話をしたという。ぐずった赤ん坊を抱っこして、主婦は外にいたんだ」

「背の高い痩せた女……」

警視庁通信指令センターから連絡が入った時、広尾西交番の巡査は広尾辺りをパトロールしていた、と井島が言った。

「緊急事態ってわけじゃない。雨宮家の親戚なら、夜中だろうが早朝だろうが、家に入っても犯罪にはならない。ただ、広尾西署の警官たちはバラ屋敷の情報を共有している。さっきも言ったが、過去十年、親戚、血縁者、誰であれ、あの家に出入りした者はいない。確認するべきだと考え、パトロール中の巡査はバラ屋敷に向かった。着いたのは通報から二十分ほど経った頃だ」

「それで?」

誰もいなかった、と井島が言った。

「通報があっただけで、家に入るわけにはいかない。一時間近く巡査は家の周りにいたが、人の気配はなかったそうだ。通報した主婦に話を聞くと、見間違いだった気がすると言ったんで、巡査はパトロールに戻り、話はそれで終わるはずだった」

何があったんですと囁いた孝子に、夜が明けた昨日の午後、もう一度バラ屋敷へ行けと市木がその巡査に命じた、と井島が言った。

「巡査は警察学校を卒業して一年ほどだから、リカについて詳しいわけじゃないが、市木はよく知っていた。あいつは広尾西署に十年以上いるから、背の高い痩せた女と聞けば、条件反射でリカの姿が浮かぶんだ。リカが生きているって噂は消えちゃいない」

「はい」

市木は勘のいい男だ、と井島が言った。

「不審な点もあるし、確認を取れと指示した。通報した主婦に巡査が改めて話を聞くと、夜中だったので騒ぎにしたくなかったから見間違いと言ったが、痩せた女を見たのは確かだ、と答えた。それを受けて、市木は周辺の防犯カメラを調べていた。俺との約束に遅れたのはそのためだ」

「リカが映っていたんですか？」

俺も映像を見た、と井島が空咳をした。

「雨が降っていたんで、条件は悪かった。だが……あれはリカだ。間違いない」

「リカは東京にいるんですね？」

京都行きは無駄足だったな、と井島が小さく笑った。

「柏原さんはほっとしてたよ。死体安置所でお前と対面せずに済んだってな……青木、俺は今から上と話す。二年前、リカは死亡したと発表したから、今まで現場は手を出せなかった」

「わかってます」

「だが、広尾周辺の防犯カメラを調べれば、リカの鮮明な映像が出てくるだろう。あの女は本間隆雄の拉致誘拐、死体遺棄をはじめ、三件の殺人、傷害、その他の容疑で手配されていた。いた、というのは死亡したことになっていたからで、生きているなら手配中になる。今になって、リカは生きていたと上も認めたくないだろうが、再捜査するしかない……お前は興信所の私立探偵で、一般人に捜査権はない」

「つまり？」

手を引け、と井島が言った。

「奥山や梅本の敵を取りたい気持ちはわかるが、捜査の邪魔になる。後は警視庁に任せるんた」

通話が切れた。もうすぐ雀ヵ丘です、と堀口が前を指さした。

「どうします？　リカが東京にいるなら、調べても意味がないのでは？」

バス停で停めて、と孝子は言った。

「井島さんは何もわかっていない。リカがどれほど恐ろしい存在か……甘く見ていたら、第二、第三の奥山が出る。リカには躊躇も慈悲心もない。邪魔をする者は害虫と同じで、踏みにじっても構わないと思っている」

「でも、担当は捜査一課ですよね？　ベテランの刑事が捜査を始めれば――」

堀口が車を停めた。奥山も同じことを考えた、と孝子はシートベルトを外した。

「何があったのかはわからないけど、彼がリカに殺されたのは確かよ。警察の常識で測れる女じゃない。いつ、どこで、何をするか……逮捕を免れるためなら、平気でその辺の赤ん坊を地面に叩きつける。罪の意識も後悔もない。リカは異常な自我の塊よ。それがわからない者は、誰であれ殺される」

「ここで何をするつもりですか？」

痕跡が残っているはず、と孝子は車のドアを開いた。

「間違いなく、リカはこの辺りに潜んでいた。どうやって暮らしていたのか、何をしていたのか、それを調べる。リカには何か秘密がある。それがわからなければ、戦うことはできない」

「戦うって……青木さん？」

もし勘が外れていたら、と孝子はモッズコートのポケットから煙草を取り出した。

「この件から手を引く。堀口くん、手伝って」

駐車場を探します、と堀口がうなずいた。

「バス通りに停めておくわけにもいきませんからね……待っててください」

孝子はくわえた煙草に火をつけた。セダンが脇道に入っていった。

第7章　切断

1

　TJW本社の会議室に入ると、座ってください、とスマホに触れていた二宮が言った。佐藤は令奈と並び、二宮の斜め前に腰を下ろした。

「リカが新大阪駅にいたんですか？」

　挨拶抜きですか、と苦笑した二宮が長机のノートパソコンを開いた。

「上の許可が下りたので、あなたにお借りした写真を数社の警備会社に渡し、画像解析を頼んだんです。例のウタダ住宅放火事件ですが、状況から考えると、岡倉さんの部屋に住み着いていた女性が犯人なのは明らかで、警察もその線を追っています。しかし、大阪府警は犯人の人相について、情報を持っていません。ウタダ住宅の住人とほとんど顔を合わせていなかったためで、特徴からリカだと推定できますが、あくまでも推定に過ぎません」

「そうでしょうね」

うちとしてもスクープは欲しいですよ、と二宮が言った。

「喉から手が出るぐらいにね。新聞社、テレビ局、マスコミはどこだって同じです。交通機関を中心に調べてほしいと、警備会社のお偉方に頭を下げました。犯人の足取りがわからないのは、大阪を出たからでしょう。リカが車を持っていたとは思えませんし、タクシーというのもねえ……電車か夜行バスだろうと当たりをつけました」

「いい線です」

「ウタダ住宅が放火された日に溯《さかのぼ》って、画像を調べたところ、リカが映っていた……そういうことです」

二宮がキーを押すと、パソコンの画面が切り替わり、動画が流れ始めた。映りが悪いですね、と佐藤は眉をひそめた。

「防犯カメラの映像か……ピントも何もあったもんじゃないな」

新大阪駅にはJR西日本と警備会社の防犯カメラが設置されています、と二宮がパソコンを指さした。

「映像はビデオテープに録画され、一定期間が過ぎると消去されます。二十四時間回しっ放しですから、その都度新しいテープを使うわけにもいきません。劣化やカメラ自体の性能の問題もあります。どこの防犯カメラも似たようなものでしょう。それでも、何が映っているかはわかります」

切符売り場ですねと言った令奈に、ビンゴ、と二宮が視線を向けた。

「東海道・山陽新幹線のみどりの窓口で、映像の下の数字は日付と時間です。十月十五日、午後四時二十一分となっていますが、放火は前日十四日の夕方六時……早送りしますが、四時二十四分、例の女が窓口でチケットを購入します」

佐藤はパソコンを見つめた。防犯カメラは窓口の壁に取り付けられているようだ。周囲の光景が魚眼レンズに映っていた。

人が多いですねと言った佐藤に、新大阪駅はいつもこうですよ、と二宮がうなずいた。

「近畿圏の交通の中心ですからね。上りの東京方面、下りの博多方面、どちらも二時間半ほどで着きます。サラリーマンなら、会社に顔を出して帰ることもできるでしょう。もちろん、新大阪駅で降りる客も大勢います。新幹線に関していえば、夕方四時はラッシュアワーの時間帯なんですよ」

ここです、と二宮がキーを押すと映像が止まった。画面の左側に、痩せた女が立っていた。

おかしいな、と佐藤はボールペンで画面の左端を指した。

「一秒前まで、そこには誰もいませんでした。大ざっぱな計算ですが、三メートルは離れているように見えます。この女はどこから現れたんです?」

気づかなかったな、と二宮が映像を巻き戻した。

「言われてみると妙ですが、データが飛んだのかもしれません。ビデオテープの保管状態が悪いと、たまに映像が乱れることがあります」

ビデオテープには粉末状の磁性体が塗布されている。それが画像、音声を記録する。強い磁界に近づくと、データに乱れが生じる。テレビマンにとっては常識だ。

テレビ局ではビデオテープの保管を厳重にしているが、警備会社はそこまでの意識がない。雑とまでは言わないにしても、段ボール箱にまとめているだけという場合も多い。

そのためにデータが飛び、いきなり女が映り込んだと考えれば説明はつくが、背後の人物の動きに異常はなかった。部分的にデータが飛ぶことは理論上あり得ないが、今はそれを言っても始まらない。

「拡大できますか?」

二宮がズーム機能をオンにしたが、それでなくてもぼやけた映像だ。拡大しても、人相は判然としなかった。

ただ、身長や体形、服装はわかった。長い髪、ワンピースを着ている。

お菓子のポスターがあるでしょう、と二宮が女の背後の柱を指さした。

──ＪＲに問い合わせたところ、ポスターの下は床から百五十センチと決まっている、と回答がありました。映っているお菓子の位置と女の顔はほぼ同じ高さなので、身長百七十センチ前後と推定できます。腕と足が異様に細いでしょう？　まるで針金です。拒食症の患者でも、ここまで痩せるのは珍しいんじゃないですか？」

映像をコマ送りにした二宮が、ここです、と停止キーを押した。

「顔がある程度はっきりわかるのは、このコマだけです」

リカですね、と佐藤は囁いた。細く吊り上がった目、異様に高い鼻、尖った顎、すべて写真と同じだった。

写真のリカの顔は血で汚れていたので、その意味では初めて見たことになる。何よりも、尋常ではない頬のこけ方が目についた。

骨と皮だけ、という言い方があるが、そんなレベルではない。頬がへこんでいると言ってもいいほどだ。

もうひとつ、気になるのは目だった。写真のリカは目を閉じていたが、映像では開いている。

そこにあるのは、何もない闇だった。黒目がちというのではない。暗渠《あんきょ》のように真っ暗だった。

二宮がキーに触れると、女が動き出した。素早い足取りで窓口に近づき、行き先を告げている。

　ただ、音声は録音されていない。何を言っているかはわからなかった。

「東京方面ですか？　それとも博多？」

　さあ、と二宮が肩をすくめた。

「この時間、新幹線は上下線で五本ずつ走っています。十月十五日にチケットを買ったからって、直近の新幹線に乗るとは限りません。翌日のチケットかもしれないでしょう？」

　窓口から離れたリカが大股で右に進み、防犯カメラの映像から消えた。

「この後は？　新大阪駅の防犯カメラは一台だけじゃないでしょう？」

　私たちが調べたのは警備会社のカメラだけです、と二宮が言った。

「それだって簡単じゃありません。無理を言って頼んだんです。JRにも取材申し込み書を出しましたが、個人情報なので見せることはできない、そもそもテープを再利用しているので、十月十五日の映像は消去した、と回答がありました」

「窓口で切符を売った駅員がいるはずです。これだけ特徴のある顔なら、覚えていてもおかしくないと思うんですが……」

　調べるための人員がなくて、と二宮が首の辺りを掻いた。

一日何　時間がわかっていますから、この窓口にいた駅員が誰だったか、調べればわかるでしょう。しかし、覚えているとは思えません。新大阪駅の一日の平均乗降客数は約十万人、最低でもその十分の一、一万人が窓口でチケットを購入したと考えられます。新大阪駅には他にもみどりの窓口がありますが、毎日数千人を相手にしてるんですよ？　一日、二日前ならともかく、日が経ってますからね……佐藤さん、まず確認ですが、この女はリカですね？　間違いありませんか？」

　おそらく、と佐藤は額の汗を拭った。もうひとつ、と二宮が腕を組んだ。

「別の日のチケットを買ったかもしれないと言いましたが、リカは放火犯で、七人が死んでいます。常識で考えれば、この後すぐ新幹線に乗って、大阪を離れたでしょう。どこへ逃げたか心当たりは？」

　いいえ、と佐藤は首を振った。見当はついていたが、二宮に教える義理はない。

「二宮さん、この女はリカだと思いますが、絶対とは言えません。これだけ映りが悪いと、断定はできませんよ」

　うなずいた二宮に、私が新大阪駅へ行きます、と佐藤は言った。

「ＴＪＷの報道局が人手を割けないのはわかります。私と彼女で、駅員に話を聞いてみますよ。Ｋｉｏｓｋや土産物売り場に、この女を見た者がいるかもしれません。目撃情報があれば連絡します」

「うちでニュースにすると、東京のテレビジャパンがうるさいことを言いませんか？」

ニュースに東京も大阪もありません、と佐藤は二宮の肩を叩いた。

「今、私は報道から離れています。ＴＪＷがスクープを掴み、ニュース番組で扱っても、ダメージはないんです。ただ、私が企画している番組の目鼻がつくまで、少し待ってもらえませんか？　リカを目撃した者が見つかる保証はありませんし、いたとしてもその証言だけでは弱いでしょう。二宮さんの代わりに私が取材して、後で報告しますよ」

嘘だった。確実な証言が取れたら、それを土産に東京へ戻り、一気に報道局へ復帰するつもりでいた。

ただ、目撃者が見つかるとは限らない。どちらに転んでも得になるように動くのが、佐藤の処世術だった。

やるなら腰を据えろと上から言われています、と二宮がノートパソコンを閉じた。

「うちのニュース班が放火事件の再調査を始めましたが、大阪府警とも情報を突き合わせることになるでしょう。リカ事件は簡単にニュースにできません。その点、佐藤さんは事情に詳しいですからね。頼りにしてますよ」

新大阪駅で聞き込みをするぞ、と佐藤は令奈の肩を叩いた。

「目撃者さえいれば、こっちのもんだ……二宮さん、また連絡します」

バッグを肩にかけ、令奈が立ち上がった。面白くなってきた、と佐藤は笑みを浮かべた。

2

雀ヵ丘のバス停近くにあったコインパーキングにレンタカーを停めた堀口と肩を並べ、孝子は歩きだした。何かわかるはずだ、という確信があった。

「なぜです？」

堀口の問いに、警視庁で誰よりもリカについて詳しかったのは尚美、と孝子は言った。

「警察は男性社会で、女性には向いていない職業よ。まともな感覚でいたら、務まらない。わたしは馬鹿な男たちに合わせて、機嫌を取ることができたけど、尚美は違った。能力があっても評価されず、苦しんでいた。彼女にとって、唯一の救いは菅原さんだった。菅原さんは女性を差別しなかった」

孝子は辺りを見回した。雀ヵ丘という地名通り、緩やかな上り坂が続いている。

十メートルほど道を進むと、一気に視界が開けた。見渡す限り畑が続き、その奥は広大な林だった。

頭上に雲がたなびいている。絵画のような光景だった。

「菅原さんは警察組織内弱者である女性の側に立ち、捜査について指導し、相談にも乗った。尚美にとって恩人で、だから菅原さんのためにリカのことを調べ続けた」

でも、大きなミスを犯した、と孝子は丘を下り、畑道へ向かった。

「彼女はリカの深淵《しんえん》を覗いてしまった……怪物と戦う者は、その過程で自分自身も怪物になることのないように気をつけないとならない」

深淵を覗く時、深淵もまたこちらを覗いている、と堀口が言った。

「ニーチェですね。ぼくは宗教二世で、脱会するためにいろんな本を読みました。理論武装しないと勝てませんからね。ニーチェに限らず、哲学者の本をどれだけ読んだかわかりません」

リカの過去を調べていくうちに、と孝子は長い息を吐いた。

「尚美は自分の中にあるリカと向き合ってしまった。そして、彼女の深層心理内にあったリカ的要素が膨れ上がり、気づいた時には、リカに呑み込まれていた……知り過ぎるべきではなかった。リカを理解するために、リカの心に自分の心を重ね、寄り添おうと試みたけど、そこは踏み込んではならない領域だった」

「はい」

「リカにはリカだけにしかわからない論理がある。根拠のない陰謀論、あるいは信仰心と同して、それだけに強く、揺るがない」

バックファイア効果ですね、と堀口が言った。

「自分が信じている何かを他者に否定されると、心の逆噴射が起き、かえってむやみに信じ込むようになる。時に、それは暴力という形を取りますが、リカの異様な残虐性はそのためかもしれません」

梅本さんは怪物になってしまったんでしょう、と堀口がため息をついた。小さくうなずいて、孝子は歩を進めた。

「ただ、それだけリカの本質に迫っていたのは確かよ。わたしは尚美から詳しい話を聞いて、それなりにリカを理解しているつもり。尚美とは違って、リカに心を重ねたりはしないけど、心理は分析できる。間違いなく、リカはこの辺りで暮らしていた。あの女にとって、ここは理想的な場所だから」

景色がいいからですかと尋ねた堀口に、それだけじゃない、と孝子は首を振った。

「リカは警察に追われていた。彼女の脳内では、無実の罪で、冤罪《えんざい》に変換されているけど、身を隠すしかなかった。丘を上れば、畑が広がり、人家はほとんどない。隠れ住むのに適しているから、ここを選んだ」

この辺りの畑では京野菜を育てているようだ。種類まではわからないが、大根かカブの類だろう、と見当がついた。

畑で農作業をしている人たちに声をかけ、話を聞いたが、そんな女は見たことがない、と誰もが首を振るだけだった。

しゃあないやんかぁ、と呆れ顔で言ったのは七十代後半の老人だった。

「畑仕事はなあ、おひさんが出てる時しかできひん。陽が暮れたら、帰るしかない。女が夜に歩き回ってたら、わかるはずないやんか。それにな、あっちに林がありますやろ？　林ん中にも道があって、そこを通ったら昼でも見えへん。こっちもそんな暇とちがうさかい、いちいち見張ってるわけやないやんか」

孝子は林に目を向けた。杉の木が並んでいる。物淋しい風景だった。

そう言えば、と老人が眼鏡の位置を直した。

「もう十年ほど誰も使ってしまへんけど、林ん中に韮崎《にらさき》さんの納屋がある。行ってみたらどないですか？　まあ、手もつけられへんほど荒れてるやろけどな」

「韮崎さん？」

二十年ほど前まで、この辺は韮崎さんの地所やったさかい、と老人が言った。

「わしらは土地を借りて、畑をやってたんですわ。そやけど、何や知らんけど、現金が必要やいうて、土地を全部売らはってなあ。後になって、奥さんが何かで借金しはったゆう噂を

「いえいえ、ほんまなんかはようわかりませんわ。いろいろあったけど、借りてたうちらが買うたんですわ」

「そうなんですか」

「韮崎さんはしばらく奥さんと京都を離れはったけど、五年ほど経った頃やったかな……こっちへ戻って、林の手前のちっちゃな畑で野菜を育ててはりましたわ。納屋には道具を置いてたみたいなんどすけど、十年前、奥さんとその納屋で首を吊って死なはりましたわ。何でかはわからしません。こんなん言うたらあきませんけどねぇ、迷惑なことしてくれはったと思いますわぁ」

「迷惑？」

「地面が続いてるから不浄やゆうて、市場でもうちらの野菜にいい値がつきませんのや。納屋には誰も近づきません。もうずっとほったらかしで、どうなってるかも知らしませんわあ」

老人に礼を言い、孝子は林に向かって歩きだした。気味が悪いですね、と堀口が口をすぼめた。

「行くんですか？　韮崎夫婦の自殺は、リカと関係ないでしょう？」

事故物件でもリカは気にしない、と孝子は苦笑した。

「幽霊が出たって、どうでもいいと思っている。リカと幽霊、どちらかを選べと言われたら、わたしは迷わず幽霊を選ぶ。祟られるには理由があるはずで、どうすれば祟りを祓《はら》えるか、それを考えればいい。でも、リカに理由はない。気に食わなければ殺すだけ。その方がよっぽど怖い」

畑道を辿って林に入ると、そこに細い道があった。五十メートルほど奥に進むと、納屋が見えてきた。

今にも壊れそうです、と堀口が納屋を指さした。

「あんなところに住めますか？　電気もガスも水道も通ってないんですよ？」

孝子も苦笑するしかなかった。住むには十分な広さがあるが、屋根の一部が陥没していた。雨漏りもしただろう。まともな人間なら、暮らせるはずがない。

（でも、リカはまともじゃない）

納屋の周りを歩くと、裏に小川があった。生活において最低限の条件は水だ。トイレ、洗顔、洗濯などはできただろう。

リカがいつから京都に移り住んだか、正確にはわかっていない。〝あじ菜〟の主人、スーパーの店長の証言で、一年半ほど前に京都で目撃されていたのは確かだが、もっと前から住んでいたのかもしれない。

そこ、いつ京都を出たのかも不明だ。リカを犯罪者と考えれば、サバイバルに近い潜伏生活を二年近く続けていてもおかしくなかった。

ただ、常識では考えにくい。世間の常識とリカの常識が違うのはわかっていても、有り得ないと堀口が考えるのは無理もなかった。

唯一、身を隠すという点だけに限れば、その目的には適《かな》っている。いずれにしても、納屋に入らなければどうにもならない。

孝子は朽ちかけたドアのノブに手を触れた。鍵はかかっていない。押すまでもなく、簡単に開いた。

物置ですね、と堀口がクモの巣を手で払った。板壁の隙間から陽の光が差し込み、埃を照らしていた。

「それは鍬《くわ》ですか？　農作業用の道具がいろいろ置いてあるな……これは何です？」

十坪ほどの土間に転がっていた毛糸玉を堀口が指さした。編みかけの小さな薄茶色のセーターがその横にあった。

「韮崎さんの奥さんが編んでいたんでしょうか？」

わからない、と孝子は首を小さく振った。堀口が屈み込み、コップを拾い上げた。

「プラスチックですね。何枚か、皿も散らばっています。韮崎夫婦が食事を取る時、使っていたんでしょう」

ここで誰かが暮らしていたのは間違いない、と孝子が顎の先を奥に向けた。

「でも、十年ほど誰も入っていない、とさっきの老人は話していた。それなら、コップとわからないぐらいに汚れていなければおかしい。最後に使ったのは半年前くらいと考えていい。そのコップは誰かが暮らしていた証拠よ」

「そんな馬鹿な……一日二日ならともかく、何カ月もこんなところで寝起きしていたっていうんですか？」

何カ月とは言い切れないけど、と孝子は床を指さした。

「十年、誰も足を踏み入れていないなら、溜まっている埃が厚くなければおかしい。でも、薄く覆ってるだけよ。誰かが出入りしていたのは確かで、人が住まなくなった家はすぐ荒れる。もっと酷い状態になったはず」

そうかもしれません、と堀口が辺りを見回した。ここに住んでいた誰かには、と孝子は言った。

「身を隠す意図があった。小川の水を汲《く》んで風呂代わりにした。それなら暮らせる」

思い込みですよ、と堀口が苦笑を浮かべた。

「青木さん、リカが雀ヵ丘のバス停を使っていたのは絶対と言えません。ぼくには無理やりここにいたとしか思えませんね」

待って、と孝子は鍬の下になっていた本を引っ張り出した。英語の辞書だ。

「韮崎夫婦が辞書で英語を勉強していた？　どうしてそんなことを？」

リカだって同じでしょう、と堀口が言った。

「英語の勉強なんか、するはずありません。表紙が破れてます。韮崎さんが使って、置きっぱなしにしていたんじゃないですか？」

韮崎夫婦はこの辞書と関係ない、と孝子は首を振った。

「また断言ですか？」

苦笑を浮かべた堀口に、孝子は辞書の最後の頁を見せた。

「二〇一〇年第二版第七刷……この辞書は二〇一〇年以降に本屋に並んでいたってこと。十年前に死んだ韮崎夫婦に買うことはできない」

「だからリカだと？　強引過ぎますよ」

孝子は辞書を見つめた。リカと辞書が頭の中で繋がらない。違和感だけが胸に残った。

3

令奈と手分けして、佐藤は新大阪駅の駅員、売店、飲食店の店員にリカの写真を見せ、見覚えはないか、と質問を繰り返した。

報道上がりなので、取材には慣れている。聞き込みは記者の基本だ。

リカには特徴が多い。身長は百七十センチ前後だが、異様に痩せているため、百八十センチ以上に見える。女性でそれだけの長身は目立つだろう。

背中まで伸びているストレートの黒髪、がさがさに乾いた肌は土気色で、皺だらけだ。

目鼻立ちは整っているが、バランスがおかしい。あるべきところに顔のパーツがないから、奇妙な印象を受ける。

着ているのは花柄のワンピースで、ブランド品だが、着古しているのか、やや黄ばんでいる。靴は赤いハイヒールだ。

そして、何よりも独特な臭気がある。警視庁の刑事の話では、腐った卵と酢を混ぜたような悪臭だという。

精神を病んで入院した菅原警部補をはじめ、数名の刑事がその悪臭を嗅いでいた。捜査資料にも記載があるほどで、よほど強烈な臭いだったのだろう。

悪臭については、渡会日菜子の本にも記述があった。リカが勤務していた中野区の病院関係者も、同様の証言をしている。

悪臭の話をする時、誰もが顔を歪めていたが、それだけでもリカを覚えている者がいるはすだ。

もっとも、四六時中、リカが悪臭を発しているわけではない。それは佐藤も知っていた。渡会の本、そして関係者の証言を考え合わせると、怒り、悲しみ、妬《ねた》み、嫉《そね》み、何らかのネガティブな感情が高まると、リカの体から悪臭が漂うようだ。

リカが怒ると、部屋の温度が下がる、と話していた者もいた。錯覚だろうが、それだけリカの感情は激しやすいのだろう。

場の空気を支配するという言葉があるが、リカにはそんな力が備わっているのかもしれない。

リカが新大阪駅で切符を購入したのは、三週間ほど前だ。時間は経っているが、化け物を見た記憶は薄れていないはずだ。

簡単に見つかると佐藤は思っていたが、夕方まで八十人以上に声をかけたにもかかわらず、収穫はなかった。写真を見せても、わからないと答えが返ってくるだけだ。わからないのではなく、記憶を封印しているのだろう、と佐藤は思った。

彼ら、彼女らはリカを見た。だが、本能的な恐怖を感じ、脳が記憶を抹消した。何も見なかった、と記憶を書き換えたと言った方がいいかもしれない。

人体で最後に残された謎は脳だ。どれだけ医学、あるいは科学が進歩しても、脳の構造が百パーセント解明されることはない。

　拉致された本間隆雄を救出するため、菅原警部補はリカを撃った。胸部、そして腹部に弾丸が当たり、リカは意識を失った。

　現場に入った警察官、そして救急隊員はリカが瀕死《ひんし》状態にあると判断した。胸と腹を撃たれた者は、ほぼ確実に死亡する。

　弾丸が動脈を傷つけていなくても、大量の出血があったのは間違いない。普通なら失血死する。

　だが、リカは生きていた。それどころか、搬送中に救急隊員、警察官を殺害し、救急車を奪い、山梨から東京の本間隆雄の自宅へ向かった。

　他にも、リカは有り得ない行動をしていた。菅原に救出された本間は事情聴取でリカについて語ったが、それは人間を超えた化け物の話だった。

　リカは少なくとも四十八時間連続でパソコンを通じ、多数の出会い系サイトに本間の情報を書き込んでいた。事件捜査を指揮した戸田《とだ》警視によれば、ひとつの書き込みを終えてから次の書き込みを始めるまで、数秒もなかったという。

　事件が起きた頃、まだスマートフォンはなかった。SNSも普及していない時代だ。

　リカはパソコンから数多くの出会い系サイトにアクセスし、本間についてあらゆる情報を書き込み、捜しているとネット民に訴え続けていた。

佐藤もその書き込みを読んでいたが、ひとつとして同じ文章はなかった。コピーした文章をペーストしたのではない。

毎回、脳に浮かんだ考えをそのままパソコンを通じ、書き込んでいた。四十八時間連続でそんなことができるのは、人知を超えた存在だ。

あるいは、タクシーの件もある。表参道の交差点でリカと遭遇した本間は、その場でタクシーに乗り、逃げようとした。

だが、リカは走行中のタクシーを追って走り、何度も追いついていた。オリンピックのアスリート以上のスピードだし、履いていたのはハイヒールだ。まともな人間に、そんなことはできない。

前者に関して言えば、四十八時間一睡もせず、延々と書き込みを続けていたリカがある種のゾーンに入っていた、と解釈することができた。

テレビ局で番組制作にかかわる者は、常に時間と戦っている。ニュースで言えば、丸一日取材しても番組で流れるのは数分だ。その後には編集作業もある。

簡単に言うが、十時間撮影した素材を数分にまとめるには、短くても三時間以上かかる。ファクトチェックもしなければならない。ナレーションやテロップを入れると、更に工程は複雑になる。

テレビマンにとって、徹夜は日常茶飯事だ。二日、三日と続くことも稀ではない。

だが、ゾーンに入ると、眠気も感じず、文字通り寝食を忘れて編集作業に没頭することができる。テレビマンに限らず、勉強、スポーツなど、そういった経験を持つ者は多いだろう。

リカもゾーンに入っていたのではないか。そうであれば、四十八時間連続で書き込みを続けていたのも説明がつく。

タクシーの件は、本間の思い込みだ。表参道交差点から明治通りまで、凄まじいスピードでリカが追いかけてきたというが、途中に信号もあり、渋滞していれば速度は徐行レベルだっただろう。

本間がリカと遭遇した際の道路状況はわからないが、タクシーの運転手は走行中に何度もブレーキを踏んだはずだ。リカに追われていた本間は恐怖で混乱していた、と考えた方が現実的だ。

リカの脳には独自のメカニズムがあり、意識的に、あるいは無意識下でリミッターを外すことができる。そう考えれば、リカの人間離れした能力も科学的に説明できる。

新大阪駅でリカを見た者は、無意識のうちに、その異常な力を感じた。触れてはならないと本能が命じ、だから口を閉ざしている。

言霊ではないが、口にするだけで悪夢を呼び寄せる何かがリカの中に存在するのは確かだ。

夕方五時、携帯に着信があった。リカを目撃した人がいました、と令奈の声がした。

「JRの八木《やぎ》車掌です。詳しく話を聞かせてほしいと頼みましたが、仕事中なので――」

「何やってんだ、馬鹿！　捕まえてこい！」

車掌として、東海道本線の千里丘駅へ行かなければならなかったんです、と令奈が言った。

「七時に勤務が終わるので、八時にわたしたちが泊まっている梅田のホテルへ行くと約束してくれました。その方がじっくり話を聞けると思います」

八木の話を聞くには、ホテルの部屋の方が都合がいい、と佐藤はうなずいた。必要なら撮影もできる。

「八木の連絡先は？」

携帯の番号を聞いてます、と令奈が言った。どこにいる、と佐藤は左右に目をやった。

「ホテルに戻るぞ。昼を食い損ねた。何か食って、八木を待とう」

新幹線の切符売り場まで来いと命じ、佐藤は通話を切った。

4

日暮れまで、雀ヵ丘周辺を歩いたが、リカの痕跡は見つからなかった。

井島からの連絡で、東京にリカが現れたのはわかっている。これ以上、京都にいても意味はない。

ビジネスホテルに戻り、チェックアウトを済ませ、その足で京都駅に向かった。東京行きの新幹線に飛び乗ったのは、午後六時半だった。

自由席に座り、孝子は缶コーヒーのプルタブを引っ張って開けた。

「九時には東京駅に着く。堀口くんは帰って。わたしはリカを捜す」

捜すって、と堀口が首を捻った。

「どこをです？　警察も動いてます。手を引け、と井島さんに言われたんでしょう？　青木さんは警察官じゃないし、リカを見つけても逮捕できませんよ。何より、危険過ぎます」

警察にはできることとできないことがある、と孝子は言った。

「リカは数件の殺人、傷害、誘拐、死体遺棄、その他多くの容疑で指名手配中の危険な犯罪者よ。だけど、警察は法律に縛られている。令状もなしに、どこでも踏み込むような真似はできない。どこにいるのかもわからないのに、検問を敷いたところで、リカが引っ掛かるはずもない」

「でも、立ち回りそうな場所を見張っていれば……」

井島さんは捜査一課殺人犯捜査第四係所属、と孝子はコーヒーをひと口飲んだ。甘ったるい味が舌に残った。

「今、四係長は小牧《こまき》警部。あの人はリカ事件について詳しいわけじゃない。井島さんの方がリカをよく知っている。彼は広尾の雨宮家をはじめ、青美看護専門学校跡地やリカがアジトにしていた新大久保のアパート、勤めていた中野の花山病院を調べるはず」

「どうしてわかるんです？」

彼が優秀な警察官だから、と孝子は言った。

「リカは異常なほど頭が切れ、暴力的で、良心のかけらもない最悪の犯罪者よ。井島さんはそれを知っているし、奥山の死も忘れていない」

「そうでしょうね」

それが裏目に出ることもある、と孝子はうなずいた。

「すべての場所を押さえようと考え、危険を想定して最低でも五人態勢を取ろうとする。でも、四係の刑事は二十人ほどで、人数を分散せざるを得ない。所轄署に応援を要請しても、リカがどれだけ危険な存在か、理解している署長は少ない。下手に動けば、リカの思う壺よ」

だから、わたしがその穴を埋める、と孝子はスマホに目をやった。

「警察にはできないことをする……柏原さんよ」

スマホを耳に当てると、柏原のため息が聞こえた。

「新幹線か？　アナウンスが聞こえた……次は名古屋と言ってたな。井島に聞いたのか？　東京に戻る気だな？」

そうですと答えた孝子に、名古屋で降りろ、と柏原が強い口調で命じた。

「何なら、乗り換えて博多へ行け。お前が東京に戻ったところで、何もできやしない。リカを逮捕するのは今しかないと警視庁の上層部が指示を出し、異例だが四係と五係が組んでリカの捜索に当たることになった。指揮を執ってるのは倉木《くらき》五係長で、奴は本間が拉致された時、捜査本部にいた。お前の出る幕はない」

倉木さんのことは知っています、と孝子はスマホを耳に押し当てた。

「奥山殺しも担当していましたし、高円寺駅でリカを張っていた刑事の一人です」

倉木はいい刑事だ、と柏原が言った。

「こんなこと、俺はめったに言わない。倉木に任せて、引っ込んでろ。面倒なことになるだ

いた」

「いえ……リカの本質を理解しているのはわたしだけです。わたし以外、誰もリカを見つけられません」

「……東京に戻れば、殺されるだけだ。たまには俺の言うことを聞け。今すぐ逃げるんだ。行方がわからなければ、リカに殺されることはない。おい、聞いてるのか？」

好都合です、と孝子はスマホを持ち替えた。

「リカなら、東京に戻ったわたしをすぐ見つけるでしょう。わたしが囮《おとり》になる、と井島さんに伝えてください。それなら、確実にリカを発見できます」

馬鹿なことを言うな、と柏原が怒鳴った。

「どれだけ危険かわかってるのか？　全身をバラバラにされるぞ。どれだけお前を憎み、呪っているか、想像もつかない。お前はリカを撃ち、瀕死の重傷を負わせたんだ。忘れたのか？」

他にリカを逮捕する手段はありません、と孝子は言った。

「悪夢を終わらせるには、そうするしかないんです。この新幹線は八時四十五分に東京に着きます。わたしのガードを手配するように、井島さんを説得してください。人込みの中で、リカがわたしを殺すことはありません。狡猾《こうかつ》な女です。わたしが一人になる機会を窺い、一瞬の隙も見逃さず、襲ってくるでしょう。でも、わかっていれば恐れる必要はないんです」

井島と話す、と柏原が何かを叩く音がした。

「だがな、百人の警察官を手配しても無駄だ。一カ月、何もなければ警護を解くしかない。その時、お前は一人でリカと対峙するのか？　殺されるだけだぞ」

八時四十五分ですと繰り返して、孝子は通話をオフにした。

表情を曇らせている堀口に、あなたは名古屋で降りて、と孝子は座り直した。

「これ以上巻き込むわけにはいかない。そばにいたら、あなたも殺される」

そう簡単にはいきません、と堀口が頬の辺りを指で掻いた。

「ぼくにも生活があります。日々の暮らしって奴ですよ。手ぶらで名古屋で降りても、どうにもなりません」

そんなこと言ってる場合じゃないと首を振った孝子に、なぜリカは東京に戻ったんでしょう、と堀口が尋ねた。

「京都にいたのは、半年ほど前までですよね？　スーパーマーケットで騒ぎを起こした後、東京に行ったんですか？」

違う、と孝子は首を振った。

「京都を離れたのは確かだけど、その後は大阪もしくは近県に潜んでいたはず。そのまま東京へ行ったとすれば、もっと早く発見されていたでしょう。東京に戻ったのは、あなたと同じ理由」

「ぼくと同じ？　どういう意味です？」

生活のため、と孝子は苦笑を浮かべた。

「リカは人間よ。どうやって暮らすにしても、金が必要になる。前から思っていたけど、本間を拉致する前後、リカは広尾の雨宮家から多額の現金を持ち出したはず。四、五百万円、それ以上かもしれない。その金で、十年間本間と暮らしていた」

「そうかもしれません」

場所は埼玉、もしくは北関東、と孝子は額に指を当てた。

「検問が厳しかったから、それ以上遠くへは行けなかった。リカは埼玉県の高校に通っていたから、土地勘もあった。京都の納屋のような、誰も住んでいない家もしくは部屋を見つけ、隠れ住み、食料を買う以外、出費はほとんどなかった。暮らすだけなら十分でしょう？」

「ええ」

本間が死に、リカはその家を出た、と孝子は先を続けた。

「十年が経ち、警察のマークは緩くなっていた。リカは東京に戻り、再び雨宮家から現金を持ち出し、新大久保のアパートに移り住んだ。おそらくは住人を殺害し、なりすましたんでしょう。そして新しい出会いを求めて、インターネットの海に潜った。でも、予想外のアクシデントが起きた」

「奥山さんですね？」

「彼はリカを見つけ、コンタクトを取った。リカにとって、それは恋だったけれど、奥山にとっては殺人犯逮捕のための手段だった。それがわかって、リカは奥山を殺した」

「恋人に裏切られたと思ったんでしょうね」

「現職の刑事が殺されたら、警視庁は面子にかけても犯人を逮捕しなければならない。総力を挙げてリカの捜索に乗り出した。そして尚美は片目を失い、わたしがリカを撃ち、すべてが終わった。そのはずだったけど、リカは生きていて、姿を消した。どういうルートを辿ったかは不明だけど、京都に隠れ住むようになった」

「わかっています」

「その後、マルショウでのトラブルが起き、近県に逃げたけど、現金が底を突いた。リカが東京に戻ったのはそのためよ」

「実家に金を取りに行ったんですね」

そう、と孝子はうなずいた。人間でも幽霊でも、殺されたら洒落になりません、と堀口が頭の後ろで手を組んだ。

「少し休みましょう。そろそろ名古屋に着きます。ぼくが止めても、青木さんは東京に戻りますよね？　体力不足じゃリカと戦えません」

孝子は目を閉じた。まもなく名古屋、とアナウンスが流れた。

5

どうなってる、と佐藤はミニバーのウイスキーをテーブルに置いた。

「もう十時だぞ？　八木と連絡は取れないのか？」

電話しています、と令奈がスマホの画面に目をやった。

「でも、留守電に繋がるだけで……メッセージを残しましたけど、返事はありません。八時にわたしの部屋に行くと言ってました。待つしかありません」

新大阪駅でリカを見た車掌の八木に話を聞くため、佐藤は令奈とホテルの部屋で待っていた。三十分経ち、一時間が過ぎ、十時になっても八木は現れなかった。

「七〇二号室と伝えたのか？　違うホテルに行ったんじゃないだろうな」

七時にホテルのラウンジでパスタを食べ、すぐ令奈の部屋に戻った。カメラのセッティングを始め、準備を整えて八木を待ったが、時間が経つばかりで、連絡も取れないままだ。

「二時間だぞ？　リカを見たって話も怪しいな。ガセネタを掴まされたんじゃないのか？」

それはないと思います、と水割りを作った令奈がグラスをテーブルに置いた。

「真面目そうな人で、嘘をつくようには見えませんでした。リカの写真を見て、覚えてますと頬を引きつらせていましたが、芝居であんな顔はできないと思います」

からかわれたんだよ、と佐藤はグラスに手を伸ばし、水割りを飲んだ。

「だから女と組むのは嫌だったんだ。仕事が進まないじゃないか。どうするんだ？」

すいません、と頭を下げた令奈を佐藤は見つめた。Ｔシャツから胸の谷間が覗いている。色気のある体だ、と改めて思った。

「反省しているのか？」

すいません、ともう一度令奈が言った。八木は来ない、と佐藤はテーブルを叩いた。

「俺の時間を無駄にしたんだ。反省してるなら、態度で示せ」

「態度？」

こっちへ来い、と佐藤は令奈の腕を掴んだ。顔を上げた令奈の目が濡れていた。

「夜は長い。ここは大阪だ、二人で楽しもう。時間はたっぷりある」

お前だってその気だろうと腕に力を込めると、令奈が小さくうなずいた。引き寄せると、待って、と囁く声がした。

「シャワーだけ……少し待ってください」

腕を放すと、令奈がバスルームに入った。すぐにシャワーの音が聞こえた。

あの女は最初から俺に抱かれたかった、と佐藤は小さく笑った。目を見ればわかる。淫蕩な女の目だった。

令奈を引き寄せた時、全身から何とも言えない匂いがした。男を欲している女の匂いだ。

佐藤は水割りを喉に流し込み、ワイシャツのボタンを二つ外した。

「令奈、俺もシャワーを浴びるぞ」

待ってください、と返事があった。構わずバスルームのドアに手を掛けたが、鍵がかかっていた。

「恥ずかしいのか？　別にいいだろ」

すぐだから、と令奈が言った。早くしろよと声をかけて、佐藤は椅子に戻った。

（焦らしているつもりか）

女の浅知恵だ、とウイスキーのミニボトルに伸ばした手の甲で、佐藤は顔をこすった。目が霞《かす》み、摑み損ねたミニボトルが床に落ちた。

6

目を開けると、壁の時計が見えた。AM二時二十分。真夜中だ。

立ち上がろうとしたが、体が動かない。目だけを左右に向けると、ガムテープで巻かれた両方の手首が肩の上にあった。カーテンレールと繋がれているようだ。

足は椅子の脚に結束バンドで縛りつけられ、顔全体をガムテープで何重にも巻いた後、目の部分だけが切り取られていた。鼻で呼吸をするのがやっとだ。

何かで椅子を固定しているのか、体重をかけても揺らがない。すぐ脇に鉄製のカメラケースがあり、入っていたガスバーナーが見えた。

Tシャツとショーツ姿の令奈が、鏡を正面の壁に立て掛けた。異様な姿が目に映った。

佐藤はトランクスだけで、他は何も身につけていない。全身をガムテープが覆っている。首も固定され、覗いているのは目だけだ。

佐藤の顔の前で手を振った令奈が、口のガムテープを数センチだけ剝がした。何をしている、と佐藤は僅かな隙間から声を上げた。

「ＳＭ趣味があったのか？　気づかなかったよ。お前は楽しいかもしれないが、さっさとガムテープを取れ。こんなことをして、ただで済むと思うなよ」

令奈が丸めたガーゼを佐藤の口に突っ込んだ。やめろ、と叫んだつもりだったが、漏れたのはかすかな息だけだった。

従姉妹は青美看護専門学校の火災で死んだ、と令奈が斜め前の椅子に腰を下ろした。声に感情はなかった。

「リカに殺された。従姉妹はわたしを可愛がっていたし、わたしもなついていたから、ショックを受けたのは本当。でも、あの時わたしは三歳で、死の意味がよくわかっていなかった」

だから何だ、と佐藤はガーゼを舌で口の端に寄せた。

「俺と何の関係がある？　いいからガムテープを剝がせ！」

姉と喧嘩していたと言ったのは嘘、と令奈が低い声で言った。

「死の意味がわかったのは、姉が死んだ時。五年前よ。城川加奈恵《かなえ》……覚えてる？」

「お前の姉？　知らない。そんな女は知らない」

「栗岡奈々恵《くりおかななえ》ならわかる？　五年前、城泉《じょうせん》信用金庫で三億円を横領した女性行員よ。姉は栗岡の同僚で、一時は共犯者とテレビジャパンのニュースで誤報が流れた。間違った情報だとわかっていたのに、ディレクターはただ騒ぎを大きくするために、そのニュースを流したの」

「ディレクター？　俺のことか？　城泉信用金庫の横領事件は覚えている。犯人は栗岡奈々恵、四十歳のオールドミスだった。男に騙され、金を貢いでいたんだ」

姉は職場を追われた、と令奈が言った。

「それだけじゃない。自宅を特定できる映像が流れたため、メディアスクラムどころか、悪意しかない一般人が自宅に押しかけ、離婚するしかなくなった。どうしてあんな酷いことをしたの？」

あそこまで騒ぎが大きくなるとは思っていなかった、と佐藤は唇の端で息を吸い込んだ。

「住所が特定されたのは、俺の責任じゃない。ニュースを見た誰かがネットに上げたんだ。あっと言う間に拡散して、誰にも止められなかった」

どうかしている、と令奈が立ち上がった。

「姉がテレビジャパンに抗議すると、事実関係を確認したい、とディレクターが姉のアパートを訪ねた。謝罪のためと言われていた姉はディレクターを部屋に上げた。そこで何があったか……ディレクターは姉をレイプし、動画を撮影した。次はこの動画をネットに晒すと脅し、去って行ったの。人間のすることじゃない」

上方なかった、と佐藤は目を背けた。

一落ち度を認めたら、昇進がふいになる。テレビマンにとって、クレームは命取りなんだ。あの女を黙らせるには、あれしかなかった」

ひと月後、姉は自殺した、と令奈が後ろに回った。

「横領事件の犯人と疑われ、実名や住所に直結する情報をニュースで流された。仕事を辞め、夫とも別れ、それでも姉はディレクターが謝罪すれば許すつもりだった。姉は人間を信じていたのに……何もかもに裏切られ、自殺するしかなかった。わたし宛ての遺書にだけ、ディレクターが何をしたか、書き残していた。姉を殺した者に復讐する……そのためにわたしは大学を中退し、専門学校に入った。ディレクターに近づくには、それが一番早かった」

令奈が肘の辺りをきつく縛った。佐藤の口から悲鳴が漏れた。

「何をしている？　痛い、止めろ……わかった。俺が悪かった。本当に申し訳ないことをした。謝罪したい。土下座でも何でもする。頼む、ガムテープを剝がしてくれ。これじゃ何もできない」

ステンレスの刃のついた糸ノコギリを、令奈がテーブルに置いた。

「自分では頭がいいつもりでいるから、余計に始末が悪い……女をセックスの道具としか見ていない。抱いた女の数だけが自慢で、中身は何もない。金に汚く、保身しか考えない。異常なナルシストで、承認欲求の塊……あの女とよく似ている。だから、あの女に興味を持った」

「リカのことか？　あんな女と一緒にするな。あいつはイカれてるんだ。俺は違う。令奈、頼む。頼むからもう許してくれ。お願いだ。お願いします。聞け、いずれ俺は報道局に戻る。先の話じゃない。一年以内だ。俺ほどの才能を会社が放っておくと思うか？　戻った時は次長になっている。報道局の次長は人事にも口を出せる。お前を正社員採用する件も、俺の一存で潰せるんだぞ？　テレビジャパンに入社したいなら、さっさとこいつを――」

ここは空っぽね、と令奈が佐藤の頭を糸ノコギリで軽く叩いた。

「この状況で脅しが効くと？　許しを乞い、謝罪する以外ないとわからないなら、本当に性根が腐っている」

謝ったじゃないか、と佐藤は目を見開いた。令奈が見つめている。暗い目に、佐藤はまばたきを繰り返した。こいつは正気じゃない。

「本当に申し訳ありませんでした。すいません、許してください。お姉さんに何とお詫びしていいのかわかりませんが、悪気はなかったんです」

無意識の悪意、と令奈がつぶやいた。

「それもリカと同じ。腐った心を根こそぎ断ち切らないと、他の誰かに感染する。姉のような犠牲者を出したくない」

令奈がガムテープで佐藤の口を巻いた。一重、二重、三重。頬の肉が引きつり、顔が歪んだが、悲鳴も出なかった。

取り上げた糸ノコギリを、令奈が佐藤の右肘の下に当てた。指一本動かせない。

令奈が糸ノコギリをゆっくり挽くと、肉が裂け、血があふれ出した。

「上腕部を縛って止血している。簡単には死なせない。まだ睡眠薬も効いてるはず。その分、痛みもないでしょう?」

ぎこ、ぎこ、ぎこ、ぎこ、ぎこ、ぎこ、ぎこ、ぎこ、ぎこ、ぎこ、ぎこ、ぎこ、ぎこ、ぎこ。

佐藤の視界が真っ赤になった。目の毛細血管が切れていた。

鏡に映る自分の姿が信じられなかった。令奈の糸ノコギリが骨を断っている。激痛が全身を貫き、喉に溜まって行き場を失った咆哮《ほうこう》が鼻血になった。

令奈が糸ノコギリを挽き続けている。そして、腕が床に落ちた。

カメラケースからガスバーナーを取り出した令奈が、先端に着火した。蒼《あお》い炎が佐藤の腕の断面を焼いていく。肉の焦げる臭いが室内に漂った。

ステンレスの刃を替えた令奈が左に回り、同じ部位に糸ノコギリを当てた。

俺の腕、と佐藤は無理やりガムテープを舌で押し、叫んだ。

「何をしてやがる！　おれをおれのうでだぞどうしてこんなおいもう痛いんだいしゃをよんでくれよんでくださいよんでくださいやめてくだやめてやめ」

ぎこ、ぎこ、ぎこ、ぎこ、ぎこ、ぎこ、ぎこ、ぎこ、ぎこ、ぎこ、ぎこ、ぎこ、ぎこ、ぎこ、ぎこ。

もう痛みは感じなかった。鏡に映っていた左腕が不意に消えた。

「正気でいてね」

屈み込んだ令奈が囁くと、佐藤の鼻に強烈な悪臭が突き刺さった。血の臭いではない。それは呪詛《じゅそ》の臭いだった。

「たすけてくださいもうやめてもうやめておねがいたすけてゆるして」

声にならない声を、佐藤は上げた。令奈が床に落ちた二本の腕を拾い上げ、テーブルに並べた。

佐藤は嘔吐したが、口をガムテープで塞がれているので、きつい酸の塊が胃に逆流するだけだった。

最後までやる、と令奈が楽しそうに笑った。

「両手、両足を切断し、顔のパーツもすべて抉り、切り取る。言うまでもないけれど、リカの手口よ。でも、わたしはリカと違って、医学の知識がない。腕や足はともかく、目、鼻、言を切断したら、止血できない。死体の第一発見者はわたし」

佐藤は泣いていた。赤い涙が頬を伝った。

「わたしは警察に通報し、何のために大阪へ来たかを話す。リカを捜しに来た、リカを見た、このホテルにいたと……大阪府警もリカのことは知ってる。手口は同じで、わたしがリカを目撃したと話せば、犯人はリカになる。でも、夜は長い。ゆっくり楽しみましょう。だって、時間はあるから」

令奈が佐藤の膝に当てた糸ノコギリを動かし始めた。意識が薄れていく。

まばたきもせず、佐藤は令奈を見つめた。顔を上げた令奈がにっこりと笑った。

そうか。

こいつはリカになっちまったんだな

7

東京駅に着き、新幹線の改札を抜けると、そこに柏原と井島が立っていた。

手を引けと言ったはずだ、と井島が顔をしかめた。

「青木、お前が考えているほど、警察は甘くない。四係と五係、四十人の刑事がリカの捜索を始めた。二十三区内の全警察署、全警察官にリカの写真を転送し、少しでも似ている女はすべてバンカケする。都内にいる限り、逃がすことはない。確かに、あの女は頭がいいし、常識では測れないところがある。だが、組織力にかなうはずもない。数日中に逮捕できるだろう」

甘いとしか言いようがありません、と孝子は歩を進めた。すぐ横を、堀口が歩いている。

「警察は男性社会で、思考もそれに基づいています。たかが女一人、どうにでもなる、こっちは警視庁の精鋭揃いで、バックアップ態勢も整っている……そんなつもりでいる限り、リカは逮捕できません。それどころか、返り討ちに遭うだけです」

奥山の轍《てつ》は踏まない、と井島がジャケットの前を開いた。脇のホルスターに拳銃があった。

「四十人の刑事全員に拳銃携行許可が下りた。一課長がリカをテロリストと認定したんだ。発砲も許可され、その判断も各員に任されている。奥山の死を無駄にはしない。必ず仇を討つ」

昔の任侠《にんきょう》映画でも見たんですか、と孝子はため息をついた。

「最後は正義の裁きが下る？　リカにそんな論理は通用しません。リカが何を考え、どう動くかは誰にもわからないんです。リカだと思ったら撃っていい？　そんなこと、日本の警察官にできるはずないでしょう」

それくらいの覚悟があるってことだ」

拳銃の携行は職務中のみ許可されます、と孝子は足を止めた。

「自宅に持ち帰ることはあり得ません。七十二時間後には、刑事たちも集中力を失います。そこを襲われたらどうするんですか？　仮に井島さんや刑事たちが自分の身を守ったとしても、家族はどうです？　リカは人間の弱点を知っていて、そこを狙います。これ以上犠牲者を出すわけにはいきません。わたしが囮になって、リカをおびき寄せます」

俺は反対したが、と井島が唇を真一文字に結んだ。

「囮の件を倉木係長が了解した。たった今から、俺を含め、三人の刑事がお前の警護につく」

現段階でリカの所在は不明だ、と井島が言った。

「だが、こっちには組織力がある。リカにとって、不利な状況だ。リカがお前に接近すれば、必ず逮捕できる」

奥山も同じことを考えていました、と孝子は肩をすくめた。

「彼はリカの逮捕に自信を持っていたんです。でも、それは過信で、だから殺されました」

奥山とは違う、と井島が首を振った。

「言い方は悪いが、あいつは功を焦り過ぎた。警察は組織で動かなければならないのに、奥山は手柄を独り占めしようとしたんだ。優秀な刑事が陥りがちなミスで、同じ過ちはしない」

それはいいが、と柏原が孝子と井島を交互に見た。

「青木、どうやってリカを見つけるつもりだ？」

何もしなくてもリカがわたしを見つけます、と孝子は微笑んだ。

「そのための囮です。隙があれば、わたしを襲うでしょう。でも、それはリカの隙でもあります。警護が完璧なら、逮捕できるはずです」

どうもわからん、と柏原が首を捻った。

「東京は広い。警察なら防犯カメラにアクセスするなり、パトロールを強化するなり、捜索手段があるが、リカは一人だ。あの女は超能力者か？　お前がどこにいるか、予知できると？」

予知ではなく予想です、と孝子は言った。

「リカは警察の動きに気づいています。わたしがリカの痕跡を追って京都へ行ったこともです。現金を確保するため、広尾の実家へ行ったリカは近隣住人に見つかりましたが、すぐに軌道を修正し、わたしとの決着をつけるチャンスと捉えたんです」

「……決着か―

ーれたしは、そして警察がどう動くかは、予想できます。完全に思考をトレースしていれば、わたしが東京駅にいることもわかるでしょう。そして、今からどこへ行くかも……」

「広尾の雨宮家か？」

井島の問いに、違います、と孝子は首を振った。

「わたしのアドバンテージは、リカの過去のデータを持っていることです。リカは異常に歪んだ自己愛の持ち主で、自分の行動原理が愛だと信じ込んでいます」

うなずいた柏原に、リカが愛していたのは本間隆雄だけです、と孝子は言った。

「本間と結婚し、幸せに暮らしていたけれど、彼は死んでしまった。でも、永遠に忘れない、今もたかおさんはわたしの中で生きている……リカは本間の霊を慰めるため、思い出の場所を巡礼するでしょう。初めて会った表参道、勤務していた印刷会社、デートしたとしまえん……ですが、可能性が最も高いのは本間が住んでいた久我山です」

久我山、と井島がうなずいた。

「本間の自宅か……なぜそこだと？」

本間にとって、唯一心残りがある場所だからです、と孝子は言った。

「リカへの愛のために、本間は妻子を捨てた。妻との関係は冷めていたけれど、娘には愛情深い父親だった。たかおさんは娘と会いたいと願っている。だから、代わりにリカが家へ行く……わたしはリカの動きをそう読んでいます。難しいのは、リカもわたしがそう考えると予想していることで、先手を打たれたらどうにもなりません。大至急、久我山に全警察官を集めてください」

本間の妻は娘を連れて実家に帰った、と井島が言った。

「十二年前だ。八王子と聞いている。その後、警察と連絡は取っていない。確かに、本間は娘と会いたかっただろう。代わりというなら、八王子じゃないか？」

リカはその情報を知りません、と孝子は時計に目をやった。九時になっていた。

「車ですね？　久我山へ行きます」

井島が合図をすると、通路を行き交っていた人込みから二人の男が近づき、孝子を挟むようにして立った。

車を八重洲中央口正面につけろ、と井島が無線で指示した。

「四係、五係は全員久我山へ急行せよ。詳細は後で説明する」

お前は事務所に戻れ、と柏原が堀口の肩を叩いた。わかりました、と堀口がうなずいた。

孝子は前を見つめた。八重洲中央口の改札がそこにあった。

終章　沛雨《はいう》

1

　東京駅から覆面パトカーで日比谷通りに向かい、首都高速に乗った。

　今回のことで、と助手席の柏原が口を開いた。

「改めて、リカの身上調査をすることになってな。広尾の雨宮家を振り出しに、東京と近県を聞き回ったよ。小学校と中学校は名門西園寺学園、高校は埼玉、そこから青美看護専門学校に入学するところまでは足跡を追えたが、その後は空白の時期がある」

　警察もよくわかっていません、とハンドルを握ったまま井島が言った。

「青美の火災事件で焼死したのはリカを名乗っていた升元結花、と警察は考えていました。百二十人以上が焼け死んだんです。現場の講堂は焼け残った骨だらけで、足の踏み場もなかったと、当時の報告書に記載がありました。その一人が升元結花、となってましたよ」

　火災で結花が死んだとすれば、と後部座席の真ん中で孝子は言った。両隣に座った二人の刑事が窓の外に目を向けていた。

「中野の花山病院で働いていた看護師は誰だったんです？　本間を拉致し、四肢を切断して、十年間一緒に暮らしていたのは？」

　母親と出家した姉の梨花だろう、と井島が答えた。

「合一連合協会に対し、警察は雨宮母娘に関する聞き取り調査をしたが、そんな信者はいない、教団は一切関係ない、と回答があっただけだ。生きているのか、死んだのか、それもわからん。ただ、リカの人相、特徴はわかってる。花山病院の関係者の証言で、雨宮リカの名前が出てきたが、本間事件の犯人とそっくりだったよ。雨宮梨花が合一連合協会から脱会し、複数の事件に関係した、と警察は考えている」

　渡会日菜子の『祈り』によれば、升元結花は生きています、と孝子は言った。

「青美の講堂火災に紛れて、姿を消したんです」

『祈り』の信憑性は低い、と柏原が肩をすくめた。

「渡会はまともな精神状態じゃなかった。記憶が混乱していたのかもしれない」

　あの本は渡会の〝まばたき〟を中原《なかはら》医師が解読しただけだ、と井島が舌打ちした。

「中原が誤読した可能性もある。裁判で証拠として採用されるような代物《しろもの》じゃない。しかも、中原は渡会を扼殺し、自殺を遂げている。信じろって言う方が無理だ」

青美看護専門学校にあの女が入学したのは十八歳の時だ、と柏原が洟をすすった。

「結花は病気のために中学で一年留年していたから、十九歳だったのかもしれない。翌年、講堂で火災が起きた……渡会の証言通り、あの女が生きていたとしよう。看護師を募集していた中野の花山病院に現れ、採用された時点では二十八歳ってことになっている。その間は空白期間だが、遡って新聞記事を調べると、横浜で偽造した看護師免許を使用し、三年にわたり注射や採血を行っていた偽看護師がいたのがわかった。通報を受け、その病院を訪れた警察官が行方不明になる事件があったのは知ってるか？」

聞いたことがありませんと首を振った井島に、そりゃそうだろう、と柏原が乾いた笑い声を上げた。

「管轄は神奈川県警で、警視庁は関係ない。以前から、その警察官には精神的に不安定なところがあり、本人の意志による失踪と判断された。そういう警察官は全国に何人もいる。自己都合退職として処理したと聞いた」

リカがその病院で働いていたのはいつですと尋ねた井島に、九三年から九五年までだ、と柏原が答えた。

「本間事件の際、私立探偵の原田がリカの過去を詳しく調べたが、この件は気づかなかっただろう。理由がある。リカは偽名を使っていたんだ」

「偽名？」

渡会日菜子と名乗っていた、と柏原が顔をしかめた。

「原田が調べた時、『祈り』は世に出ていなかった。原田が著者の渡会日菜子の名前を知るはずもない。知らないものは調べようがないさ。俺は『祈り』が出版された時に読んでいたから、名前の一致にすぐ気づいた。その足で横浜に向かったよ」

「それで？」

十年以上前に心霊スポットになっていた、と柏原が薄笑いを浮かべた。

「もともと、評判のいい病院じゃなかったらしい。医師、看護師、入院患者の不審死が続き、九七年に医療過誤裁判で敗訴したこともあって、母体の医療法人社団が解散、そして病院は潰れた。俺が行った時には、取り壊しの話が出ていた。そりゃそうだろう、幽霊が出る、入ったら戻れない、何人も死んだ者がいる、物騒な噂だらけで、市も扱いに困っていたんだ」

「ありがちな話ですね」

廃病院はどこでもそうだが、不気味な雰囲気があると柏原が言った。

「古い病院で、建物自体老朽化していた。俺は勤務していた医師や看護師を捜したが、見つからなかった。医療過誤を起こした病院に勤めていたなんて、誰だって言いたくないさ」

……でしょう、それ」

「だが、渡会日菜子はよくある名前といえないし、例の偽看護師が青美を卒業したと話していたのを、数人の患者が覚えていた。その女がリカじゃなきゃ、誰だっていうんだ？」

「空白期間のうち、三年は横浜にいた……花山病院には一年ほど勤務していました。本間事件は副院長と婚約者が殺害された約一年後に起きています。その間、リカは何を？　どこにいたんです？」

わかれば苦労しない、と振り返った柏原が舌を出した。そろそろ西新宿です、と孝子の右側に座っていた刑事の須山《すやま》が口を開いた。

「井島さん、高井戸インターで降りてください。その後は環八から人見街道です」

ナビに住所は入力済みだ、と井島がバックミラーを見た。

「脇島《わきしま》、青木にあれを渡しておけ」

左隣の脇島がジャケットの内ポケットから伸縮式特殊警棒を取り出した。警察が正式採用しているのと同じ型だ、と井島が言った。

「ライトがついていて、三百メートル先まで照らせる。使い方は知ってるな？」

警察官は警棒による護身術を習っている。孝子も経験があった。

これもあります、と孝子はモッズコートのポケットからスタンガンを出した。リカが現れなきゃ意味がない、と柏原が言った。

「くどいようだが、リカが久我山へ来る保証はない。来るとしても、今夜とは限らない。明日かもしれないし、十日後かもしれない。お前を襲うかどうかもわからない。ないない尽くしだ」

無線が鋭い音を立てて鳴り、倉木だ、と低い声がした。

「青木、久しぶりだな」

二年ぶりです、と孝子は答えた。判断が難しかったが、と倉木が言った。

「人員が確保できたので、久我山での張り込みを許可した。誤解するなよ。囮と井島に言ったのは、その方が伝わりやすいと思ったからで――」

わたしがいるところにリカは現れます、と孝子は言った。

「囮ではなく、わたしはリカを誘い出すための餌です」

いいかげんにしろ、と倉木が苦い声で言った。

「今、午後九時半だ。十二時までに、四十人の刑事が久我山に到着する。本間が住んでいた分譲マンションだが、杉並区の都市再生事業に伴い、六年前にＵＲ都市機構が周辺の土地を買収し、今は公団になっている。六つの棟があり、全体の面積は広い」

「公団になったのは知っています」

今後、四十人の刑事が公団を見張る。餌とお前は言ったが、公団の周りを歩かせたりはしない。車内で待機して、井島の指示に従え。いいな？」

「わかりました」

「井島、聞け。久我山駅と公団の間に、区立図書館がある。そこで公団及び周辺の詳細な地図を持った五係の権藤《ごんどう》が待ってる。奴と話して、配置を決めろ。駐車場の使用許可は取ってある。閉館しているから、明日の朝まで誰も来ない。そこを臨時の指揮本部にする」

了解ですと井島が答えると、無線が切れた。久我山まで一キロ、と書いてある道路標識が頭上を通り過ぎていった。

2

杉並区立第二図書館の職員駐車場に、井島が車を停めた。四台分のスペースがあり、奥の車から降りてきた背広姿の男が運転席の窓を軽く叩いた。

顔を向けた井島に、五係の権藤です、と男が敬礼した。

「倉木係長の指示で、自分が先発し、公団周辺を調べました。正式名称は久我山グリーンコート、UR都市機構の資料はこれです」

権藤が数枚のプリントアウトを差し出した。地図か、と井島が言った。

「説明を頼む」

「今、我々がいるのは人見街道です。三百メートルほど先に進むと道が細くなり、グリーンコートの南側に出ます。この辺の住人はさくら通りと呼んでいますが、幅は五メートルぐらいで、かなり狭いですね」

孝子は後ろから井島の手元を覗き込んだ。横に長い長方形の土地を、四本の道路が囲っている。

ここがさくら通りです、と権藤が略図の左側にある短い縦線を指で押さえた。

「こちら側に出入り口はありません」

「どこにある?」

ここです、と権藤が長方形の上にある長い横線を指した。

「山吹通りといって、一号棟から六号棟まで、公団内への出入り口はそれぞれの棟の間にあります。右端の六号棟を越えると、三百メートルほどで井の頭通りにぶつかります。略図右側が黒く塗りつぶされていますが、井の頭通りの交通量が多いため、六号棟と井の頭通りの間が緑地帯になっているんです。グリーンコートへの出入り口は山吹通り側しかありませ

こっちはどうなってる、と井島が長方形の下に目をやった。遊歩道です、と権藤が答えた。

「グリーンコートの住人はもちろんですが、付近の住民も散歩をすることができます。ただ、公団と遊歩道の間は金網で遮られています。不法侵入者を防ぐために、UR機構が配慮したと聞きました。乗り越える者がいれば、すぐわかりますよ。グリーンコートに入るには、山吹通り側の各棟のエントランスを通るしかないんです」

監視しやすいな、と柏原がうなずいた。この印は何だ、と六つの棟の中心を指さした井島に、各棟のエレベーターです、と権藤が言った。

「一号棟から六号棟まで、すべて六階建、ワンフロア六室、トータル二百十六部屋です。各棟の間隔は約二十メートル、そこに住人用の機械式駐車場があります。全室間取りは同じで、2LDK、約七十平米。各棟にエレベーターがあり、略図の下、遊歩道側から〇一号室、山吹通り側が〇六号室、両サイドに非常階段がついています。本間が住んでいたのは二号棟四〇六号室、上がるにはエレベーターか非常階段を使うしかありません」

さくら通りが南側で、全室そちらがリビングです、と権藤が説明を続けた。

「北側は玄関で、ダイニングキッチンに面した小さい窓があります。外廊下には約一メートル半の壁があり、下からだと監視できませんが、それはリカにとっても同じで、予測される行動は三つです。二号棟の非常階段もしくはエレベーターで四階に上がるか、一号棟の四階以上のフロアからリビングの窓を通じ、二号棟の四〇六号室を見るか、三号棟側からキッチンの窓越しに室内を覗くか、いずれかでしょう」

なるほど、と井島がうなずいた。

「一号棟と三号棟のエレベーター、非常階段、四階から六階、屋上に人員を配置しよう。加えて、二号棟全フロアの外廊下にも人を置く。一号棟、二号棟、三号棟の屋上に二人ずつ、エレベーターと非常階段はそれぞれ三人でいいな？　二号棟の一階から三階フロアに一人ずつ、四階から六階は二人ずつだ。他はどうなってる？」

一号棟から六号棟まで、集合エントランスを通じて行けます、と権藤が渋い顔になった。

「従って、山吹通り側の各棟の出入り口に人員を置かざるを得ません。それだけで六人、遊歩道側も監視するべきでしょう。リカが金網を越えて来るとは思いませんが、念のためです」

「何人必要だ？」

「五人です」

ここまででトータル三十五人だ、と井島が苦笑を浮かべた。

「青木の護衛に俺と後ろの二人がつく。君も加わってくれ。四十人か……ぎりぎりだな。遊軍を確保したいが、そうもいかないようだ」

本当にリカは来ますかね、と眉間に皺を寄せた権藤に、何とも言えない、と井島が首を振った。

「だが、青木はリカのターゲットだ。青木がリカの心理を読んでいるように、リカも青木の動きを予想できるとすれば、この公団へ来る可能性は高い」

「警察が公団を監視していることもわかっているのでは？　近づけば必ず見つかり、逮捕されます。リスクがあるのに、現れるでしょうか？」

わたしは副次的要素に過ぎません、と孝子は言った。

「リカがここへ来るのは、本間への愛のためです。死んだたかおさんの代わりに、自分が家を見てくる……リカはそう考えています」

何の意味もない、と権藤が苦笑した。

「二号棟四〇六号室には誰も住んでいない。十カ月前、住人が引っ越してから、借り手がいないんだ。本間がリカに拉致された際、ニュースでは杉並区在住の男性とぼかした表現でマスコミは情報を出しただけだが、ネットでは住所や部屋番号まで特定されていた。この辺じゃ有名な事故物件なんだ」

事件が起きたのは十二年前だ、と権藤が言った。

「六年前にＵＲがマンションを公団にした時は借り手もいたが、二年半前、本間の死体が発見されたことで、再び事故物件としてクローズアップされた。誰だってそんな部屋には住みたくないだろう」

誰が住んでいてもリカには関係ありません、と孝子はモッズコートの襟を立てた。

「あの女は自分が見たいものしか見ません。不都合なことには目をつぶり、時には現実を否定します。それどころか、自分の妄想に合わせるために、現実を変えることもあるんです」

リカの脳にはメモリーがひとつしかない。リカはそれを常に書き換えている。

リカにとって何よりも神聖なのは本間との愛で、それを否定するものは何であれ徹底的に排除する。そのためには人を殺すことさえ厭《いと》わない。

「二号棟の四〇六号室に誰も住んでいないのは、幸運でしたね」

なぜだ、と尋ねた井島に、リカにとって邪魔な存在になるからです、と孝子は答えた。

「そこで暮らす人を見ても、自分の望む形に変換するだけですが、例えばそこで喧嘩や口論が起きていたら、リカは絶対に許しません。たかおさんはあの部屋で娘と幸せに暮らしている、それがリカの認識です。それに背くような何かがあれば、住人を殺したかもしれません」

「いくら何でも、そこまではしないだろう」

苦笑した井島に、甘く見るな、と柏原が肩を叩いた。

一十一時を過ぎた。十二時に四十人の刑事に配置を指示した後はどうする？　囮の青木を連れて、公団内を歩く気か？」

そんなことするわけないでしょう、と井島が腕を組んだ。

「係長も話してましたが、青木は囮じゃありません。警察官ではなく、一般の市民です。万が一、青木が殺されたら、警視庁始まって以来の不祥事になりますよ。ただ、リカは嘘を見抜きます。青木を連れてきたのは、他にあの女を引っ張り出す手段がないからです」

「それこそ餌じゃないか」

全員の配置を指示したら、と井島が腕時計に目をやった。

「この車で一号棟と二号棟の間の駐車場に入ります。ロックした警察車両のドアは、リカも開けることができません。公団のどこに現れようと、車を襲っても、その前に四十人の刑事がリカを発見します。逮捕するか、危険と判断すれば射殺もあり得ます」

無茶苦茶だと吐き捨てた柏原に、最悪の場合です、と井島が言った。

「これまで警察がリカを逮捕できなかったのは、予想できない行動を取っていたからで、予想できる事態には対処できます。リカが青木を見つけ、襲ったとしても、何もできないまま逮捕されるだけですよ。公団そのものが巨大な罠なんです。リカを発見すれば、一分以内に全員が集まります。それで逮捕できなかったら、刑事失格でしょう……柏原さん、降りてください。ここからは警察の仕事です」

甘いな、と柏原がため息をついた。

「お前たちは小便もしないのか？　車の中で籠城していれば安全だと？　窓を少しでも開けてみろ、リカが腕を突っ込んでロックを解除するぞ。わかってるのか？」

張り込みは刑事の基本です、と井島が苦笑を浮かべた。

「小便も我慢できないような奴が本庁の一課にいると思ってるんですか？　先手を取っているのはこっちで、青木は我々が守ります。油断も慢心もありません。朝八時に交替が来ますが、その後は青木を連れて本庁に戻りますよ。この国で最も安全な場所ですからね」

リカなら本庁を襲いかねないぞ、と柏原がドアを開けた。

馬鹿馬鹿しい、と井島が横を向いた。その頰がかすかに引きつっていた。

3

車の時計が十二時半を指した時、配置完了、と無線から男の声が流れ出した。孝子も聞き覚えがあったが、四係の仮屋《かりや》巡査長だった。

「ポイントはすべて押さえました。一号棟、二号棟及び三号棟屋上の監視班は暗視ゴーグルを装着、リカを発見すれば、即時連絡を入れます。井島警部補の指揮車ですが、一号棟のエントランス脇にあるゴミ収集所を空けましたので、そこに停めてください」

了解、とエンジンをかけた井島が車をバックさせ、人見街道に戻った。公団までナビの指示に従ってしばらく走ると、道幅が狭くなった。さくら通りです、と助手席の権藤が囁いた。

一号棟の前に立っていた仮屋が手で合図している。孝子にもゴミ収集所のスペースが見えた。ライトを消した井島が、縦列駐車の要領で車を狭いスペースに停めた。目の前の外廊下を挟み、一〇六と記されたドアが見えた。

「交替が来るまで七時間半……長い夜になるな」

リカは本当に現れるんですか、と脇島が首を傾げた。

「一連のリカ事件について、自分も須山さんもレクチャーを受けましたが、どうも現実味がなくて……青木さん、あなたはリカを撃ったんでしょう？　十二発ですよね？」

頭部と聞きましたが、どうして死ななかったんですか、と右隣で須山が言った。

「無痛症とか、頭の半分をショットガンで吹っ飛ばされても生きていた男の話とか、いろいろ説明がありましたが、十二発でしょう？　生きていたら、それこそゾンビです。化け物は警察の管轄外じゃないですか」

冗談のつもりか、と井島が顔を後ろに向けた。

「笑えないぞ。菅原警部補のことは知ってるはずだ。ちょっとやそっとで、あんなことにはならない。本間と奥山の記録は読んだな？　まともな人間なら、あんなことはしない。雨宮リカは生きている。あの女は妄想の塊で、本間との思い出の地をさまよっているんだ。いずれはこの公団にも来る。それは間違いない」

夕方まで京都にいたんですよね、と脇島が孝子を見つめた。

「リカが尾行していたはずがありません。どうやってリカは青木さんを見つけるんですか？」

卒配はどこ、と尋ねた孝子に、北区の王子西署です、と脇島が答えた。

「交番勤務を振り出しに、王子西署刑事係で四年、本庁に上がったのは二年前です」

「今、二十九歳？　職務質問の経験は？」

ありますよ、と脇島が胸を張った。職質の際、と孝子は言った。

「状況によっては、千人の中から不審だと感じた者に声をかける。時には、カバンの中を見せてほしいと頼むこともある。そこに根拠はない。警察官としての勘がすべてよ。でも、優秀な警察官なら、直感で妙だとわかる」

ぼくが本庁に上がったのは、職務質問で逃亡中の指名手配犯を逮捕したからです、と脇島がうなずいた。

他にも何人か警察官がいましたが、挙動がおかしいと気づいたのはぼくだけでした。勘はいい方だと自負しています」

リカはそんなレベルじゃない、と孝子は低い声で言った。

「異常なぐらい勘が鋭く、精神分析医より完璧なプロファイリングができる。それに加え、わたしが何を考え、どう動き、何をするか、どこにいるのか、超能力やオカルトじゃなく、論理的にわたしの心理を読むことができる。今夜とは言わないけど、いずれリカはわたしを見つける。囮になると言ったのは、その方が安全だから。一人でいる時に襲われたら、どうすることもできない」

「では、リカに発見されるために……」

ここを選んだ、と孝子は言った。

「リカは本間隆雄の代わりに、この公団へ来なければならない。そして、わたしがここにいる。二つの要素を重ね合わせたから、必ずリカは現れる」

なるほど、と脇島がうなずいたが、孝子の中に違和感があった。理論的には正しい。だが、何かが間違っている。

（どこが間違っているのか）

頭を整理するために、孝子は目を閉じた。警戒を怠るな、と井島が命じた。

「公団の敷地が広いのはわかっていたが、想定より照明が少ない。闇に紛れ、リカが接近してくると厄介だ」

監視する警察官を増やすべきです、と須山が言った。

「杉並区管内には杉並、荻窪、高井戸、三つの警察署、三十三の交番があります。地域係や交番勤務の警察官だけでも、六、七十人はいるでしょう。非番の者も含めれば、それ以上の人数を動員することも可能です。非常召集をかければ――」

まだ何も起きていないんだ、と井島が苛立った声を上げた。

「非常召集なんて、できるわけがない。パトロール強化は要請済みだが、下手にパトカーが公団周辺を走り回ったら、リカに気づかれる」

確かに、と脇島が苦い表情を浮かべた。

リカを逃せば、と井島がヘッドレストを叩いた。「次は誰を殺すかわからん。市民が犠牲になったらどうする？　今、リカは都内にいる。電車、バス、地下鉄、タクシー、交通機関には本庁から要請を出し、すべての防犯カメラ映像を捜査支援分析センターが調べている。いずれは現在位置もわかるし、追跡も可能になるだろう。リカを逮捕する絶好のチャンスなんだ」

待つしかありません、と権藤が井島の肩を軽く叩いた。

「公団の住人が寝静まる真夜中までは、リカも動かないでしょう。公団内のポイントはすべ

「押さえています。現れたら逮捕するだけの話ですよ」

いいえ、と孝子は目を開けた。声が震えているのは、自分の間違いに気づいたからだ。

「リカが公団に現れ、監視に気づけば、何をするかわかりません。あの女は歪んだ自己愛の塊で、肥大した自我の持ち主です。究極のエゴイストで、ナルシストでもあります。自分の身を守るためなら、誰であれ平気で殺すでしょう。六百五十人の住人を危険に曝すことになります」

ここへ来たのは失敗でした、と孝子は顔を伏せた。違和感の正体が見えていた。

「リカが本間の部屋に来るのは確かですが、妨害しなければ、他の住人に危害を加えることはありません。あの部屋にたかおさんが住んでいた、娘と幸せな暮らしを送っていた……思い出に浸るだけで、満足するはずだったんです」

「だから放っておけと？」そんなわけにはいかない、と井島が怒鳴った。「リカを逮捕する千載一遇の好機だ。先手を取って、配置を済ませた。住人に危害を加える前に、逮捕すればいい」

ここを離れましょう、と孝子は言った。強く握った拳が震えていた。

「周囲に誰もいない場所に移動するんです。杉並区内の区営グラウンド、空き地、どこでも構いません。わたしがいる場所に、リカは近づいてきます。四十人で包囲すれば、逃すことはありません。公団にリカをおびき寄せて逮捕すればいいと短絡的に考えたのは、わたしのミスです。すぐに包囲が可能な場所を探して――」

無茶を言うな、と井島が不機嫌そうな顔になった。

「区営グラウンド？　空き地？　杉並区内にもそういう場所はあるだろうが、周辺に民家や店舗がひとつもないとは思えん。どこでリカを罠にかけるとしても、リスクはあるんだ。公団の配置は完了しているし、今になって変更すれば混乱が起きる。その方がよほど危険だ」

着信音に、孝子はモッズコートのポケットからスマホを取り出した。堀口の名前が画面にあった。

スマホを耳に当てると、事務所の留守電にメッセージが残っていました、と堀口が大声で言った。

「〝あじ菜〟の張替さんの奥さんからです。ご主人に話を聞いて、思い当たることがあると……」

声にエンジン音が交じっていた。運転中のようだ。

「どこにいるの？」

久我山に向かってます、と堀口が笑った。

「[illegible]というスナックにいる、と柏原さんから電話がありました。ぼくたちも公団を見張りま

[illegible]ことをするな、と井島さんが怒るでしょうけど、関係ありません。青木さんを見殺しにするわけにはいきませんからね」

「張替さんの奥さんは何と？」

リカを見たことがあるそうです、と堀口が言った。

「ぼくは事務所に戻ったんですが、留守電が残ってることにしばらく気づかなくて……ついさっき、折り返しの電話を入れました。こんな時間ですけど、出てくれましたよ。雀ヵ丘のバス停の二つ前に、広末八幡宮があったのは覚えてますか？」

何となく、と孝子はうなずいた。名前までは覚えていないが、神社があったのは確かだ。

月に一度、奥さんは広末八幡宮へお参りに行くそうです、と堀口が声を大きくした。

「去年の十月の終わりに、髪の長い異様に痩せた女とすれ違った、と話してました。その女がレジ袋に何本か牛乳瓶を入れていたのを覚えていると――」

「牛乳瓶？」

広末八幡宮は別名〝虫八幡《むしはちまん》〟です、と堀口が咳払いをした。

「疳《かん》の虫の駆除、子供の守り神として知られています。ネットで調べましたが、代々の神官が神社の裏にある牛舎で牛を飼っていて、搾乳した牛乳を広末牛乳という名前で毎日販売しています。今時、瓶で牛乳を売る店なんてめったにありません。奥さんが見たのは、広末牛乳です」

「リカが牛乳を買っていた？」

一日二十本の限定品です、と堀口が言った。

「リカは自分が特別な存在だと考えているんですよね？　歪んだ選民意識の持ち主だから、高い牛乳を買っていたんじゃないですか？」

違う、と孝子はつぶやいた。確かに、リカは異常なほどプライドが高い。だが、広末牛乳は有名ブランドと言えない。

それではリカにとって意味がない。虚栄心が満たされないからだ。

もちろん、自分が飲むためでもない。何のために牛乳を買っていたのか。
二、三十分で久我山駅に着きます、と堀口が言った。
「柏原さんと落ち合ったら、公団の周辺を回ります。役に立てるかどうかわかりませんが――」

来てはいけない、と孝子はスマホを強く握った。

「危険過ぎる。素人が来ても、足手まといになるだけよ」

もう向かってます、と堀口がクラクションを鳴らした。

[illegible]ません。公団の裏手にスーパーマーケットがあるそうですけど、一周した

、待機である、と柏原さんが言ってました。バックアップ要員ってことです。とにかく、気をつけてください。また連絡します」

　通話が切れた。顔を上げると、無線で話していた井島がマイクを戻した。

「倉木係長と話した。配置転換について検討するが、今すぐは無理だと言ってる。妥当な判断だ」

「撤退するべきです」

　リカが現れる可能性はあるんだ、と井島がフロントガラスを指で弾いた。小雨がガラスを叩いていた。

「ここで逃したら、一からやり直しだ。警察だって面子がある。リカは連続殺人で指名手配されてるんだぞ？　見逃せっていうのか？」

「わかりますが……」

　考え過ぎるな、と井島がバックミラー越しに孝子を見た。

「京都から戻ったばかりのお前がどこにいるか、簡単にわかりはしない。正直、今夜リカが現れる確率は低いだろう。朝までに倉木係長と配置転換を決めるが、俺としてはリカに来てほしいぐらいだ。必ず逮捕してやる」

　トイレは大丈夫か、と井島が車内の刑事たちを順に見た。冗談のつもりで言ったのだろうが、笑う者はいなかった。

4

深夜一時二十分、そして二時にタクシーが一台ずつ一号棟と二号棟に入ってきた。それぞれ客を降ろしたが、どちらもスーツ姿の男で、残業か接待で深夜帰宅したサラリーマンのようだ。

三十分ごとに各班から井島に連絡が入ったが、異状なし、という声が続いた。深夜の公団は静かで、小雨が降り注ぐ音がするだけだった。

リカの特徴はわかりやすい。身長が高く、面長で、異様なほど痩せている。

変装では体形をごまかせないし、百戦錬磨の刑事が四十人いる。その目を欺くことはできない。

怖いのは油断だ、と井島が口を開いた。しばらく前から口数が多くなっていたが、不安を紛らわすためだろう、と孝子は思っていた。

「刑事も人間だから、集中力には限界がある。緊張感を保てというのは簡単だが、リカは常[illegible]い相手だ。そのために人数を揃え、監視体制を整えた。どこから入ってきても、必ずポイントに引っ掛かる」

そうは言っても難しい、と井島は顔をしかめた。

「どうする、青木。車から出て、その辺を歩いてみるか？　全員の目が一発で覚めるぞ」

まだ死にたくありません、と孝子は顔を伏せた。

「この公団はリカの巣穴です。手を突っ込めば食いちぎられるとわかっていて、リカを刺激するほど間抜けではないつもりです」

冗談だよ、と井島が肩をすくめた。

「カリカリするな。苛立つのはわかるが、冷静に……どうした？」

無線が鳴り、二号棟屋上の桂《かつら》です、と声がした。

「雨が強くなってきました。視界が悪くなっています」

権藤がフロントガラスを指さした。ガラスに当たる雨粒が大きくなっていた。

各班に連絡、と井島がマイクを摑んだ。

「雨が降っているが、公団内には街灯があるし、人が通ればわかる。午前二時半を回った。この時間、外出する者はほとんどいない。男だろうが女だろうが、出入りする者がいたら、即時報告せよ。リカは何をするかわからない。それを忘れるな」

了解、という返事がいくつか重なった。数分後、孝子のスマホに着信があった。

「柏原だ。堀口と一緒にいる。車で公団の周りを一周して、様子を見ていた。今はスーパーマーケットの駐車場だ」

ここから離れてください、と孝子は言った。

「危険です。柏原さんには何もできません」

井島に代わってくれ、と柏原が言った。孝子はスマホをスピーカーホンに切り替え、井島に渡した。

何かありましたかと言った井島に、何もない、と柏原が答えた。

「ただ、お前の警備網には穴があるぞ。遊歩道だ。雨で街灯が照らす範囲が狭くなっている。これ以上雨の勢いが強くなると、五メートル先も見えなくなるだろう。今からでも遅くない。杉並区内の交番から警察官を集めた方がいい」

井島が目配せした。権藤がスマホを取り出し、画面に触れた。

「柏原さん、協力には感謝しますが、これはあなたの仕事じゃない。リカは警察が逮捕します」

「無事を祈ってるよ」

「あなたと堀口くんがリカに囚《とら》われたら、状況が悪化するだけです。ここには刑事が四十人いますが、救出のための人員は割けません」

俺はお前の部下じゃない、と柏原が笑った。

「命令に従う義務はない。だが、言いたいことはわかる。すぐ退散するが、こいつは先輩の忠告だ。交番の警察官を集めろ。多けりゃ多いほどいい。天気予報は見たか？　朝まで雨足は強くなる一方だ。俺なら撤収するね」

無言で無線を切った井島が、上に目を向けた。

「雨の勢いが増してるな。しばらく前から、屋根を叩く雨音が大きくなっていたが……」

数メートル先も見えません、と権藤がフロントガラスを指さした。

「警備についてる連中も同じでしょう。ライトをつけますか？」

リカに気づかれる、と井島が首を振った。

「各部署、報告せよ。視界は確保できているか？」

「一号棟屋上、日村《ひむら》です。問題ありません」

「二号棟屋上の桂です。何とか見えます」

「三号棟佐々木《ささき》、視界確保。人の出入りはありません……待ってください。二号棟、五〇六号室のドアが開きました」

「五〇六号室？」

車内の空気が硬くなった。誰だ、と叫んだ井島に、子供です、と佐々木が言った。

「五階の外廊下を歩いています……いや、部屋に戻りました」

「こんな真夜中に何をしている？」

小学校四、五年生に見えました、と佐々木が言った。

「リカではありません。暗視スコープで顔も見ました。間違いなく子供です。リカとは関係ありません」

五〇六号室か、と井島がフロントガラスに顔を近づけた。

「この真上だな……二号棟の五階は誰が見張っている？　福徳《ふくとく》と小沢《おざわ》か？　福徳、聞こえるか。念のために五〇六号室へ行け。この時間だから、ドアをノックするわけにはいかないが、外から様子を窺って、何かあれば報告しろ」

了解、と福徳の声がした。各班に通達、と井島がマイクを持ち替えた。

「持ち場を動くな。周囲を警戒、人の出入りがあれば必ず報告しろ。今から福徳が二号棟五〇六号室を調べる。指示を待て」

杉並西署から連絡がありました、と権藤が囁いた。

「七つの交番から応援の警察官が十名来ます。彼らに遊歩道を監視させましょう」

頼む、と井島が言った時、福徳です、と声がした。

「二号棟、五階フロアを見ています。人の気配はありません」

「五〇六号室に行け。外廊下にキッチンの窓がある。中は見えるか？」

磨りガラスです、と福徳が低い声で言った。

「何も見えません……いや、換気扇があります。そこから中が見えるかもしれません」

覗きの現行犯で逮捕されますよ、と脇島が唇の端で笑った。井島さん、と福徳の押し殺した声がそれに重なった。

「暗くてはっきり見えませんが、椅子に人が座っています」

「五〇六号室の住人か？」

二人います、と福徳が言った。

「キッチンは真っ暗で、向かい合って座っています。話し声はしません。何をしてるのか……様子が変です」

「夫婦か？　キッチンでお茶を飲んでいるとか……」

動かないんです、と福徳が怯えた声を上げた。

「子供はいません。この部屋に入ったんですよね？　ライトで照らしても構いませんか？」

井島の返事を待たず、ライトをつけました、と福徳の声がした。十秒ほど、沈黙が続いた。

「福徳、どうした？」

キッチンの床が濡れています、と福徳が言った。

「中年の男性と女性が椅子に縛り付けられてます……おい、誰か来てくれ。二人とも喉を切り裂かれている！　殺されてるぞ！」

落ち着け、と井島が叫んだ。

「間違いないのか？　誰が殺されたんだ？　福徳、答えろ！」

中に入ります、とほとんど聞き取れないほど低い福徳の声が孝子の耳に響いた。

「福徳、状況を報告しろ！」

井島が大声を出した時、いきなり目の前が明るくなった。覆面パトカーのボンネットから炎が上がっていた。

5

炎の幕が一瞬でフロントガラスを覆った。熱のため、ガラスに細かい罅《ひび》が入った。

なぜ車が燃えているのか、と孝子はフロントガラスに目をやった。ガソリンだ、と臭いでわかった。

誰かが二号棟五階の窓から、車に向けてガソリンを撒いた。室内からホースを壁に架け、少量ずつ垂らしたのだろう。

窓を閉めきっていたため、誰も臭いに気づかなかったが、いつの間にかボンネット、屋根、車体そのものがガソリン浸けになっていた。

そして、誰かが火種を落とした。点火したままのオイルライター、あるいは火をつけた紙。それがガソリンに引火した。炎の勢いが激しいのは、気化したガソリンが車全体を包み込んでいるからだ。

ボンネットの炎が、車の右後方に燃え移った。悲鳴を上げた須山がドアに手をかけた。

止めろ、と井島がその腕を摑んだ。

「慌てるな、須山！」

井島の手を振り払った須山が外に飛び出した。次の瞬間、須山の体が一気に燃え上がった。長く続いた悲鳴が不意に消えた。

どうします、と権藤が喉に手を当てた。

「車の中にいても、蒸し焼きになるだけです。この車のガソリンタンクは後部トランク下ですが、爆発したら車体ごと吹っ飛びます。しかし、車を出れば……」

落ち着け、と井島が左右を見回した。

「左後部のドアから出よう。比較的火勢が弱い。まず脇島、青木と権藤も続け。車を出たら、すぐ離れろ。最後に俺が出るまで、二人は青木を護れ。こんなことをするのはリカしかいない。奴の狙いは青木だ」

脇島がドアを大きく開くと、熱気とガソリン臭が車内に押し寄せてきた。

脇島、孝子、権藤の順で、外に出た。凄まじいガソリン臭が鼻に突き刺さり、呼吸をするだけで喉が痛くなった。

権藤、と車から出てきた井島が叫んだ。

「リカは近くにいる。応援を呼べ！」

上から降ってきた何かが、スマホを耳に当てた権藤の体を押し潰した。落ちてきたのは人間の死体だった。

孝子は真上に目を向けた。何かが異様な速さで動いている。

「権藤！」

井島が死体を押しのけた。下敷きになった権藤の首がねじ曲がり、背中の側に顔があった。見開いた目から流れ出した血の涙が、雨ですぐに消えた。

離れろ、と井島が孝子の肩を強く押した。背後で車が爆発し、爆風にあおられ、孝子と井島はコンクリートの上を転がった。

公団の各部屋の明かりが次々についた。爆発音、そして炎上している車に気づかないはずがない。あちこちで悲鳴と叫び声が上がっていた。

無事か、と井島が孝子の腕を摑んで立たせた。

「脇島刑事は？」

死んだ、と井島が目を逸らした。すぐ後ろに、脇島の頭が落ちていた。体は見当たらなかった。

「各班、大至急来い！　二号棟の担当は各フロアを調べろ！」

急げ、と井島がスマホを鷲摑みにした。

「公団のどこかにリカがいる。すぐ捜索に当たれ。ただし、発砲は禁じる。リカは大量のガソリンを撒いている。引火すれば、大火災が起きるぞ！」

住人が外に、と孝子は一号棟と二号棟のエントランスを指さした。十数人の男女が外に飛び出していた。パジャマ姿の者、慌てて着替えたのか、ジーパンにTシャツという者。

駆けつけた十数人の刑事に、住人を保護しろ、と井島が命じた。

「部屋に戻すんだ。鍵をかけて、外に出るなと言え！」

だが、遅かった。何があった、と叫ぶ者。火を消せ、と怒鳴る者。しゃがみこんでただ泣く者がそこら中に溢れていた。

他の棟からも人が押し寄せている。車の爆発音に、何が起きたのかと思ったのだろう。

「住人を部屋に戻せ！　外にいると危険だ！」

井島の指示に、刑事たちが前に出た。入ってきたパトカーから飛び降りた二人の刑事が、消火器のノズルを燃えていた覆面パトカーに向け、消火剤を噴射した。

「青木、そのパトカーに乗れ！」

井島が運転席に乗り込み、挿さったままのキーを回した。孝子は助手席のドアを開いて、シートに飛び込んだ。

「リカはどこだ？　何人殺せば気が済む？」

吐き捨てた井島がパトカーをバックさせ、方向転換を試みたが、雨が勢いを増す中、次から次に人が出てくるので、動きが取れなかった。

甘く見ていたつもりはありません、と孝子は額を押さえた。

「でも、リカはわたしの上を行っていました」

「上？」

クラクションを鳴らした井島が窓を開け、前を空けろと怒鳴った。押し寄せる住人たちを、数人の刑事が制止している。

リカがわたしの心理を読み切っていました、と孝子は言った。

「広尾の雨宮家に行ったリカは、自分を近隣住人が目撃するように仕向けました。わたしが東京へ戻ったのは、リカを見た者がいたからで、おびき出したのはわたしではなくリカだたんです」

　話は後だ、と井島が強く首を振った。

「ここを離れる。リカが狙っているのはお前で、そのためなら公団中の住人を殺しかねない」

　この公団にわたしが来ることも、と孝子は目を閉じた。

「警視庁の刑事が監視することも、リカは見抜いていました。だから、先回りして二号棟の五〇六号室の住人を殺し、わたしたちが来るのを待ち構えていた……覆面パトカーを停める場所も計算していたんでしょう」

「なぜ、隣室の住人は気づかなかった？」

　ここは公団です、と孝子は首を振った。

「隣に住んでいる者とすれ違えば、挨拶ぐらいはしますが、それだけです。一日、二日顔を見なくても、気にしません」

　罠に嵌《は》まったのは俺たちか、と井島がクラクションを鳴らした。大きな音に、表に出ていた住人たちが下がった。

　刑事たちが両手を振り、部屋に戻ってください、と叫んでいる。井島がアクセルを踏むと、パトカーがじりじりと前に進んだ。

「青木、リカがお前を恨んでいたのはわかる。十二発も撃たれ、死にかけた。殺したいぐらいお前を憎んでいただろう。しかし、それならどうして今日までお前を襲わなかった？　警視庁を辞めて二年、いくらでもチャンスはあったはずだ」

チャンスを与えなかったからです、と孝子は目を開き、左右を見た。雨の中、大勢が喚き、叫んでいる。

「住んでいたマンションを友人に譲り、この二年は生活に最低限必要な物だけをトランクに積み、車で寝泊まりしていました。一瞬でも隙を作れば、リカが襲ってきます。人間らしい暮らしを捨てることで、身を守っていたんです」

「だが、柏原さんの興信所で働いていたのは、リカもわかっていたんじゃないのか？」

雨がフロントガラスを叩いている。数人の刑事が公団の出入り口に立ち、パトカーの誘導に回った。

間違いありません、と孝子はうなずいた。

「ただ、リカは用心深い女です。周囲に人がいれば、通報されるリスクがあるので、行動には出ません。わたしが知る限り、衆人環視の中、リカが襲ったのは尚美だけです。あの時、リカは恋人の〝たかおさん〟を見つけることしか頭にありませんでした。切羽詰まっていたから、リスクを顧みずに尚美を襲い、拉致したんです」

畜生　と井島がまたクラクションを鳴らした。

「確かに、リカは常に慎重で、殺害現場を目撃した者はいない。お前を殺したくても、手を出せなかった……そういうことか」

パトカーが公団のエントランスを出た。山吹通りを右折して、三百メートル先の井の頭通りに向かう。

アクセルを踏み込んだ井島の顔が、いきなり歪んで割れた。パトカーのフロントガラスを突き破った長い鉄パイプが眉間を貫通し、ヘッドレストに刺さっていた。

咄嗟に孝子は手を伸ばし、サイドブレーキを思いきり強く引いた。スピンしたパトカーが横から電柱に激突し、そのまま停まった。

壊れたドアを蹴破り、孝子はパトカーの外に転がり出た。強い雨で、全身がずぶ濡れになった。

「誰か！」

叫んだが、その声は届かなかった。刑事たちは住人たちの保護に気を取られ、孝子の声に気づいていない。

二百メートル近く走り、公団から離れている。雨が衝突音をかき消したのかもしれない。

ダッシュボードにぶつかった額から垂れた一筋の血を、孝子は手で拭った。顔を上げると、十メートルほど離れた街灯の下に、細長い影が立っていた。
（リカ）
地面に手を突き、立とうとしたが、足が言うことを聞かなかった。

パトカーのドアミラーを摑んだ時、腐臭を嗅いだ。目の前に、リカの長い顔があった。

感情のない真っ暗な目。手に注射器があった。孝子の喉に針が伸びる。

孝子はモッズコートの襟を立てた。当たった針が、折れて弾けた。

リカがゆっくりと首を捻った。その角度は九十度を超えていた。

「リカ！」

孝子は握っていたドアミラーを肘で割り、破片をリカの肩に突き刺した。

リカの右手が素早く動いた。激痛。孝子の手のひらがざっくりと切れ、血が滴り落ちた。

リカが手術用のメスを構えた。着ている白のワンピースに孝子の血が飛び散り、赤い斑点が浮いている。

右手を押さえて後ずさった孝子にリカが迫り、凄まじいスピードで体ごとぶつかった。左胸にメスの衝撃が走った。

一歩下がったリカが長い舌を伸ばし、唇をなめた。口の端から、粘っこい涎《よだれ》が垂れていた。

左胸を手で押さえ、孝子はパトカーのボンネットで体を支えた。風のように素早く踏み込んできたリカが、孝子の腹にメスを突き立てた。

「そうはいかない」

孝子は膝でリカの尖った顎を蹴り上げた。骨が割れる音がした。

地面に倒れ込んだリカが跳ね起きた。人間の動きではなく、獣のそれだった。

孝子は右足でリカの膝を正面から蹴り込んだ。リカの大きな口から、苦悶《くもん》の叫びが漏れた。

リカの手口はわかっている。麻酔薬で意識を奪い、メスで体を切り刻む。急所を狙うのは、一撃で致命傷を与えるためだ。

孝子のモッズコートは、防刃仕様にカスタマイズ済みだった。襟には警察の防刃防護服と同じ繊維で作ったカラーを埋め込んでいる。注射針やメスで刺し貫くことはできない。

モッズコートそのものも、高い耐刃性能があった。安全が保証されていない場所で脱いだことはない。

警察官が使用するベスト型耐刃防護服は、脇腹、脇下の隙間が弱点となる。だが、モッズコートには隙間がない。真夏でも着ていたのは、リカの襲撃に備えるためだ。

呻き声を上げたリカが立ち上がった。どこに隠し持っていたのか、両手にメスを握っていた。

（スタンガンでは、リカを止められない）

孝子はモッズコートのポケットから取り出した特殊警棒を伸ばした。喚きながらリカがメスをふるったが、攻撃する際には、必ず隙ができる。待っていたのはそれだった。

右手のメスを躱《かわ》し、特殊警棒を振り下ろした。手首が折れる音がして、メスが飛んだ。

孝子はリカの左手を特殊警棒で横になぎ払った。道路に倒れ込んだリカが、顔だけを孝子に向けた。

「どうしてこんなひどいこんなやめていたいいたいいもうやめてリカはこんなひどいことをされてだまっているとおもったらリカはまちがっていないおまえおまえゆるさないおまえおまえおまえころすころすころすコロス」

特殊警棒を握り直し、孝子はリカの顔面に突きを入れた。鼻の骨が折れ、くの字に曲がった。

「おまえおまえおまえオマエオマエオマエオマエ」

呪詛の言葉がリカの口から漏れた。鼻血が顔の下半分を真っ赤に染めている。

「おまえなんだオマエおまえなんでこんなみんなばかにしてリカはそんなこじゃないんだおまえたちになにがわかるなにもわかっていないしらないくせにころすリカはいつだってただしいいつだっていつだって」

リカの顎から特殊警棒を引き抜き、孝子は脇腹を蹴った。靴の先には鉛を入れている。肋《ろっ》骨が折れたのが感触でわかった。

リカを逮捕しようとは思っていない。殺す以外、終わりはない。

体を起こしたリカが数歩下がった。左手で脇腹を押さえ、体が揺らいでいるが、まだ左手にメスがあった。

異様な悪臭が辺りに漂っていた。リカの体から、牡蠣が腐った臭いがした。

それが雨に溶け込み、孝子の全身を覆った。鼻がもげるほどの悪臭だ。

リカの左目だけがかすかに動いた。孝子は視線の先を追った。山吹通りに少女が立っていた。

「逃げて！」

孝子の叫び声に、少女が涙を溢れさせた。膝が激しく震えている。恐怖で体が動かないのがわかった。

左に飛んだリカが少女の首を絞め、メスを喉の下に当てた。

「さがれおまえさがれさがれころすぞおまえのせいでしぬんだおまえだおまえだれだだれだじゃまをするなオマエおまえオマエ」

「その子を離しなさい！」

無駄だとわかっていても、叫ぶしかなかった。リカの喉から咆哮が迸《ほとばし》った。

「おまえしねしねおまえしねしねしねしねしねしねオマエしねしねしねしねしね」

雨の勢いが激しくなった。孝子も、リカも、少女も、滝に打たれたように全身がずぶ濡れだ。

助けて、と少女が細い声で言った。黙れ、とメスを振り上げたリカの腕に、少女が噛み付いた。

リカが少女を突き飛ばした。その一瞬の隙に、孝子は特殊警棒を振り下ろした。

何かが潰れる嫌な音と共に、リカの額から血が垂れ、そのまま崩れ落ちた。

孝子は少女の両肩を抱き寄せた。

「怪我はない？　大丈夫？」

雨に濡れないように、モッズコートの前を開けて少女を抱えたまま、孝子は倒れているリカに目をやった。

油断してはならない。リカの死を確認するまで、気を緩めることはできない。

お姉ちゃん、と少女が孝子にしがみついた。公団の子ね、と孝子は細い肩に手を置いた。

「すぐに戻って。おまわりさんが助けてくれる。早く行きなさい」

うなずいた少女が離れた。孝子は自分の右胸に目をやった。メスが深々と突き刺さっていた。

孝子の口から血の塊が飛び出し、少女が笑みを浮かべた。息ができない。肺を抉られ、溢れた血が喉を塞いだ。

凶悪な殺人鬼が子供を襲えば、誰でも救おうとする。それが少女の仕掛けた罠だった。

「ママ！」

叫んだ少女がリカに駆け寄った。その時、道路が明るくなった。

ライトをハイビームにした一台の車が、猛スピードで狭い道路を走り、そのまま少女を撥《は》ねた。小さな体が人形のように弾け飛んだ。

急ブレーキをかけて停まった車から、生なりのセーターにロングスカート、上に男物のジャンパーを羽織った女が飛び降りた。孝子とリカに目をやり、小さく首を振って、孝子に駆け寄った。

「すぐ救急車を呼びます」

あなたは、と孝子はかすれた声で言った。血の塊が喉に詰まり、声が出ない。

「逃げるんです。まだリカは生きています」

「あの女を……殺して……それで……終わらせる」

無数の針が肺を突き刺すような痛みに、孝子はモッズコートの上から胸を押さえた。視界の隅に、立ち上がったリカの姿が映った。

「あぶ……ない……あれが……くる」

女が車の窓に手を突っ込み、クラクションを長く鳴らすと、公団から数人の刑事が飛び出してきた。

少女を抱えたリカが刑事たちに背を向け、運転席から井島の死体を鉄パイプごと路上に引きずり落とし、パトカーに乗った。エンジンをかけ、そのままバックする。

女が孝子の両腕を強く引いたが、遅かった。パトカーが孝子の両足を轢き、女の車のボディを大きく凹《へこ》ませた。

自分の二本の足が路上に転がっているのが、孝子にも見えた。痛みは感じない。膝の辺りから、凄まじい勢いで血が迸っていた。

パトカーが前に出た。止まれ、と叫ぶ刑事たち。怒号、そして銃声が響いた。

パトカーのテールランプが割れたが、そのまま井の頭通りに向かって走り去った。孝子は血にまみれた手で女の腕を摑んだ。

「……あなたは……だれ？　どうして……ここに……」

降りつける雨の中、女が孝子の体を強く抱いた。

「すいません、間に合わなくて……」

少女の笑顔が孝子の頭に浮かんだ。あれはリカの娘だ。

医者の納屋にあった辞書、毛糸玉、編みかけのセーター、柿崎の囁き、広末牛乳。さまざまな記憶がフラッシュバックした。

どうして気づかなかったのか。リカには医師と同等の医学的な知識があるが、十二発撃たれた人間に自分の治療はできない。

リカには協力者がいた。正規の医師ではない。あの少女だ。本間隆雄を犯し、産んだ娘。

リカが育て、教育し、異常な世界観を植え付けた。それは洗脳だった。生まれた時から異常な環境に育った者に、正常と異常の区別はつかない。

孝子に撃たれたリカを救い、手術をしたのもあの少女だ。リカの指示で体内の銃弾を摘出し、完治するまで治療を続けた。

小さな子供にそんなことができるはずもない、と誰でも思うだろう。だが、リカは常識を超越した存在だ。リカの教えを受けた娘なら、リカと同じことができたはずだ。

あなたは、と囁いた孝子に、大切な人を殺されました、と女がうつむいた。

「二十四年前です。転校してきた時から、わたしはあの女の正体に気づいていました。何度も言ったのに、彼はわかってくれなくて……」

「彼……升元晃《あきら》くん？」

尚美のメモが頭に浮かんだ。升元家の次男、晃は雨宮結花と高校の同級生で、晃と親しかった少女の名前は小野萌香《おのもえか》、と記されていた。

あの時、わたしは逃げることしかできませんでした、と萌香が言った。

「あの女に狙われたら死ぬしかない、と祖母に言われたからです。だから、彼を見捨てるしかなくて……どれだけ悔やんだかわかりません。逃げていても、何にもならないのに……ずっとあの女を捜していました」

「……どうやって？」

救急車のサイレンが聞こえた。駆け寄った二人の刑事が孝子の体を起こしたが、目を伏せて首を振った。

説明できません、と孝子の手を握ったまま萌香が言った。

「祖母にはリカの心が読めます。いつもじゃありません。でも、リカの感情の針がリミットを超えると、何をしているのか、どこにいるのか、頭の中のスクリーンに映ると――」

救急車が目の前で停まり、降りてきた救急隊員が孝子の体をストレッチャーに乗せた。

あなたのことを祖母が話していました、と萌香が叫んだ。

「今夜、リカとここで戦うことになる。一人では勝てない、わたしの力が必要になると……でも、遅かった……」

離してください、と救急隊員が怒鳴った。孝子は静かに目をつぶった。体から力が抜けて警察はリカを倒せない。でも、彼女なら。

小野萌香、と孝子はつぶやいた。

救急車が走りだした。意識が薄れ、何も見えなくなった。激しい雨が救急車の屋根を叩いていた。

CAUTION

・「リカ」シリーズはクロニクル形式になっています。現在刊行されている八冊（本書『リベンジ』含む）は、すべて有機的な関係を持ちつつ、独立した小説で、どこから読んでも楽しめます（私はそう願っています）。

・ただ、私としては、できれば刊行順にお読みいただければ、と思っています。以下に順番を記します。

『リターン』→『リバース』→『リハーサル』→『リメンバー』→
『リフレイン』→『リセット』→『リベンジ』（本書）

・しかしながら、クロニクル形式とは年代記を意味します。従って、時系列に沿って読むのもまた楽しいという、一粒で二度美味しい構造になっています。
願わくば、刊行順に読んだ上で、時系列順に読んでいただければ、作者としてそれ以上の喜びはありません。以下に時系列に順を記します。

『リバース』→『リセット』→『リフレイン』→『リハーサル』→『リカ』→
『リターン』→『リベンジ』（本書）→『リメンバー』

・「リカ」シリーズはカバーをワンコンセプトで統一しています。すべて揃えると、お部屋のインテリアとしても最適です。では、本屋さんでお会いしましょう。

五十嵐貴久

『リベンジ』に至るまでに起きた出来事／後書きに代えて

Twitter、Instagram、Facebook等、SNSを通じ、週に一、二度DMが届くが、その数、そして頻度が増えている。

以前にも書いたが、その多くは「リカに共感する」「リカのことがわかる」「わたしにはリカ的要素がある」という内容で（もちろん、「まったくわからない」「理解に苦しむ」「こんな小説を書く人の気がしれない」というものもあるが、その数は少ない。冷静に考えてみると、そういう方はわざわざDMを送らないだろうから、当然かもしれないが）この二年、その密度が濃くなっている気がしてならない。

密度というのは、深刻さ、と言い換えた方がわかりやすいかもしれない。リカと自己を同一視するだけではなく、リカのようでありたいと望み、願うDMが明らかに増えている。

以下、曖昧に書かざるを得ないのだが、本書『リベンジ』連載が始まる数カ月前、西日本の某県の地方紙記者から、出版社を通じて連絡があった。

[illegible]殺人事件が起き（詳細は書けないが、非常に残忍な事件だった）、犯人（性別、

た五十嵐貴久の「リカ」シリーズを繰り返し読んだと供述している。私（記者）もあなた（五十嵐）の本を読み、犯行の手口こそ違うが、動機の面ではうなずけるところがある、ついてはコメントをもらえないか、という依頼だった。

だが、リカは私の想像の産物であり、誰の中にもある負の感情を極端に引き伸ばしただけで、犯人の心理は想像もつかないと答えるしかなかった。

半月ほど経った頃、同じ記者から連絡があった。別件で東京に行くが、スケジュールが合えばお会いしたい、というメールだった。

私も作家のはしくれなので、好奇心は人一倍ある。編集者に立ち会ってもらい、四ツ谷駅近くの喫茶店で話すことにした。

犯人は現行犯逮捕されており、今後続報が紙面に載ることはないし、記事にするつもりもないが、五十嵐さんの小説に影響を受けたと考えられるので、話を聞かせてほしい、と四十代の記者は言った。

詳しい事情を改めて聞いたが（時間が経っていたので、情報量、具体的な内容が増えていた）、今、思い返しても不快になるような嫌な事件だったとしか言いようがない。自分の小説が何らかの意味で誰かに悪影響を与えていたとすれば、私にとってマイナスにしかならないので、積極的に何かを話すことはなく、一時間半ほどで店を出ることになった。別れ際、記者はこう言った。

「実はですね、うちの県に限らず、異様な事件が増えてるんですよ。大っぴらに書けない、テレビでは映せない、そういう類の殺人事件です。共通するのは死体処理の方法で――」

聞きたくありません、と私は言った。聞いたところでどうにもならないし、私に殺人を止める力はない。

事件そのものも不快だったが、それより不愉快なのは記者の顔で、暗い笑みに満ちた目をしていた。厭《いや》なニュースを世間に広めたい、伝播したい、そんな目だった。

それによって、別の殺人が起きればいい。他人の不幸を悦ぶ秘かな悪意が記者の周りに漂っていた。

二ヵ月ほど経った頃、某県及び近県で起きた六つの殺人事件に関する資料が記者から送られてきた。目を背けるしかないような数十枚の写真のカラーコピーと事件の詳細が記された大量のメモを、その日のうちに私は捨て、それ以降電話もメールも着信拒否にして、今日に至っている。

この出来事が『リベンジ』に何らかの影響を与えたのか、それは私にもわからない。わかるのは、私に見えないところで、リカ的な殺人事件が増殖していることだけだ。

[illegible]しても[illegible]私はそれほど驚かない。現実とフィクションの間にある壁に亀裂が走りかけている、と私は思っている。

次作では『リベンジ』に直結する世界が描かれることになる。何らかの救いを、と私は心の底から願っているが、現時点でどうなるのかはわからない。目の前にあるのは不安と絶望だけだ。

二〇二三年四月

五十嵐貴久

本書は、「小説幻冬」（二〇二二年八月号～二〇二三年三月号）の連載に加筆・修正した文庫オリジナルです。

幻冬舎文庫

五十嵐貴久
土井徹先生の診療事件簿

答えは　動物たちが知っている!?　いつでも暇な副署長・令子、「動物と話せる」獣医・土井先生、先生のおしゃまな孫・桃子。——動物にまつわるフシギな事件を、オカシなトリオが解決！

●好評既刊

五十嵐貴久
セカンドステージ

疲れてるママ向けにマッサージと家事代行をする会社を起業した専業主婦の杏子。従業員はお年寄り限定。ママ達の問題に首を突っ込む老人達に右往左往の杏子だが、実は彼女の家庭も……。

●好評既刊

五十嵐貴久
誰でもよかった

渋谷のスクランブル交差点に軽トラックで突っ込み、十一人を無差別に殺した男が喫茶店に籠城した。九時間を超える交渉人との息詰まる攻防。世間を震撼させた事件の衝撃のラストとは。

●好評既刊

五十嵐貴久
1981年のスワンソング

一九八一年にタイムスリップしてしまった俊介。レコード会社の女性ディレクターに頼まれ、売れないデュオに未来のヒット曲を提供すると大ヒットしてしまい……。掟破りの痛快エンタメ！

●好評既刊

五十嵐貴久
スマイル　アンド　ゴー！

震災の爪痕も生々しい気仙沼で即席のアイドルグループが結成された。変わりたい、笑いたい、その思いでがむしゃらに突き進むメンバーたちを待ち受けたのは……。実話をもとにした感涙長篇。

リベンジ

五十嵐貴久《いがらしたかひさ》

令和5年5月15日　初版発行

発行人――石原正康
編集人――高部真人
発行所――株式会社幻冬舎
〒151-0051東京都渋谷区千駄ヶ谷4-9-7
電話　03(5411)6222(営業)
　　　03(5411)6211(編集)
公式HP　https://www.gentosha.co.jp/

印刷・製本―図書印刷株式会社
装丁者――高橋雅之

幻冬舎文庫

ISBN978-4-344-43290-1　C0193　い-18-20